本書爲
全國高校古委會古籍整理研究項目
安徽師範大學中國詩學研究中心學術叢書
本書出版得到國家古籍整理出版專項經費資助

中國古典文學基本叢書

杜牧集繫年校注

第一册

吴在慶　撰

中華書局

圖書在版編目(CIP)數據

杜牧集繫年校注:典藏本/吴在慶撰. —北京:中華書局,2016.10(2023.10 重印)
(中國古典文學基本叢書)
ISBN 978-7-101-11629-8

Ⅰ.杜… Ⅱ.吴… Ⅲ.①唐詩-詩集②古典散文-散文集-中國-唐代 Ⅳ.I214.242

中國版本圖書館 CIP 數據核字(2016)第 048507 號

責任編輯:俞國林
責任印製:管 斌

中國古典文學基本叢書
杜牧集繫年校注(典藏本)
(全四册)
吴在慶 撰
*
中 華 書 局 出 版 發 行
(北京市豐臺區太平橋西里 38 號 100073)
http://www.zhbc.com.cn
E-mail:zhbc@zhbc.com.cn
三河市宏達印刷有限公司印刷
*
850×1168 毫米 1/32 · 50⅝印張 · 10 插頁 · 1200 千字
2016 年 10 月第 1 版 2023 年 10 月第 2 次印刷
印數:3001-3700 册 定價:268.00 元

ISBN 978-7-101-11629-8

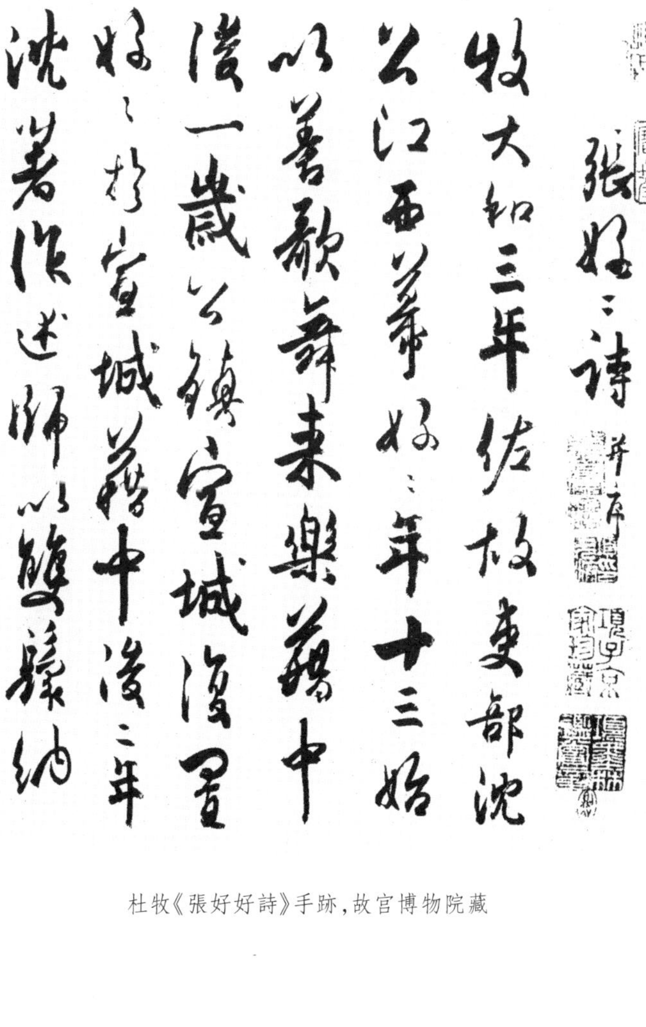
張好好詩并序
牧大和三年佐故吏部沈
公江西幕好好年十三始
以善歌舞來樂籍中
後一歲公鎮宣城復置
好好於宣城籍中後二年
沈著作述師以雙鬟納

杜牧《張好好詩》手跡，故宫博物院藏

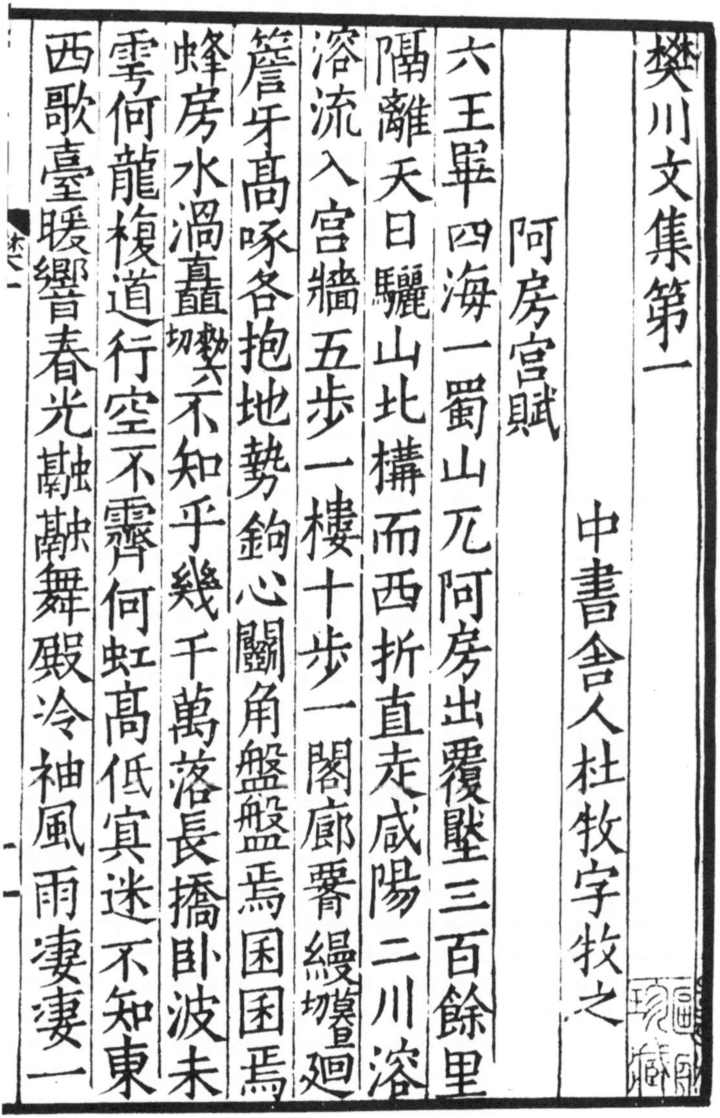

樊川文集第一

中書舍人杜牧字牧之

阿房宫賦

六王畢四海一蜀山兀阿房出覆壓三百餘里隔離天日驪山北構而西折直走咸陽二川溶溶流入宫牆五步一樓十步一閣廊腰縵莫旦切迴簷牙高啄各抱地勢鉤心鬬角盤盤焉囷囷焉蜂房水渦矗矗敕六切不知乎幾千萬落長橋卧波未雲何龍複道行空不霽何虹高低冥迷不知東西歌臺暖響春光融融舞殿冷袖風雨淒淒一

杜牧《樊川文集》書影，《四部叢刊》影印明翻宋刊本

總目録

前言

「小杜文章天地並」(王崇《池州府志》卷八宋邦輔《登齊山怡亭》詩),這是前人對杜牧詩文的贊譽。獲得這一盛譽,乃在於如清人翁方綱《石洲詩話》中所稱贊他的「真色真韻,殆欲吞吐中晚千萬篇」。杜牧獲得如此盛譽,故歷代以來其詩賦膾炙人口,他的《樊川文集》是人們所最喜愛的晚唐文集之一,而古典文學界對於他的研究一直盛而不衰。

一

杜牧生於唐德宗貞元十九年(公元八〇三),字牧之,唐京兆萬年(今陝西西安)人,是中唐著名宰相、撰有《通典》二百卷的杜佑之孫。杜牧自小深受祖父影響,承繼杜佑的經世致用之學,於「治亂興亡之跡,財賦兵甲之事,地形之險易遠近,古人之長短得失」(《樊川文集》卷十二《上李中丞書》)均頗關注,揣摩研究,故少小即懷經邦濟世抱負。大和二年,杜牧進士及第,當年又制策登科,授「弘文館校書郎,試左武衛兵曹參軍、江西團練巡官,轉監察御史裏行、御史,淮南節度掌書記,拜真監察,分司東都。以弟病去官,授宣州團練判官、殿中侍御史、内供奉,遷左補闕、史館修撰，轉膳部、比部員外郎，皆兼史職。出守黃、池、睦三州，遷司勳員外郎、史館修撰，轉吏部員外。以弟病，乞守湖州，入拜考功郎中、知制誥，周歲，拜中書舍人」（《樊川文集》卷十《自撰墓誌銘》）。大中六年十二月卒於中書舍人任，年五十。

杜牧胸懷壯志，頗有匡世濟民抱負，故其詩文頗有憂國憂民的干時之篇，這一點在過去一般人中是缺少認識的，多有以風流放浪才子目之者，這實在是耳食之見。其實他的政治抱負前人已有揭櫫，如清人吳錫麒在《杜樊川集注序》中即有精要的評說：「牧之内懷經濟之略，外騁豪宕之才。當其時，藩鎮方張，朝廷多事；五諸侯並起，欲逼天閶；十常侍未除，先驚帝座。屯蜂晝聚，社鼠宵行。江充既兆亂於犬臺，賈誼轉埋忠於鵩舍。往往激昂狂節，搖蕩愁旌；陳兵事之書，一麾願乞；揭《皋言》之目，三刖奚辭。觀其《獨酌》成謠，《感懷》發詠，固非徒以一己牢愁之語，托之無端綺靡之詞者也。而乃偃蹇幕僚，浮沉朝籍，攬霜毛於春鏡，裹雨褐於秋船，茹鯁空憂，叫閽無助。惟是留雲夢裏，中酒花前，憑街子而說生平，對摴蒱而論心事。緑葉成陰之慨，青樓薄倖之名；壯志飄蕭，才人落魄。此又寫深情之帖，莫喻纏綿；讀《小雅》之篇，難名悱惻也已。」（見馮集梧《樊川詩集注》前附）《新唐書》本傳稱「牧剛直有奇節，不爲齪齪小謹，敢論列大事，指陳病利尤切至。少與李甘、李中敏、宋刓善，其通古今，善處成敗，甘等不及也」。《舊唐書》本傳亦贊「牧好讀書，工詩爲文，嘗自負經緯才略。武宗朝誅昆夷、鮮卑，牧上宰相書論兵事，言『胡戎入寇，在秋冬之間，盛夏無備，宜五六月中擊胡爲便』。李德裕稱之。注曹公所定《孫武十三篇》行於代」。前人這些贊譽之辭並非虛語，我們僅舉幾個事例即可印證。杜牧二十餘歲尚未出仕時遊同州澄城縣，即寫下了反映民生疾苦的《同州澄城縣工倉户尉廳壁記》，指出「嗟乎！國家設法禁，百官持而行之，有尺寸害民者，率有尺寸之刑。今此咸墮地不起，反使民以山之澗壑自爲防限，可不悲哉！使民恃險而不恃法，則劃土者宜乎牆山塹河而自守矣，燕、趙之盜，復何可多怪乎？」（《樊川文集》卷十）大和元年李同捷反叛，朝廷出兵討伐，杜牧作《感懷詩》抒發感慨與志向，中云「關西賤男子，誓肉虜杯羹。請數係虜事，誰其爲我聽。蕩蕩乾坤大，曈曈日月明。叱起文、武業，可以豁洪溟。安得封域內，長有扈苗征。七十里百里，彼亦何常爭。往往念所至，得醉愁蘇醒。韜舌辱壯心，叫閽無助聲。聊書感懷韻，焚之遺賈生」。出仕後，他更爲關注國家大事，作有《罪言》、《原十六衛》、《戰論》、《守論》等名篇，直陳唐歷朝與當世得失，提出治國治兵方略。其卓傑之見，爲《資治通鑑》所采録。詩人也敢於追究前朝君主之非，其《華清宫絶句三首》之「一騎紅塵妃子笑，無人知是荔枝來」、「霓裳一曲千峰上，舞破中原始下來」，揭露與譏刺是何等辛辣，可見詩人的憤慨之情。會昌二年八月，回鶻烏介可汗率衆入侵，朝廷發兵抗禦，時杜牧在偏僻的黄州任刺史，慨然而作《郡齋書懷》，抒發感憤云：「北虜壞亭障，聞屯千里師。牽連久不解，他盜恐旁窺。臣實有長策，彼可徐鞭笞。如蒙一召議，食肉寢其皮。」又有《郡齋獨酌》詩吐露自己的報國壯志云：「平生五色綫，願補舜衣裳。絃歌教燕、趙，蘭芷浴河湟。腥膻一掃灑，兇狠皆披攘。生人但眠食，壽域富農桑。孤吟志在此，自亦笑荒唐。」又賦《早雁》詩：「金河秋半虜弦開，雲外驚飛四散哀。仙掌月明孤影過，長門燈暗數聲來。須知胡騎紛紛在，豈逐春風一一迴。莫厭瀟湘少人處，水多菰米岸莓苔。」表現了詩人對於因回鶻入侵而流離失所的邊地人民的深切同情與關懷。這些詩文均可顯露詩人的匡世報國情懷。這種情懷即使在他自感受到排擠而遠守小郡時也是如此。會昌年間，李德裕主政，杜牧自認爲受到李黨的排擠而外任，儘管時有牢騷，但他仍然關注時事，作《上李太尉論北邊事啓》、《上李司徒相公論用兵書》、《上李太尉論江賊書》，熱心向李德裕建言獻策，爲解除内憂外患而盡心盡力，顯示了一片赤誠報國之心。

杜牧爲人剛直敢言，富有正義感。他厭惡諂媚取容，趨炎附勢。當權奸當朝，宦官跋扈，正直之士如李甘、李中敏受到打擊排斥陷害時，杜牧對他們的遭遇深表同情，作《李甘詩》、《李給事二首》、《哭李給事中敏》等詩贊揚他們的氣節，對權奸的胡作非爲表示了極大的憤恨。

不可諱言，杜牧的詩文中也有他的消極情緒乃至風流放蕩的成份，尤其其詩歌爲如此。如在他自認爲因自己剛直敢言而受到排擠時，在《除官歸京睦州雨霽》詩中即言：「姹女真虚語，飢兒欲一行。淺深須揭厲，休更學張綱。」《自遣》云：「四十已云老，況逢憂窘餘。且抽持板手，却展小年書。」《大雨行》嘆老悲傷云：「今年闒茸鬢已白，奇遊壯觀唯深藏。景物不盡人自老，誰知前事堪悲傷。」而其《遣懷》、《兵部尚書席上作》等詩，正如繆鉞先生所説「也都表現了他的不羈之行、聲色之好」（《樊川詩集注·前言》）。不過這種詩文畢竟不多，不能以偏概全，以瑕掩瑜。

二

杜牧儘管不以文論家稱，但他也有自己的文學主張，值得重視。他《答莊充書》的這段話是頗有見地的：「凡爲文以意爲主，氣爲輔，以辭彩章句爲之兵衛，未有主强盛而輔不飄逸者，兵衛不華赫而莊整者。四者高下圓折，步驟隨主所指，如鳥隨鳳，魚隨龍，師衆隨湯、武，騰天潛泉，橫裂天下，無不如意。苟意不先立，止以文彩辭句，繞前捧後，是言愈多而理愈亂，如入闤闠，紛紛然莫知其誰，暮散而已。是以意全勝者，辭愈樸而文愈高；意不勝者，辭愈華而文愈鄙。是意能遣辭，辭不能成意，大抵爲文之旨如此。」這裏杜牧强調了「意」在文章中的首腦關鍵作用，同時也指出了「氣爲輔，以辭彩章句爲之兵衛」，應該説這樣的主張是畫龍點睛之見，同時又頗爲圓融全面。本著這種見解，儘管他在《李賀集序》中高度地評價了李賀詩歌在詩歌藝術表現技巧上的成就，但對於他詩歌的内容仍有不足之憾：「蓋《騷》之苗裔，理雖不及，辭或過之。《騷》有感怨刺懟，言及君臣理亂，時有以激發人意。乃賀所爲，無得有是！……賀生二十七年死矣，世皆曰：『使賀且未死，少加以理，奴僕命《騷》可也。』」同樣也是强調了「理」在文中的主腦地位，故他對於那些有違於「理」，乃至於在他看來不合「仁義」標準，不夠健康的「纖艷不逞」的詩歌進行無情的譴責，以此他在《唐故平盧軍節度巡官隴西李府君墓誌銘》中一方面稱贊李戡「所著文數百篇，外於仁義，一不關筆」。同時借李戡之口批評了元、白某些「纖豔不逞」的詩歌，云：「嘗曰：『詩者可以歌，可以流於竹，鼓於絲，婦人小兒，皆欲諷誦，國俗薄厚，扇之於詩，如風之疾速。嘗痛自元和已來有元、白詩者，纖豔不逞，非莊士雅人，多爲其所破壞，流於民間，疏於屏壁，子父女母，交口教授，淫言媟語，冬寒夏熱，入人肌骨，不可除去。吾無位，不得用法以治之。』」這一對於元、白詩歌的批評，後人所見不一，議論紛紛，甚至有反脣相譏者。平心而論，杜牧借李戡之口對於元稹、白居易某些詩歌的批評，儘管過於激烈，甚至偏激，但是如果以杜牧主張的詩文應以理爲主，講究仁義教化功用，則這一段批評仍然不失爲擊中元、白某些艷體之作的要害。

杜牧對於自己的詩歌創作曾有所表白：「某苦心爲詩，本求高絶，不務奇麗，不涉習俗，不今不古，處於中間。」（《樊川文集》卷十六《獻詩啓》）實際上，杜牧的詩文創作大都是頗爲「苦心」而「求高絶」的，因此無論詩、文、賦都取得了很高的成就，後人對於杜牧詩文也頗爲推崇，以致有和李商隱並稱爲「小李杜」之稱。

三

杜牧現存的賦有三篇，其中尤以《阿房宫賦》爲著名。據《唐摭言·公薦》所載太學博士吴武陵即極爲欣賞杜牧這篇賦，並極力推薦給主持進士科考試的禮部侍郎崔郾，杜牧遂因此及第。此賦不僅末尾的「嗚呼！滅六國者，六國也，非秦也。族秦者，秦也，非天下也。嗟夫！使六國各愛其人，則足以拒秦。使秦復愛六國之人，則遞三世可至萬世而爲君，誰得而族滅也？秦人不暇自哀，而後人哀之；後人哀之而不鑑之，亦使後人而復哀後人也」一段之精彩的警世之言爲人所激賞，就是「妃嬪媵嫱，王子皇孫，辭樓下殿，輦來于秦，朝歌夜絃，爲秦宫人。明星熒熒，開粧鏡也；緑雲擾擾，梳曉鬟也；渭流漲膩，棄脂水也；煙斜霧横，焚椒蘭也；雷霆乍驚，宫車廻也，轆轆遠聽，杳不知其所之也。一肌一容，盡態極妍，縵立遠視，而望幸焉。有不見者，三十六年」一節，對於秦宫人的描摹也極爲細膩傳神，其妍姿麗容、翹盼望幸之神態仿佛可見。即是他的另一篇《晚晴賦》，對於紅芰的刻劃也頗可見其賦筆之精彩：「復引舟於深灣，忽八九之紅芰，姹然如婦，斂然如女，墮蕊黦顔，似見放棄。白鷺潛來兮，邈風標之公子，窺此美人兮，如慕悦其容媚。」

前人極爲推崇杜牧的詩歌，誠如翁方剛所評：「小杜之才，自王右丞以後，未見其比。其筆力迴斡處亦與王龍標、李東川相視而笑。『少陵無人謫仙死』，竟不意又見此人。只如『今日鬢絲禪榻畔，茶煙輕颺落花風』，『自説江湖不歸事，阻風中酒過年年』，直自開、寶以後百餘年無人能道，而五代、南北宋以後，亦更不能道矣。此真悟徹漢魏六朝之底藴者也。」（翁方綱《石洲詩話》卷二）前人常以「俊爽」、「宕而麗」、「雄傑」、「豪健」、「寓少拗峭」、「雄姿英發」等語品評杜牧詩。這些評語，我們可以歸納爲俊爽峭麗，雄健勁邁。他的有些詩歌風格上偏重於俊爽峭麗，有的則以雄豪勁健見其神采，但它們有一個共同的特點，即神采飛揚，氣勢不凡，給人生氣勃勃的超拔之感。這一類詩歌如其《長安秋望》一絶即如此：「樓倚霜樹外，鏡天無一毫。南山與秋色，氣勢兩相高。」又如七律《九日齊山登高》：「江涵秋影雁初飛，與客攜壺上翠微。塵世難逢開口笑，菊花須插滿頭歸。但將酩酊酬佳節，不用登臨恨落暉。古往今來只如此，牛山何必獨霑衣。」此詩誠如潘德輿所稱「竟體超拔，俯視一切」（《養一齋詩話》），雖感慨繫之，但又豪爽灑脱；雖不無頽放之意，但骨子裹則憤激不平，英雄之氣仍存。詩寫到如此揮灑自如感慨萬千，真可稱「小杜最佳之作」（高步瀛《唐宋詩舉要》本詩下引吳評）。

總體看來，杜牧的詩歌尤以七律七絶爲精彩，其詩俊爽清麗，流情感慨，此誠如繆鉞先生所説：「獨能於拗折峭健之中，有風華流美之致，氣勢豪宕而又情韻纏綿，把兩種相反的好處結合起來。」（《樊川詩集注·前言》）如《宣州送裴坦判官往舒州時牧欲赴官歸京》、《早雁》、《洛陽長句》、《九日齊山登高》、《寄揚州韓綽判官》、《題禪院》、《江南春絶句》、《酬張祜處士見寄長句四韻》以及《題宣州開元寺水閣閣下宛溪夾溪居人》詩：「六朝文物草連空，天澹雲閑今古同。鳥去鳥來山色裹，人歌人哭水聲中。深秋簾幕千家雨，落日樓臺一笛風。惆悵無因見范蠡，參差煙樹五湖東。」皆如此風調。這也是明人胡震亨《唐音癸籤》卷八引徐獻忠説：「牧之詩含思悲淒，流情感慨，抑揚頓挫之節，尤其所長，以時風委靡，獨持拗峭。」其七絶多有名篇，被翁方剛推崇爲「直自開寶以後百餘年無人能道」（《石洲詩話》卷二）。其特色在於常是托興幽微，遠韻遠神，雋永優美，富有情韻，而又顯得玲瓏剔透，雋妙天成，藴藉含蓄，如《寄揚州韓綽判官》：「青山隱隱水遥遥，秋盡江南草未凋。二十四橋明月夜，玉人何處教吹簫？」又如《題禪院》詩：「觥船一棹百分空，十歲青春不負公。今日鬢絲禪榻畔，茶煙輕颺落花風。」還如《鄭瓘協律》詩：「廣文遺韻留樗散，雞犬圖書共一船。自説江湖不歸事，阻風中酒過年年。」此外像《泊秦淮》、《江南春絶句》、《題桃花夫人廟》、《題村舍》、《山行》、《齊安郡中偶題二首》之一、《過華清宫絶句三首》等等皆是。這類詩不僅富有盛唐絶句的含蓄藴藉、風調流美之致，而且立意驚警，寫景言情，饒有韻致，顯出一片杜牧特有的風情神采。

當然杜牧律詩絶句可稱者還很多，此不一一。這裏還想説説他的詠史之作。杜牧的詠史詩多爲以議論驚警見長的七絶如《題商山四皓廟一絶》、《雲夢澤》、《題烏江亭》、《赤壁》等。這類詩作雖説好議論，然常帶情韻以行，故別有意藴風味又喜用翻案法，以此寄寓詩人特出的識見。此正如清人趙翼所論：「杜牧之作詩，……立意必奇闢，多作翻案語，無一平正者。」（《甌北詩話》卷十一《杜牧詩》）其好處是「無中生有，死中求活，非淺識所到」（謝枋得《疊山先生注解章泉澗泉二先生選唐詩》卷三）。又可以收到跌入一層，正意益醒之效。不過也容易引來後人的誤解。如宋人許顗謂：「杜牧之作《赤壁》詩云：『折戟沉沙鐵未消，自將磨洗認前朝。東風不與周郎便，銅雀春深鎖二喬。』意謂赤壁不能縱火，爲曹公奪二喬置之銅雀臺上也。孫氏霸業，繫此一戰，社稷存亡、生靈塗炭都不問，只恐捉了二喬，可見措大不識好惡。」（《彦周詩話》）其實這是誤解了杜牧詩意，故清人薛雪《一瓢詩話》駁云：「樊川『東風不與周郎便，銅雀春深鎖二喬』，妙絶千古。言公瑾軍功止藉東風之力，苟非乘風力之便，以破曹公，則二喬亦將被虜，貯之銅雀臺上。『春深』二字，下得無賴，正是詩人調笑妙語。許彦周謂：『孫氏霸業，繫此一戰，社稷存亡、生靈塗炭都不問，只恐捉了二喬，可見措大不識好惡。』此老專一說夢，不禁齒冷。」同樣的宋人胡仔也批評杜牧謂「至《題烏江亭》，則好異而畔於理。……項氏以八千人渡江，敗亡之餘，無一還者，其失人心爲甚，誰肯復附之，其不能卷土重來，決矣」（《苕溪漁隱叢話》後集卷十五《杜牧之》）。所批評的只是就其「好異而畔於理」，但杜牧詩的真正意蘊却不在於此。應該說，他的詠史詩在立意上是頗有創意的，表現了他的獨到見識；而其好議論的特色，對於後來的詠史之作也產生影響。

杜牧是晚唐承繼韓愈古文傳統的優秀散文家，他不僅在語言上堅持用散體，而且在理論和創作上也秉持古文運動的主張，他的散文尤其值得注意的是政論文，如《戰論》、《守論》、《罪言》、《原十六衛》等，均是縱論國家政治、軍事、社会民生等方面所存在的問題或弊病，表現了他的「輔國救世」的理想抱負，而且所論切中時弊，見解深刻，語言明白曉暢，故多爲司馬光《資治通鑑》所采録。類此的文章尚有《上李司徒相公論用兵書》、《上李太尉論江賊書》、《上昭義劉司徒書》、《上宣州高大夫書》、《同州澄城縣户工倉尉廳壁記》等等。他的散文多是有感而發，以議論見長，條分縷析，寓意深刻，縱横奥衍，誠如其甥裴延翰在《樊川文集序》中所評：「竊觀仲舅之文，高騁敻厲，旁紹曲摭，絜簡渾圓，勁出横貫，滌濯滓窳，支立欹倚。呵摩皲瘃，如火煦焉；爬梳痛癢，如水洗焉。其抉剔挫偃，敢斷果行，若誓牧野，前無有敵。其正視嚴聽，前衡後鑾，如整冠裳，祗謁宗廟。其聒蟄爆聾，發不慄，若大吕勁鳴，洪鐘横撞，撑裂噎喑，戞切《韶》《濩》。其砭熨嫉害，堤障初終，若濡槁於未焚，膏癰於未穿。栽培教化，翻正治亂，變醨養瘠，堯醲舜薰，斯有意趨賈、馬、劉、班之藩牆者邪。」裴延翰親炙於杜牧,自小即受到杜牧的「率承導誘」,杜牧「凡有撰制,大手短章,塗稿醉墨,碩夥纖屑,雖適僻阻,不遠數千里,必獲寫示」(《樊川文集序》)。他對杜牧文的評價應該是中肯可信的。

四

杜牧於大中五年冬得病將卒前,囑託其甥裴延翰爲他編文集,因此《樊川集》二十卷即是裴延翰遵杜牧之囑而編成的,這些詩文多是可靠的。但是宋人又搜羅有《樊川别集》和《樊川外集》各一卷,今存《四部叢刊》影印明翻宋刊本《樊川文集》二十卷外即附有《樊川别集》和《樊川外集》。南宋時又有據傳是杜牧的《續别集》三卷,但當時劉克莊在其《後村詩話》中即指出「樊川有《續别集》三卷,十八九是許渾詩。牧仕宦不至南海,而别集乃有南海府罷之作」。《續别集》今已不見,但《全唐詩》卷五二六所收的杜牧詩大致即是來源於《續别集》。清人馮集梧著《樊川詩集注》即將《全唐詩》此卷詩校補爲《樊川集遺收詩補録》,並另輯有《樊川詩補遺》,然上述兩部分詩作不僅多有僞作,而且《樊川詩補遺》也有已見於《全唐詩》者。今存杜牧較好的集子尚有景蘇園影宋本《樊川文集》,乃清楊守敬使書手就日本楓山官庫中藏本影摹,其中有《樊川文集》二十卷、外集一卷、别集一卷。又有朝鮮刻本《樊川文集夾注》(下簡稱「夾注」),乃明正統五年朝鮮全羅錦山刻本,正集四卷,外集一卷。卷末有「正統五年六月日全羅道錦山開刊」牌記一行。牌記後爲鄭方坤跋,云：「小杜詩古稱可法，而善本甚罕，世所有者，字多魚魯，學者病之。今監司權公克和與經歷李君蓄議之，符下知錦山郡事李君頼令詳校前本之訛謬而刊之，始於庚申三月，歷數月而告成。」此朝鮮刻本彌足珍貴，然以前在中土很難見到，故前人整理《樊川文集》時多未寓目，因而在校勘、注釋中未能加以利用。這個朝鮮刻本何人所著今不能明，然楊守敬《日本訪書志》卷十四謂「當爲南宋人也」。由於夾注本注釋與刊刻年代均較早，又至今尚少有人見到，因此它不僅具有珍貴的文獻價值，而且對杜牧詩文的箋注和校勘尤具重要作用。以下我們即稍加説明。

比如楊貴妃賜死馬嵬驛的記載尤爲人所關注，可惜常見的資料多過於簡略。但是，夾注本卷二《華清宮三十韻》詩中「喧呼馬嵬血，零落羽林槍」句下注引《翰府名談・玄宗遺録》的一段近千字的記載，即對楊貴妃賜死及其前後的情況有較詳細的記叙，其細節多有常見資料所未及者，對於研究馬嵬事件以及人們對這一事件的態度具有重要的價值。夾注本所引的《翰府名談》乃北宋劉斧所撰，此書已佚，今存於曾慥《類説》與《永樂大典》中的十餘條，亦無上所引的《玄宗遺録》這一記載。據韓錫鐸先生所推測，《玄宗遺録》可能是今已佚的「唐代陸贄撰的《玄宗編遺録》」（見中華全國圖書館文獻縮微複製中心所複製的《朝鮮刻本樊川文集夾注》書前的《影印説明》）。如果所言大致不誤，則這一僅存的有關楊貴妃之死的詳細記載因作者乃中唐人，其時代離馬嵬事件不遠，它的文獻價值也就更爲珍貴了。夾注本爲杜牧詩注釋又遠早於清人馮集梧的《樊川詩集注》（下簡稱「馮注」），且刊於明正統五年，因此夾注本無論在杜牧詩的校、注上，均具有重要的文獻價值，在杜牧詩的校勘上尤有助益。杜牧的《樊川文集》現存的重要本子主要有《四部叢刊》影印明翻宋刊本（下簡稱「叢刊本」）、景蘇園影宋本以及馮注本等。上述諸本在文字上時有異同，以前校勘杜牧集乃以上述諸本校勘，而未及夾注本。馮集梧在《樊川詩集注》中也未提及，更未利用夾注本，這在杜牧詩文的校勘乃至注釋上未免有所欠缺。儘管夾注本在文字上魯魚亥豕的訛誤也不少，但是由於它成書於宋代，刊刻於明正統間，因此無論如何它在校勘杜牧集時仍是重要的參校本。

我們不妨舉些例子將夾注本與馮注本等較好的本子相對照。馮本《題永崇西平王宅太尉愬院六韻》詩「國號大梁公」下有「原注：太尉季弟司徒德，亦封梁國公」。馮注接著辯「德」爲「聽」之誤，並説「第各本皆同，亦仍之」。其實馮注所説各本皆同有誤，其所未見的夾注本即正確地作「司徒聽」。又馮注本《樊川外集》中《倡樓戲贈》詩前二句：「細柳橋邊深半春，擷衣簾裏動香塵。」叢刊本同。然檢夾注本，首句則作「細柳橋邊探半春」。據五代王仁裕《開元天寶遺事》卷下《探春》條：「都人士女，每至正月半後，各乘車跨馬，供帳於園圃，或郊野中，爲探春之宴。」據此，夾注本的「探半春」恐優於馮注本的「深半春」。又如《樊川外集》中的《遺懷》詩，諸本其第三句均作「十年一覺揚州夢」，而夾注本於「十年」下注「一作三年」；又引《太平廣記》中有關杜牧爲牛僧孺揚州幕掌書記時遊揚州的記載，其中杜牧所作本詩亦作「三年一覺揚州夢」。考之於杜牧生平行蹤，以及此詩文本出現的先後，「三年」當較「十年」準確。至於詩歌字句的不同，則夾注本與諸本多有之，儘管有些文字夾注本未必勝於它本，但其中不少還是頗有校勘價值的，在杜牧詩集的校勘上，夾注本是不可忽略的。

另外，在杜牧詩歌的注釋上夾注本也具有一定的參考利用價值。杜牧詩在清代有馮集梧注，這一注本是目前對《樊川文集》前四卷詩的最好注本。夾注本的注釋雖整體上恐怕比不上馮注本之注釋，但也有不能忽視的優於馮注之處。這體現在以下幾方面。首先，夾注本注釋了《樊川文集》第一卷中的《阿房宫賦》、《望故園賦》、《晚晴賦》等三賦，又爲《樊川外集》做注。這是馮注所缺的。夾注對這些馮注不注的詩文作注，顯然更有利於我們閱讀或注釋它們。其次，夾注亦有不少優於馮注之處，值得汲取。譬如《今皇帝陛下一詔徵兵，不日功集，河湟諸郡，次第歸降，臣獲睹聖功，輒獻歌詠》詩「宣王休道太原師」句，馮注：「《國語》：宣王既喪南國之師，乃料民於太原。」而夾注：「《詩·六月》，宣王北伐也。『薄伐玁狁，至於太原』。」兩相比較，夾注更符合詩意。又如《九日》詩，馮注本注「明府辭官酒滿缸」句中「明府」，引《後漢書·劉寵傳》「自明府下車以來」云云，等於未注「明府」，實不如夾注引《後漢書·張湛傳》注「郡(守)所居曰府。明府，尊高之稱」等注明確。同樣的馮注在《池州送孟遲先輩》詩中的「秦臺破心膽」句下，注引了蕭統《五月啓》：「蘋葉飄風，影亂秦臺之鏡」，與庾信《鏡賦》「鏡乃照膽照心」，也未注清楚明晰。而夾注則注引《西京雜記》的有關咸陽宫有大方鏡，可照見人腸胃五臟，秦「始皇帝以照宫人，膽張心動者殺之」的記載，這一注解就使句意顯豁明白。再次，夾注可補馮注本未注者。這樣的例子也不少，如《詠歌聖德，遠懷天寶，因題關亭長句四韻》詩「霜後精神泰華獰」之「獰」字；《寄浙東韓乂評事》詩「鬢衰酒減欲誰泥」之「泥」字；《和野人殷潛之題籌筆驛十四韻》詩「嗚攻固有辭」之「嗚攻」；《商山麻澗》詩「牛巷雞塒春日斜」之「雞塒」等等，馮集梧均未注，而夾注則出注，有利於讀者之解讀。此外，馮注與夾注雖有時均引同書出注，但馮注往往有節略過甚，以致影響理解之處。而夾注有時則引書較詳，有助於理解詩意。如《往年隨故府吳興公夜泊蕪湖口》詩的「極浦沉碑會」句，兩書均引《晉書·杜預傳》，然夾注較詳；《重到襄陽哭亡友韋壽朋》詩的「伯道無兒跡更空」句，亦皆引《晉書·鄧攸傳》，然馮注注引過略，而夾注引書甚周詳，使讀者對「伯道無兒」的掌握更全面，因而更有助於對詩句的理解。凡此均可見在杜牧集的校勘、注釋上利用夾注本的重要性。

在現存杜牧集的版本上，這裏要特別提出説明的是近年由商務印書館據國家圖書館藏影印的文津閣《四庫全書》的《樊川集》（以下簡稱「文津閣本」）。文津閣所藏的《四庫全書》爲人所稱揚，謂較之文淵閣所藏之《四庫全書》爲優。這其中也包括比較兩閣所藏的《樊川集》所得出的結論。但這是就兩閣所藏的《樊川集》相比較而言的。若將文津閣所藏《樊川集》與現存較好的《四部叢刊》影印明翻宋刊本《樊川文集》相比勘，則文津閣本就大體相形見絀了。與上述《樊川文集》不同的是文津閣本的《樊川集》乃按文體編次，編爲二十二卷，其中包括《樊川外集》、《樊川別集》各一卷。由於編排不同等原因，則產生了種種缺漏和錯訛，其大致有以下數端。

其一、將原正集《樊川文集》中的詩與《樊川外集》中詩互混。如將《樊川文集》卷三的《入茶山下題水口草市絶句》編入《樊川外集》中，題爲《題水口草市》；又將《樊川外集》的《送張判官歸兼謁鄂州大夫》改題爲《送張判官歸》混入正集中。將《樊川外集》的《洛陽》一詩混入正集中，並置换原正集中《洛陽長句二首》詩題，編入爲第三首，題爲《洛陽》；《書懷寄盧州》詩原在《樊川外集》，文津閣本也編入正集卷三中。

其二，所收詩文篇數均有缺漏。文津閣本《樊川集》將原有的制誥同樣分成四卷，編在卷十四到卷十七中，然漏缺五篇。即原《樊川文集》卷十八的《李文舉除睦州制》、《竇弘餘加官依前台州刺史蘇莊除鄧州刺史等制》；卷二十的《朱能裕除景陵判官制》、《劉全禮等七人並除内侍省内府局丞置同正等制》、《黔中道朝賀訓州昆明等十三人授官制》。詩歌部分除正集中的《入茶山下題水口草市絶句》一首誤編入《樊川外集》外，原《樊川外集》有詩一百二十題，而文津閣本《樊川外集》僅收詩八十九題（其中含正集中的《入茶山下題水口草市絶句》一首）；原《樊川別集》有詩五十七題，而文津閣本《樊川別集》收四十九題。如果扣除原《樊川外集》中詩，今爲文津閣本誤編入正集的幾首詩外，文津閣本的《樊川外集》、《樊川別集》所漏收入的詩約有四十題之多。詩文的缺失如此之多，實在令人驚異。

其三，詩文題目或改易或欠完整，小注缺漏，個別詩歌、文章中斷、誤闌入。詩文題目或改易或欠完整的情況，如將《樊川文集》卷二中的《李給事二首》僅録第二首，改題爲《李給事》，編入卷三，又將第一首以同題編入同卷另一處；原在《樊川文集》卷三的《揚州三首》，改編在卷二，題爲《揚州》，但僅録第三首，而將另外兩首又題爲《揚州》，仍置於卷三。將《洛陽長句二首》改題爲《洛陽》；《送陸洿郎中棄官東歸》改爲《送陸洿棄官東歸》；《酬張祜處士見寄長句四韻》略爲《酬張祜處士》；《八月十二日得替後移居霅溪館因題長句四韻》略爲《八月十二日移居霅溪館》；《上門下崔相公書》略爲《上崔相公書》。原《樊川外集》的《送張判官歸兼謁鄂州大夫》詩，不僅誤編入正集，又將詩題略爲《送張判官歸》等等。小注缺漏例如《酬張祜處士見寄長句四韻》詩原在「可憐故國三千里，虚唱歌辭滿六宫」句下有「處士詩曰：『故國三千里，深宫二十年。一聲《何滿子》，雙淚落君前』」小注；《潤州二首》之二在「城高鐵甕横强弩」句下原有「潤州城孫權築，號爲鐵甕」小注，文津閣本則均漏略。詩歌、文章中斷、誤闌入如：原《樊川文集》卷一的《大雨行》，改編在卷三，而詩文字在「雲纏」後中缺十八字；《上宰相求杭州啓》行文至「子七年三郡，今始歸」，之後一大段文章均缺失，却闌入下篇《爲堂兄慥求澧州啓》的後半段，以此又造成後一文的中斷。又《周元植除鳳翔監軍制》，文津閣本行文至「可守右監門衛大將軍、知内侍」處即中斷，然《樊川文集》本此下尚有「省事，散官勳封賜如故，依前監鳳翔節度兵馬」等文字。

其四、文字錯訛。儘管文字錯訛乃杜牧集諸本所不免，文津閣本有不少文字也有優於它本之處，值得參校，但其文字之錯訛確實不少。如其《題烏江亭》詩：「江東子弟多少俊」，「少」字乃「才」字誤；《蘭溪》詩題下小注「在灞州西」之「灞州」乃「蘄州」之誤；《悼沈下賢》詩之「一夕少微山下夢」，「少微山」乃「小敷山」之訛；其《送張判官歸》詩之「今年拜旌戟，凜凜近霜臺」句中之

「今年」恐即原「今君」之訛；《長安雜題》六首之二的「樓獲」，應爲「樓護」；《同州澄城縣户部工食尉廳壁記》篇名，《樊川文集》則作《同州澄城縣户工倉尉廳壁記》，以及它在詩文題目上多有改動省略，詩文中文字因避清諱而改動等等。凡此其文字多有訛誤與改動也是顯而易見的。

從文津閣本《樊川集》以上主要缺漏錯訛看，此本確非理想的本子，但其中文字却有不少優於底本之處，可借以校勘，故此次校點即不將它作爲對校本，僅全文加以參校，其漏缺訛誤改易等等則不揭出，以免徒增繁冗，治絲益棼。

此次校勘即以《四部叢刊》影印明翻宋刊本《樊川文集》爲底本，與景蘇園影宋本（簡稱「景蘇園本」）、朝鮮刻本《樊川文集夾注》（簡稱「夾注本」）、《全唐詩》本、《全唐文》本、馮集梧《樊川詩集注》本（簡稱「馮注本」）以及《唐文粹》、《文苑英華》、《唐詩紀事》、《又玄集》、《才調集》所收杜牧詩文一一對校。校勘儘量保持底本原貌，列出對校本大抵可通文字，一般不做是非校，凡有改動處，則於校勘記中説明改動根據。上世紀七十年代末，上海古籍出版社出版了陳允吉先生校勘的《樊川文集》，此次校勘也吸收了該書的有些校勘成果。又胡可先先生在其《杜牧研究叢稿》中利用文淵閣《四庫全書》（其簡稱「庫本」）和杜牧《杜秋娘詩》手書影印件對部分杜牧詩文有所校勘，本書也加以利用，其所校稱「胡校」。在此特加説明，並向兩先生致以謝意。本書除收入《樊川文集》二十卷、《樊川别集》、《樊川外集》各一卷外，爲了儘量保存文獻，以供進一步研究之需，儘管前人視爲杜牧詩文而收爲杜牧之作中，其實尚存在不少非杜牧之作，但仍予收入本書中，這就是本書所編成的《集外詩一》、《集外詩二》、《集外詩三》，以及《集外文》，所收詩文來源均在各集前做了説明。馮集梧《樊川詩集注》以及朝鮮刻本《樊川文集夾注》在注釋上均有不少精當之處，值得尊重與利用，故本書的注釋也適當吸收兩書的有關内容。兩書所注引典籍，因注釋的方便，有時並不嚴格按照原書文字，而是撮其大意而有所取捨增減，今爲尊重原著，仍一依其舊，不加改易。《樊川文集》、《别集》、《外集》中的詩歌今均做了必要的注釋，而其他部分的詩歌因多非杜牧之作，故未予注釋；《樊川文集》中的文章，除三篇賦詳注之外，其他則因一般讀者較少涉獵，而多爲專業研究者所涉獵研究之用，而且大多文句並不難懂，實在不需多爲注釋以增繁冗，故僅做了某些必要的注釋。而其中的四卷制誥乃是代皇上所撰的「王言」，今亦僅加以繫年，不予注釋。本書的另一項工作是儘量對集中的部分詩文進行辨證與繫年，除了自己研究所得之外，也儘量吸取學界的研究成果。杜牧詩文的《集評》與書後的《杜牧研究資料》，多有吸收張金海先生《杜牧資料彙編》一書的成果，其中個别誤訛字又據原書進行改正。又明崇禎壬午（公元一六四二年）昭質堂刊《樊川文集》，中有鄭郲對一些詩文的評語，可惜未曾寓目，現僅將安徽師範大學葉幫義先生《昭質堂本〈樊川文集〉考論》一文所録評語移入各詩文《集評》中，又將其所鈔鄭郲所作的《樊川集序》收入本書《杜牧研究資料》中。凡本書吸取諸先生成果處，儘量加以説明，並在此致以謝意。爲了讀者與研究者的方便，本書書後特做《杜牧詩文編年目録》一篇。

繆鉞先生是著名的文史研究大家，著有《杜牧年譜》、《杜牧傳》等。上世紀八十年代初，我完成了《關於杜牧研究的幾個問題》的碩士學位論文，繆先生評審了我的學位論文，並在之後和我通信中表達了很想招我做爲他的博士生，讓我協助他從事《樊川文集》箋注的夙願。後來因爲他在歷史系，不便跨系招生，故未能如願。從那時以來，我便有爲杜牧集做校注的想法。校注是一項極爲嚴謹而艱深的研究工作，爲之實在不容易，非得有較深廣的學術積累不可，故以前雖有此心，但實在不敢爲之。轉眼間二十多年過去了，如今終於完成了《杜牧集繫年校注》，也算是完成了繆鉞先生的心願，此時真有如釋重負之感。但願此書能提供給廣大讀者和研究者以方便，爲保存傳統文化與學術盡綿薄之力。此書得到全國高校古委會、安徽師範大學中國詩學研究中心和廈門大學古籍整理研究所的大力支持，並列入整理研究項目中，在此特表衷心的謝意。

吴在慶

二〇〇七年十一月八日初撰於聽濤齋寓所

二〇〇八年元旦定稿於安徽師範大學中國詩學研究中心客座研究室

目録

樊川文集

樊川外集

樊川别集

集外詩

集外文

樊川文集

樊川文集序〔一〕

將仕郎守京兆府藍田縣尉充集賢殿校理裴延翰撰

長安南下杜樊鄉，酈元注《水經》〔二〕，實樊川也。延翰外曾祖司徒岐公之别墅在焉。上五年冬，仲舅自吳興守拜考功郎中、知制誥，盡吳興俸錢，創治其墅。出中書直，亟召昵密，往遊其地。一旦談啁酒酣，顧延翰曰：「司馬遷云，自古富貴，其名磨滅者，不可勝紀。我適稚走於此，得官受俸，再治完具，俄及老爲樊上翁。既不自期富貴，要有數百首文章，異日爾爲我序，號《樊川集》，如此顧樊川一禽魚、一草木無恨矣，庶千百年未隨此磨滅邪！」〔三〕

明年冬〔四〕，遷中書舍人，始少得恙，盡搜文章〔五〕，閱千百紙，擲焚之〔六〕，纔屬留者十二三。延翰自撮髮，讀書學文，率承導誘。伏念始初出仕入朝〔七〕，三直太史筆，比四出守，其間餘二十年〔八〕，凡有撰制，大手短章，塗稿醉墨，碩夥纖屑，雖適僻阻，不遠數千里，必獲寫示。以是在延翰久藏蓄者，甲乙籤目，比校焚外，十多七八，得詩、賦、傳、録、論、辯、碑、誌、序、記、書、啓、表、制，離爲二十編，合爲四百五十首〔九〕，題曰《樊川文集》。嗚呼！雖當一時戲感之言，孰見魄兆，而果驗白耶！

嘻，文章與政通，而風俗以文移。在三代之道，以文與忠、敬隨之，是爲理具，與運高下。探採古作者之論〔一〇〕，以屈原、宋玉、賈誼、司馬遷、相如、揚雄、劉向、班固爲世魁傑。然騷人之辭，怨刺憤懟，雖援及君臣教化，而不能霑洽持論〔一一〕。相如、子雲，瑰麗詭變〔一二〕，諷多要寡，漫羨無歸〔一三〕，不見治亂。賈、馬、劉、班，乘時君之善否，直豁己臆，奮然以拯世扶物爲任，纂緒造端，必不空言，言之所及，則君臣禮樂，教化賞罰，無不包焉。

竊觀仲舅之文，高騁夐厲〔一四〕，旁紹曲摭，絜簡渾圓，勁出横貫，滌濯滓窳，支立欹倚。呵摩皸瘃〔一五〕，如火煦焉；爬梳痛癢，如水洗焉。其抉剔挫偃，敢斷果行，若誓牧野，前無有敵。其正視嚴聽，前衡後鑾，如整冠裳，祇謁宗廟。其聒蟄爆聾，發不慄〔一六〕，若大吕勁鳴，洪鐘横撞，撑裂噎喑，戛切《韶》《濩》。其砭熨嫉害〔一七〕，堤障初終，若濡槁於未焚，膏癰於未穿。栽培教化，翻正治亂，變醨養瘠，堯醲舜薰，斯有意趨賈、馬、劉、班之藩牆者邪。

其文有《罪言》者，《原十六衛》者，《戰》、《守》二論者，與時宰《論用兵》、《論江賊》二書者。上獵秦、漢、魏、晉，南、北二朝，逮貞觀至長慶數千百年，兵農刑政，措置當否，皆能採取前事，凡人未嘗經度者。若繩裁刀解，粉畫綫織，布在眼見耳聞下。其譎往事，則《阿房宮賦》；刺當代，則《感懷詩》；有國欲亡，則得一賢人，決遂不亡者〔一八〕，則《張保皋傳》；尚古兵柄〔一九〕，本出儒術，不專任武力者，則注《孫子》而爲其序；褒勸賢傑，表揭職業，則贈莊淑大長公主及故丞相奇章公〔二〇〕、汝南公墓誌；摽白歷代取士得才，率由公族子弟爲多，則《與高大夫書》；諫諍之體，非訐醜惡，與主鬬激，則《論諫書》；若一縣宰，因行德教，不施刑罰，能舉古風，則《謝守黄州表》；一存一亡，適見交分，則《祭李處州文》；訓勵官業，告東君命〔二一〕，擬古典謨，以寓誅賞，則司帝之誥。其餘述喻讚誡，興諷愁傷，易格異狀，機鍵雜發，雖綿遠窮幽，膿腴魁礨，筆酣句健〔二二〕，窕眇碎細，包詩人之軌憲，整揚、馬之銜陣〔二三〕，聳曹、劉之骨氣，掇顔、謝之物色，然未始不撥亂治本，緪幅道義，鈎索於經史〔二四〕，觗禦於理化也。故文中子曰：「言文而不及理，是天下無文也〔二五〕，王道何從而興乎？」嘻，所謂文章與政通，而風俗以文移，果於是以卜。盛時理具，踔三代而蔭萬古，若躋太華，臨溟渤，但觀乎積高而杳深，不知其磅礴澶漫，所爲遠大者也。

近代或序其文，非有名與位，則文學宗老。小子既就其集，寤寐思慮，顛倒反覆〔二六〕，不翅逾年。苟墜承顧付與之言，雖晦顯兩不相解，在他人無其狀者，然以高有天，幽有神，陰有宰物者，可自抵誣以甘罰殛邪！　故總其條目〔二七〕，强自作序〔二八〕。至於裁判風雅〔二九〕，宰制典刑，標翊時濟物之才，編志業名位之實，則恭侯叔父中書公於前序。

【校勘記】

〔一〕《唐文粹》卷九三、《全唐文》卷七五九題作《樊川文集後序》。

〔二〕「酈元注《水經》」，《唐文粹》卷九三、《全唐文》卷七五九於「酈元」後有「長」字。

〔三〕「磨滅邪」，「邪」，《唐文粹》卷九三、《全唐文》卷七五九作「矣」。

〔四〕「明年冬」，《唐文粹》卷九三、《全唐文》卷七五九無「冬」字。

〔五〕「盡搜文章」，「搜」，《唐文粹》卷九三作「收」。

〔六〕「擲焚之」，《唐文粹》卷九三、《全唐文》卷七五九作「焚擲」。

〔七〕「伏念始初出仕入朝」，《唐文粹》卷九三、《全唐文》卷七五九無「始」字。

〔八〕「其間餘二十年」，「餘」，《唐文粹》卷九三、《全唐文》卷七五九作「逾」。

〔九〕「合爲四百五十首」，《唐文粹》卷九三、《全唐文》卷七五九無「爲」字。

〔一〇〕「探採古作者之論」，《唐文粹》卷九三無「採」字，《全唐文》卷七五九無「探」字。

〔一一〕「霑洽持論」，「持論」，《唐文粹》卷九三、《全唐文》卷七五九作「時論」。

〔一二〕「瑰麗詭變」，「詭變」，《唐文粹》卷九三、《全唐文》卷七五九作「詭譎」。

〔一三〕「漫羡無歸」，「漫羡」，《唐文粹》卷九三、《全唐文》卷七五九作「羡漫」。

〔一四〕「高騁敻厲」，「騁」字原作「聘」，據《唐文粹》卷九三、《全唐文》卷七五九改。

〔一五〕「呵摩皺瘃」，「摩」，《唐文粹》卷九三、《全唐文》卷七五九作「磨」。

〔一六〕「發不慄」，《唐文粹》卷九三、《全唐文》卷七五九無「不」字。

〔一七〕「其砭熨嫉害」，「害」，《唐文粹》卷九三、《全唐文》卷七五九作「惡」。

〔一八〕「決遂不亡者」，「者」字原無，據《唐文粹》卷九三、《全唐文》卷七五九補。

〔一九〕「尚古兵柄」，「兵」字原作「兩」字，據《唐文粹》卷九三、《全唐文》卷七五九改。

〔二〇〕「故丞相奇章公」，《唐文粹》卷九三、《全唐文》卷七五九無「丞相」二字。

〔二一〕「告東君命」，「東」字原作「柬」，據《唐文粹》卷九三、《全唐文》卷七五九改。

〔二二〕「筆酣句健」，《唐文粹》卷九三、《全唐文》卷七五九作「筆酣興健」。

〔二三〕「整揚，馬之衙陣」，「衙陣」，《唐文粹》卷九三、《全唐文》卷七五九作「牙陣」。

〔二四〕「鈎索於經史」，「鈎索」，《唐文粹》卷九三、《全唐文》卷七五九作「鈎深」。

〔二五〕「是天下無文也」，《唐文粹》卷九三、《全唐文》卷七五九無此句。

〔二六〕「顛倒反覆」，《唐文粹》卷九三、《全唐文》卷七五九無「顛倒」二字。

〔二七〕「故總其條目」，「其」字原無，據《唐文粹》卷九三、《全唐文》卷七五九補。

〔二八〕「强自作序」，《全唐文》卷七五九作「强自後序」。

〔二九〕「至於裁判風雅」，此句及之後文字原無，今據《唐文粹》卷九三、《全唐文》卷七五九及文津閣本《四庫全書》中《樊川集》裴延翰所作序補，其中「裁判」，文津閣本作「裁列」；「典刑」，文津閣本作「典型」；「翊時」，文津閣本作「翼時」。

樊川文集卷第一

阿房宫賦①

六王畢②，四海一。蜀山兀③，阿房出。覆壓三百餘里，隔離天日。驪山北構而西折④，直走咸陽⑤。二川溶溶⑥，流入宫牆。五步一樓，十步一閣。廊腰縵莫旦切迴，簷牙高啄⑦。各抱地勢，鉤心鬬角⑧。盤盤焉，囷囷焉⑨，蜂房水渦，矗敕六切不知乎幾千萬落。長橋卧波，未雲何龍〔一〕？複道行空〔二〕，不霽何虹？高低冥迷，不知西東〔三〕。歌臺暖響，春光融融；舞殿冷袖，風雨淒淒。一日之内，一宫之間，而氣候不齊。

妃嬪媵嬙⑩，王子皇孫，辭樓下殿，輦來于秦，朝歌夜絃，爲秦宫人⑪。明星熒熒，開粧鏡也；緑雲擾擾，梳曉鬟也；渭流漲膩，棄脂水也；煙斜霧横，焚椒蘭也；雷霆乍驚，宫車迴也〔四〕，轆轆遠聽，杳不知其所之也。一肌一容，盡態極妍，縵立遠視⑫，而望幸焉。有不見者〔五〕，三十六年。

燕、趙之收藏⑬，韓、魏之經營，齊、楚之精英，幾世幾年，剽掠其人，倚疊如山。一旦不能有〔六〕，輸來其間。鼎鐺玉石⑭，金塊珠礫⑮，棄擲邐迤，秦人視之，亦不甚惜。嗟乎！一人之心，千萬人之心也。秦愛紛奢，人亦念其家。奈何取之盡錙銖，用之如泥沙？使負棟之柱，多於南畝之農夫；架梁之椽，多於機上之工女〔七〕；釘頭磷磷⑯，多於在庾之粟粒；瓦縫參差，多於周身之帛縷；直欄横檻，多於九土之城郭；管絃嘔啞，多於市人之言語。使天下之人，不敢言而敢怒，獨夫之心，日益驕固。戍卒叫⑰，函谷舉⑱，楚人一炬⑲，可憐焦土。嗚呼〔八〕！滅六國者，六國也，非秦也。族秦者，秦也，非天下也。嗟夫！使六國各愛其人，則足以拒秦〔九〕。使秦復愛六國之人〔一〇〕，則遞三世可至萬世而爲君⑳，誰得而族滅也？秦人不暇自哀，而後人哀之；後人哀之而不鑑之，亦使後人而復哀後人也。

【校勘記】

〔一〕「未雲」，原作「未雩」，據《全唐文》卷七四八、文津閣本改。

〔二〕「行」，夾注本校：「一作横。」

〔三〕「西東」，原作「東西」，據《全唐文》卷七四八改。

〔四〕「宫車廻也」，「廻」，《唐文粹》卷一、《文苑英華》卷四七、《全唐文》卷七四八、文津閣本均作「過」。

〔五〕「有不見者」，《唐文粹》卷一、《文苑英華》卷四七、《全唐文》卷七四八作「有不得見者」。

〔六〕「不能有」，原作「有不能」，據《全唐文》卷七四八改。

〔七〕「工女」，《文苑英華》卷四七作「女工」。

〔八〕「嗚呼」，原無此二字，據《唐文粹》卷一、《文苑英華》卷四七、《全唐文》卷七四八補。

〔九〕《文苑英華》卷四七於「足以」下校：「樊川集、文粹並同，或添並力而三字。」「拒」，《文苑英華》卷四七作「距」，下校：「一作拒。」

〔一〇〕「使」，《唐文粹》卷一、《全唐文》卷七四八無此字。

【注釋】

①阿房宫：故址在今陝西西安西南。《史記·秦始皇本紀》：「三十五年，……始皇以爲咸陽人多，先王之宫廷小，吾聞周文王都豐，武王都鎬，豐鎬之間，帝王之都也。乃營作朝宫渭南上林苑中。先作前殿阿房，東西五百步，南北五十丈，上可以坐萬人，下可以建五丈旗。周馳爲閣道，自殿下直抵南山。表南山之顛以爲闕。爲復道，自阿房渡渭，屬之咸陽，以象天極閣道絶漢抵營室也。阿房宫未成；成，欲更擇令名名之。作宫阿房，故天下謂之阿房宫。」《樊川文集》卷一六《上知己文章啓》云：「寶曆大起宫室，廣聲色，故作《阿房宫賦》。」繆鉞《杜牧年譜》據此訂本詩作於寶曆

元年（八二五）。

②六王：此指戰國時趙、韓、魏、齊、楚、燕六國國君。

③蜀山：泛指蜀地一帶山脈。

④驪山：山名。在今陝西省臨潼縣東南。古代驪戎居之，故名驪山。山北有秦始皇墓。其麓有温泉，唐明皇屢幸之，置温泉宫，後改名華清宫。

⑤咸陽：地名。故址在今陝西省長安東渭城故城。戰國時秦孝公建都於此。

⑥二川：指渭水和樊川。

⑦高啄：此形容簷牙高聳，像鳥仰首啄物。

⑧鉤心鬭角：心，宫殿中心。角，屋簷角。此句指樓閣與宫室中心互相鉤連，簷牙屋角互相湊和，結構錯綜精密。

⑨囷囷：曲折迴旋貌。

⑩妃嬪媵嬙：指六國之后妃宫人。媵，古諸侯女兒出嫁時隨嫁或陪嫁之女。後稱妾爲媵。嬙，古代宫廷女官。

⑪爲秦宫人：《史記・秦始皇本紀》：「秦每破諸侯，寫放其宫室，作之咸陽北阪上，南臨渭，自雍門以東至涇、渭，殿屋複道周閣相屬。所得諸侯美人、鐘鼓，以充入之。」

⑫縵立：延佇，久立。

⑬收藏：指收藏之珍寶。

⑭鼎鐺玉石：將寶鼎當作平常之平底鍋，把美玉看作石頭。鐺，釜屬，温器。漢服虔《通俗文》：「鬴有足曰鐺。」

⑮金塊珠礫：把金子當作土塊，將珍珠視如石子。

⑯磷磷：色澤鮮明貌。《史記·司馬相如傳·上林賦》：「磷磷爛爛，采色澔汗。」

⑰戍卒叫：指秦末陳勝、吳廣起義。事見《史記·陳涉世家》、《漢書·陳勝項籍傳》。

⑱函谷舉：函谷關被攻佔。公元前二〇七年，劉邦攻克武關，秦王子嬰投降，軍入咸陽，並佔領函谷關。函谷關，關名。在今河南靈寶市東北三十里。乃秦之東關。東自崤山，西至潼津，深險如函，通名函谷。《元和郡縣圖志》卷六引《西征記》曰：「函谷關城，路在谷中，深險如函，故以爲名。其中劣通，東西十五里，絶岸壁立，崖上柏林蔭谷中，殆不見日。關去長安四百里。……號曰天險。」

⑲楚人一炬：指項羽焚燒秦宮室，火三月不滅，阿房宮也被燒毁。《史記·項羽本紀》：「居數日，項羽引兵西屠咸陽，殺秦降王子嬰，燒秦宮室，火三月不滅；收其貨寶婦女而東。」

⑳三世：指秦統一中國後只傳秦始皇、秦二世和秦王子嬰三世。

【集　評】

崔郾侍郎既拜命，於東都試舉人，三署公卿皆祖於長樂傳舍，冠蓋之盛，罕有加也。時吳武陵任太學博士，策蹇而至。郾聞其來，微訝之，乃離席與言。武陵曰：「侍郎以峻德偉望，爲明天子選才俊，武陵敢不薄施塵露！向者，偶見太學生十數輩，揚眉抵掌，讀一卷文書，就而觀之，乃進士杜牧《阿房宫賦》。若其人，真王佐才也，侍郎官重，必恐未暇披覽。」於是搢笏朗宣一遍。郾大奇之。武陵曰：「請侍郎與狀頭。」郾曰：「已有人。」曰：「不得已，即第五人。」郾未遑對。武陵曰：「不爾，即請還此賦。」郾應聲曰：「敬依所教。」既即席，白諸公曰：「適吳太學以第五人見惠。」或曰：「爲誰？」曰：「杜牧。」衆中有以牧不拘細行間之者。郾曰：「已許吳君矣。牧雖屠沽，不能易也。」（王定保《唐摭言》卷六「公薦」）

晚唐士人，專以小詩著名，而讀書滅裂。如白樂天《題座隅》詩云「俱化爲餓殍」，作「孚」字押韻。杜牧《杜秋娘》詩云「厭飫不能飴」，飴乃餳耳，若作飲食，當音飤。又陸龜蒙作《藥名》詩云「烏啄蠹根回」，乃是「烏喙」，非「烏啄」也。又「斷續玉琴哀」，藥名止有「續斷」，無「斷續」。此類極多。如杜牧《阿房宫賦》誤用「龍見而雩」事，宇文時斛斯椿已有此謬，蓋牧未嘗讀《周》、《隋書》也。（沈括《夢溪筆談》卷十四「藝文」一）

【杜牧賦元稹詩】南豐先生曾子固言《阿房宫賦》「鼎鐺玉石，珠瑰金礫，棄擲邐迤，秦人視之，亦不甚惜」，「瑰」當作「塊」，蓋言秦人視珠玉如土塊瓦礫也。又言牧賦宏壯巨麗，馳騁上下，累數百言，

至「楚人一炬，可憐焦土」，其論盛衰之變判於此矣。（潘淳《潘子真詩話》）

《變離騷序上》：唐李白詩文，最號不襲前人，而《鳴皋》一篇，首尾《楚辭》也，……辭不凋而指類，唐人知《楚辭》者少，誤以爲詩云。王維生韓、柳前，才數十言，雖淺顯未足與言義，然低昂宛轉，頗有楚人之態矣。元結振奇，自成一家，要曰群言之異味，亦可貴也。顧況文不多，約而可觀，《問大鈞》理勝，《招北客》詞勝，《阿房宮》云「亦使後人而復哀後人」，皆唐賦之不可廢者也。皮日休《九諷》專效《離騷》，其《反招魂》靳靳如影守形，然非也，竟離去書者，謹毛而失貌。嗚呼！《離騷》自此散矣。（晁補之《雞肋集》卷三十六）

牧之云：「未雩何龍」，鮑欽止謂予言，古本是「未雲何龍」，當以此爲是。（洪芻《洪駒父詩話》）

杜牧，字牧之，……其作《阿房宮賦》，辭彩尤麗，有詩人規諫之風，至今學者稱之。作行草氣格雄健，與其文章相表裏。大抵書法至唐，自歐、虞、柳、薛振起衰陋，故一時詞人墨客，落筆便有佳處，況如杜牧等輩耶！今御府所藏行書一，《張好好》詩。（闕名《宣和書譜》卷九）

神宗喜談經術，臣下進見，或有承聖問者，多皇遽失對。范忠宣謂立法本人情，怨讟可慮。造膝之際，累數百言。且曰：「願陛下不見是圖。」帝曰：「何如是不見是圖。」忠宣對曰：「唐杜牧所謂『天下不敢言而敢怒』者是也。」帝爲改容，味其言者久之。（朱弁《曲洧舊聞》卷一）

牧之《阿房賦》：「複道横空，未雲何龍？」議者謂，龍星也，非真龍也，不可比複道。《北史》：

賀師夏以龍見請雩，時高阿那肱録尚書事，謂爲真龍出見，大驚喜，問龍所在，作何顔色。師曰：「此是龍星初見，依禮當雩郊壇，非真龍也。」阿那肱忿然曰：「漢見多事，强知星宿。」祭事不行。方杜牧下筆時偶不記此耶？雖然，凡物之生乎下者，皆有星主乎上。《爾雅注》：「吁嗟請雨，雨，龍所司也。」龍星雖非真龍，然所主龍也。故請雨則以其夏見之時。又《爾雅》：螮蝀，謂之雩。螮蝀，虹也。以比横空複道，又何害？（朱翌《猗覺寮雜記》卷三）

【唐賦造語相似】唐人作賦，多以造語爲奇。杜牧《阿房宫賦》云：「明星熒熒，開妝鏡也。緑雲擾擾，梳曉鬟也。渭流漲膩，棄脂水也。煙斜霧横，焚椒蘭也。雷霆乍驚，宫車過也。轆轆遠聽，杳不知其所之也。」其比興引喻，如是其侈。然楊敬之《華山賦》，又在其前，叙述尤壯，曰：「見若咫尺，田千畝矣。見若環堵，城千雉矣。見若杯水，池百里矣。見若蟻垤，臺九層矣。醯雞往來，周東西矣。蠛蠓紛紛，秦速亡矣。蜂窠聯聯，起阿房矣。俄而復然，立建章矣。小星奕奕，焚咸陽矣。纍纍繭栗，祖龍藏矣。」後又有李庾者，賦西都云：「秦址薪矣，漢址蕪矣。西去一舍，鞠爲墟矣。代遠時移，作新都矣。」其文與意皆不逮楊、杜遠甚。高彦休《闕史》云：「敬之賦五千字，唱在人口。賦内之句，如上數語，杜司徒佑、李太尉德裕，常所誦念。」牧之乃佑孫，則《阿房賦》實模倣楊作也。彦休者，昭宗時人。（洪邁《容齋五筆》卷第七）

【阿房宫賦】杜牧之《阿房宫賦》曰：「明星熒熒，開粧鏡也；緑雲擾擾，梳曉鬟也；渭流漲膩，棄脂水也；煙斜霧横，焚椒蘭也；雷霆乍驚，宫車過也，轆轆遠聽，杳不知其所之也。」楊敬之《華山賦》曰：「見若咫尺，田千畝矣；見若環堵，城千雉矣；見若杯水，池百里矣；見若蟻垤，臺九層矣；醯雞往來，周東西矣；蠛蠓紛紛，秦速亡矣；蜂窠聯聯，起阿房矣；俄而復然，立建章矣；小星奕奕，焚咸陽矣；纍纍繭栗，祖龍藏矣。」二文同一機杼也。或者讀《阿房宫賦》至「歌臺暖響，春光融融；舞袖冷殿，風雨淒淒。一宫之間，而氣候不齊」，擊節歎賞，以謂善形容廣大如此。僕謂牧之此意，蓋體魏卞許《蘭昌宫賦》曰：「其陰則望舒涼室，羲和温房，隆冬御絺，盛夏重裘，一宇之深邃，致寒暑於陰陽。」非出於此乎？（王楙《野客叢書》卷二十四）

北齊源師攝祠部，屬孟夏，以龍見請雩。時高阿那肱爲録尚書事，謂爲真龍出見，大驚喜，問龍所在，雲作何顔色。師云：「此是龍星初見，禮當雩祭，非謂真龍。」肱，夷狄，不知書，何足貴。唐杜牧一代文士，其賦阿房，意遠而辭麗，吳武陵至以王佐譽之，後世稱誦不絶。然有云：「長橋卧波，未雲何龍？複道行空，不霽何虹？」既以橋比龍，則是以龍見爲真龍矣。牧之賦與秦事抵牾者極多。如阿房廣袤僅百里，牧謂「覆壓二百餘里」。始皇立十七年，始滅韓，至二十六年，盡併六國，則是十六年之前，未能致侯國子女也，牧乃謂「王子皇孫，輦來於秦，爲秦宫人，有不得見者，三十六年」。阿房終始皇之世，未嘗訖役，工徒之多，至數萬人。二世取之，以供驪山。周章軍至戲，又取以充戰士。歌臺舞榭，元未落成，宫人未嘗得居。《秦本紀》所謂「殿屋複道，周閣相屬，所得諸侯美人鐘鼓以充入之」者，謂渭北宫宇，非阿房也。牧顧有「妝鏡」、「曉鬟」、「脂水」之句。凡此，程泰之尚書（大昌）《雍録》皆嘗辨之，故之詳及。獨「未雩何龍」之語，不免與高阿那肱爲類，尤可怪也。《洪駒父詩話》載鮑欽止之説，謂古本作「未雲何龍」，然未知何所據。（趙與旹《賓退録》卷七）

《賓戲》犯《客難》，《洛神賦》犯《高唐賦》，《送窮文》犯《逐貧賦》，《貞符》犯《封禪書》、《王命論》。洪氏《隨筆》記《阿房賦》犯《華山賦》中語。余讀陸傪《長城賦》，首云：「千城絶，長城列。秦民竭，秦君滅。」不覺失笑，曰：「此豈非『蜀山兀，阿房出』之本祖歟！」傪名輩在樊川前。（劉克莊《後村詩話》前集卷二）

樊川《阿房宫賦》中間數語，特脱换楊敬之《華山賦》爾，未至若枚乘之純犯前作也。（劉克莊《後村詩話》續集卷二）

【阿房宫賦善用事】杜牧之《阿房宫賦》：「長橋卧波，未雲何龍。」正本元是「雲」字，後人傳寫之訛云「未雩何龍」，殊爲無理。杜之意蓋謂長橋之卧波上，如龍之未得雲而飛去，正如蛟龍得雲雨恐終非池中物之義。若加以「雩」字，則不惟無義，兼亦錯誤讀「龍」字了。《左傳》：「龍見而雩。」注謂龍星也，非龍也。龍星未見，則不之雩。今曰「未雩」，則龍當未見，何形可見？龍又星名，何有於長橋之勢哉？又此賦善於用事。凡作文之法，經可證史，史不可證經，前代史可證後代史，後代史不可以證前。如《阿房宫賦》所用事，不出於秦時，只「煙斜霧横，焚椒蘭也」兩句，尤不可及。六經只以椒蘭爲香，如「有椒其馨」、「其臭如蘭」、「蘭有國香」是也。楚詞亦只以椒蘭爲香，如「椒漿蘭膏」是也。

沉檀、龍麝等字，皆出於漢西京以後，詞人方引用。至唐人詩文則盛引沉檀、龍麝爲香，而不及椒蘭矣。牧此賦獨引用椒蘭，是不以秦時所無之物爲香也。（史繩祖《學齋佔畢》卷二）

杜牧之《阿房宮賦》云：「長橋卧波，未雲何龍？複道行宮，不霽何虹？」或以「雲」爲「雩」字之誤，其説幾是。然亦於禮未愜，豈望橋時常晴，而觀複道必陰晦邪？「鼎鐺玉石，金瑰珠礫」，曾子固以爲「瑰」當作「塊」，言視金珠如土塊、瓦礫耳。然則「鼎鐺玉石」亦謂視鼎如鐺，視玉如石矣。無乃大艱詭而不成語乎？「棄擲邐迤」，恐是「邐迤棄擲」。「滅六國者，六國也，非秦也；族秦者，秦也，非天下也。嗟乎！使六國各愛其人，則足以拒秦；使秦復愛六國之人，則遞三世，可至萬世而爲君。」多「嗟乎」字，當在「滅六國」上。尾句云「亦使後人而復哀後人也」，此亦語病也，有「使」字，則「哀」字下不當復云「後人」，言「哀後人」，則「使」當去。讀者詳之。（王若虛《滹南遺老集》卷三十六）

廉菴《題趙輔之樊川圖》云：「一賦《阿房》萬古傳，豈知今有趙樊川。謝公墩上王公住，異代風流各自賢。」（鮮于樞《困學齋雜録》）

東坡在雪堂，一日讀杜牧之《阿房宮賦》凡數遍，每讀徹一遍，即再三咨嗟歎息，至夜分猶不寐。有二老兵，皆陜人，給事左右，坐久甚苦之。一人長歎操西音曰：「知他有甚好處，夜久寒甚不肯睡，連作冤哭聲。」其一曰：「也有兩句好（西人皆作吼）。」其人大怒曰：「你又理會得甚的。」對曰：「吾愛他道『天下之人不敢言而敢怒』。」叔黨卧而聞之，明日以告，東坡大笑曰：「這漢子也有鑑識。」（陳

秀明《東坡聞談録》）

祝氏曰：「唐人之賦，大抵律多而古少。夫雕蟲道喪，頹波横流，風騷不古，聲律大盛。句中拘對偶以趨時好，字中揣聲病以避時忌，孰有學古！或就有爲古賦者，率以徐、庾爲宗，亦不過少異於律爾。甚而或以五七言之詩、四六句之聯以爲古賦者。中唐李太白天才英卓，所作古賦，差强人意；但俳之蔓雖除，而律之根故在。雖下筆有光焰，時作奇語，然只是六朝賦爾。惟韓、柳諸古賦一以《騷》爲宗，而超出俳律之外，唐賦之古，莫古於此。至杜牧之《阿房宫賦》，古今膾炙，但太半是論體，不復可專目爲賦矣，毋亦惡俳律之過而特尚理以矯之乎？」吁！先正有云：「文章先體制而後文辭」，學賦者其致思焉！（吴訥《文章辨體序説》）

文章如精金美玉，經百鍊歷萬選而後見。今觀昔人所選，雖互有得失，至其盡善極美，則所謂鳳凰芝草，人人皆以爲瑞，閲數千百年、幾千萬人而莫有異議焉。如李太白《遠别離》、《蜀道難》，杜子美《秋興》、《諸將》、《詠懷古跡》、《新婚别》、《兵車行》，終日誦之不厭也。蘇子瞻在黄州，夜誦《阿房宫賦》數十遍，每遍必稱好，非其誠有所好，殆不至此。然後之誦《赤壁》二賦者，奚獨不如子瞻之于《阿房》，及予所謂李、杜諸作也邪。（李東陽《麓堂詩話》）

杜牧《阿房》，雖乖大雅，就厥體中，要自峥嶸擅場，惜哉其亂數語，議論益工，面目益遠。（王世貞《全唐詩説》）

杜牧之《阿房宫賦》云：「長橋卧波，未雲何龍；複道行空，不霽何虹。」詞最新麗。而譏之者云：誤用「龍見而雩」事。謂龍乃龍星，非龍也。不知杜所用，乃「雲從龍」之龍，正取《易》「雲從龍」之義。蓋「雲」而非「雩」也。少陵詩云：「日落青龍現水中。」與此正同。且「雲」與「霽」相對，若作「雩」，乃祭名，有何義相涉而以爲偶耶？（朱孟震《續玉笥詩談》）

【過秦論】《擬過秦論》云：「六王初畢，四海始一，雄圖既溢，武力未畢。……」云云。……論擬《過秦》，實宋人場屋體，而此段又本唐人《阿房宮賦》。然小杜首四語甚奇，而揚四語中，再用「畢」字，殊失檢點。（胡應麟《少室山房筆叢》卷六續甲部「丹鉛新録」二）

劉敬山曰：文章之妙，在於變化，故一字而用有雅俗，如「個」字一也。《國語・齊語》曰：「鹿皮四個。」則俗；《史記・貨殖傳》曰：「竹竿萬個。」則雅矣。一語而用有雅俗。如諺曰：「敢怒而不敢言。」則俗；杜牧《阿房宮賦》曰：「使人不敢言而敢怒。」則雅矣。（陳宏緒《寒夜録》卷中）

純用議論，深其寄托，殆淵明所云抑流宕之邪心，諒有助於諷諫歟？（鄭郟評本賦）

【華山】楊敬之《華山賦》：「見若咫尺，田千畝矣；見若還（即「環」字）堵，城千雉矣；見若杯水，池百里矣；見若蟻垤，臺九層矣；醯雞往來，周東西矣；蠛蠓紛紜（一作「紛紛」），秦速亡矣；蜂巢（一作「窠」）聯聯，起阿房矣；俄而復然，立建章矣；小星奕奕，焚咸陽矣；纍纍繭栗，祖龍藏矣。」

吳旦生曰：王勉夫謂，杜牧《阿房宮賦》「明星熒熒，開妝鏡也；緑雲擾擾，梳曉鬟也；渭流漲膩，棄脂水也；煙斜霧横，焚椒蘭也；雷霆乍驚，宮車過也；轆轆遠聽，杳不知其所之也」，杜、楊二文，同一機杼。洪容齋謂敬之賦内數語，杜佑、李德裕常所誦念，牧之乃佑孫，則《阿房宮賦》實模倣楊作也。《江行雜録》云：牧之《阿房宮賦》：「六王畢，四海一；蜀山兀，阿房出。」陸傪《長城賦》：「千城絶，長城列；秦民竭，秦君滅。」輩行在牧之前，則《阿房》又祖《長城》句法矣。（吴景旭《歷代詩話》卷十九丙集七）

【雲龍】杜牧《阿房宮賦》：「長橋卧波，未雩何龍。」

吴旦生曰：《隱居詩話》：「牧謂龍見而雩，故用龍以比橋，殊不知龍者，龍星也。」余以《隱居》此辨甚確。齊源師謂高阿那肱：「龍見當雩。」阿那肱曰：「何處龍見？其色如何？」師曰：「龍星初見，禮當雩祭，非真龍也。」豈牧之文人，而亦有此失耶？後見《洪駒父詩話》載古本是「未雲何龍」，其義始安，乃知點畫之譌，相去懸絶至此。《百川學海》云：「蓋長橋之卧波上，如龍之未得雲而飛去，若加以雩字，則龍乃星名，何有於長橋之勢哉！」（吴景旭《歷代詩話》卷十九丙集七）

《潘子真詩話》云：「曾南豐言《阿房宮賦》『鼎鐺玉石，珠瑰金礫，棄擲邐迤，秦人視之，亦不甚惜』，『瑰』當作『塊』，蓋言秦人視珠玉如土塊瓦礫也。」觀此益知「雩」、「雲」之譌，有自來矣。（吴景旭《歷代詩話》卷十九丙集七）

古詩歌俱用虚字前一字叶韻，余既論之詳矣，而後人鮮知者。明唐寅《嬌女賦》用「只」收句，是學《大招》，而「只」字前一字俱不叶韻。又如《衡波傳》載《河上之歌》云：「鵠兮鶬兮，逆毛衰兮，一身九尾長兮。」「兮」字前一字不相叶韻，此歌作傳者所造，不但僞擬之陋，亦徵學古之疏，杜牧之《阿房宮賦》「明星熒熒，開妝鏡也」八句，「也」字前一字亦俱不叶韻。乃知前人亦多昧此法。至伯虎益無論已。……或曰：「明星熒熒」八句，「鬟」、「蘭」相叶，是隔句韻。《搜神記·淮南操》十二句，「下」、「甫」、「女」三韻相叶，韓愈《送陸歙州》詩：「我衣之華兮，我佩之光兮。陸君之去兮，誰與翱翔兮？」蓋古人用韻用此法云。（毛先舒《聲韻叢説》）

畫家畫古人圖像，皆須考其時代，如冠舄、衣褶、車服之類，一有踳誤杜纂，後人得而指之。詩賦亦然。宋史繩祖《學齋佔畢》，稱杜牧《阿房宮賦》「煙斜霧橫，焚椒蘭也」二句尤不可及，謂《六經》止以椒蘭爲香，《楚辭》言椒漿蘭膏亦然；若沉檀、龍麝等字，皆出於西京以後。（王士禎《古夫于亭雜録》卷一）

【阿房宮賦】杜牧之《阿房宮賦》，文之奇不必言，然於事實殊戾。按《史》：始皇三十五年，營作朝宮渭南上林苑中，先作前殿阿房。阿房宮未成。二世元年，還至咸陽，曰：「先帝爲咸陽朝廷小，故營阿房爲堂室。今釋阿房宮弗就，是彰先帝舉事過也。」復作阿房宮。二年冬，右丞相去疾、左丞相斯、將軍馮劫諫止作阿房宮作者。二世怒，下去疾等吏。去疾、劫自殺，斯就五刑。是終秦之世，阿房宮未成也。又考《史》：二十六年，秦每破諸侯，寫放其宮室，作之咸陽北阪上，南臨渭，自雍門以東，殿屋複道，周閣相屬，所得美人鐘鼓以充入之。則牧之所賦「妃嬪媵嬙，王子皇孫，辭樓下殿，輦來於秦。朝歌夜絃，爲秦宮人」者，指此。此實不名阿房宮，而謂「有不見者三十六年」，非阿房事實

矣。予既辨此，後讀程大昌《雍録》、趙與旹《賓退録》，皆已辨之，大略相同。聊存之。（王士禛《池北偶談》卷十二「談藝」二）

【雩】史繩祖《學齋佔畢》辯杜牧之《阿房宫賦》，「未雩何龍」，「雩」當作「雲」。《猗覺寮雜記》亦議此句，引《北史》高那肱事，以爲牧之之誤；而又引《爾雅》「蝃蝀謂之雩」，云蝃蝀，虹也。如此則讀屬下句，意複而詞不順，且「龍」字無著，似當以史説爲長。（王士禛《池北偶談》卷十三「談藝」三）

《阿房宫賦》：起四語，只十二字，便將始皇混一已後，縱心溢志寫盡，真突兀可喜。「覆壓三百餘里，……流入宫牆。」此段總寫其大，下乃細寫之。「五步一樓，……不知其幾千萬落。」此段寫宫中樓閣之多。「長橋卧波，……不知西東。」此段寫橋梁道路之遠。「歌臺暖響，……而氣候不齊。」此段寫宫殿歌舞之盛。「妃嬪媵嬙，……爲秦宫人。」早以聲歌，夜以絲絃，轉而爲秦皇之宫人。六句承上寫歌舞，接下寫美人。「明星熒熒，開妝鏡也。」疑其星，言鏡之多。「緑雲擾擾，梳曉鬟也。」疑其雲，言鬟之多。「渭流漲膩，棄脂水也。」言脂之多。「煙斜霧横，焚椒蘭也。」言香之多。「雷霆乍驚，……杳不知其所之也。」轆轆，車聲，言車之多。比上增一句，參差。「一肌一容，……三十六年。」此段寫宫中美人之多。「燕、趙之收藏，韓魏之經營，齊楚之精英。」横寫六國珍奇。「幾世幾年，取掠其人，倚疊如山。」豎寫六國珍奇。「一旦不能有，……亦不甚惜。」此段寫宫中珍奇之多。「嗟乎！……多於市人之言語。」總上極寫。「使天下之人，……日益驕固。」寫秦止此。「可憐焦土」，一篇無數壯麗，只以四字了之。「嗚呼！……亦使後人而復哀後人也。」言盡而意無窮。前幅極寫阿房之瑰麗，不是羨慕其奢華，正以見驕横斂怨之至，而民不堪命也，便伏有不愛六國之人意在。所以一炬之後，廻視向來瑰麗，亦復何有。以下因盡情痛悼之，爲隋廣、叔寶等人炯戒，尤有關治體，不若《上林》、《子虚》，徒諷君之過也。（吴楚材　吴調侯《古文觀止》卷七）

杜牧《阿房宫賦》：「未雲何龍。」用《易經》「雲從龍」也。《是齋日記》以爲用左氏「龍見而雩」。宫中，非雩祭地也。（袁枚《隨園詩話》卷一）

《莊子·徐無鬼》：「嗟乎！我悲人之自喪者，吾又悲夫悲人者，吾又悲夫悲人之悲者，其後而日遠矣。」杜牧之《阿房宫賦》：「秦人不暇自哀而後人哀之，後人哀之而不鑒之，是使後人而復哀後人也。」機杼實本《莊子》。（秦篤輝《平書》卷七）

唐文韓、柳外，當推元、白筆爲俊爽。杜牧之、皮襲美皆不及也。牧之惟《阿房》一賦，超出輩流。（秦篤輝《平書》卷七）

《學齋佔畢》：「杜牧之《阿房宫賦》『未雩何龍』，『雩』當作『雲』。」按前人有議「龍」字謬者，觀此不禁灑然，原非用《左傳》「龍見而雩」也。（秦篤輝《平書》卷七）

宋人以文爲賦，非宋人之創造也。遠則宋子《登徒子好色賦》，近則杜牧《阿房宫賦》，心摹手追，流蕩忘返，適成一代風氣，然終非正格也。（周中孚《鄭堂札記》）

《阿房宫賦》，唐杜牧撰，宋游師雄記，其後安宜之正書。杜賦家絃户誦，無不童而習之。校以石刻，有足正俗本相沿之謬者。俗本「未雲何龍」，石刻「雲」作「雩」；俗本「不知西東」，石刻「西東」作「東西」，與上「冥迷」、下「凄凄」叶韻。並爲遠勝。惟「工女」作「女工」，乃安書誤筆也。（武樹善《陝西金石志》）

望故園賦①

余固秦人兮故園秦地②，念歸途之幾里。訴余心之未歸兮，雖繫日而安至③。既操心之大謬，欲當時之奏技④。技固薄兮豈易售，矧將來之歲幾。人固有尚，珠金印節⑤；人固有爲，背憎面悦。擊短扶長⑥，曲邀横結。吐片言兮千口莫窮⑦，觸一機而百關俱發⑧。嗟小人之䠠蒙兮⑨，尚何念於逸越。余之思歸兮，走杜陵之西道⑩。巖曲天深，地平木老。隴雲秦樹，風高霜早；周臺漢園，斜陽暮草。寂寥四望，蜀峰聯嶂⑪；蔥蘢氣佳，蟠聯地壯⑫。繚粉堞於綺城，矗未央於天上⑬。月出東山，苔扉向關，長煙苒惹⑭，寒水注灣。遠林雞犬兮，樵夫夕還。織有桑兮耕有土，昆令季强兮鄉黨附⑮。悵余心兮捨兹而何去？憂豈無念，念至謂何？憤慍悽悄，顧我則多。萬世在上兮百世居後，中有一生兮孰爲壽夭？生既不足以紉佩兮⑯，顧他務之纖小。賦言歸兮，余之忘世〔一〕，徒爲兮紛擾。

【校勘記】

〔一〕「余之忘世」，「忘世」，夾注本、《全唐文》卷七四八均作「志世」。此句文津閣本作「余心忘世」。

【注釋】

①《樊川文集》卷一二《池州造刻漏記》云：「大和四年，某自宣城使於京師。」考本賦有「隴雲秦樹，風高霜早」、「長煙苒惹，寒水注灣」，乃寒涼氣候，與杜牧此行之節候同。且賦中所表現之不得志與思歸情緒與詩人大和四年之情形相符，故本賦或約大和四年（八三〇）由宣州入京時作。

②秦人：杜牧爲京兆萬年人，唐京兆舊屬秦地，故自稱秦人。

③繫日：用繩繫住太陽使之不落下。傅玄《九曲歌》：「歲暮景邁群光絶，安得長繩繫白日？」李白《惜餘春賦》：「恨不得掛長繩於青天，繫此西飛之白日。」

④奏技：貢獻自己之技巧才能。

⑤印節：官印符節。印，圖章，印信。如璽、寶、印、章、記等，統稱爲印。節，符節。古時使臣執以示信之物。《周禮·地官·掌節》：「掌守邦節而辨其用，以輔王命。守邦國者用玉節，守都鄙者用

角節。凡邦國之使節，山國用虎節，土國用人節，澤國用龍節……門關用符節，貨賄用璽節，道路用旌節，皆有期以反節。」

⑥擊短扶長：意爲打擊欺負弱小者，阿附幫助有權勢者。

⑦吐片言句：意爲僅因講了片言隻語，即招來千人之無窮盡譭謗之言。

⑧觸一機句：意爲觸動了一人而招致千百人之攻擊。機關，機所以發，關所以閉，凡設有機件而能制動之器械，皆稱爲機關。

⑨顓蒙：愚昧。

⑩杜陵：地名。在今陝西西安市東南。古爲杜伯國。本名杜原，又名樂遊原。秦置杜縣。漢宣帝在此築陵，改名杜陵。

⑪聯嶂：山峰連綿不斷有如屏障。嶂，似屏障之山峰。《文選》沈約《鍾山詩應西陽王教》：「鬱律構丹巘，崚嶒起青嶂。」

⑫蟠聯：地勢盤曲旋繞，連綿不斷。

⑬未央：西漢宫殿名。故址在今陝西省西安市西北長安故城内西南角。漢高祖七年，蕭何主持營造。倚龍首山建前殿，立東闕、北闕、武庫、太倉等，周圍二十八里。王莽時改名壽成室，末年毁於兵火。東漢、隋唐曾屢加修葺，唐末毁。《三輔黄圖》卷二：「未央宫周回二十八里，前殿東西五

十丈，深十五丈，高三十五丈。」

⑭ 苒惹：裊裊升騰貌。

⑮ 昆令季强句：兄弟中長者爲昆，幼者爲季。鄉黨，猶鄉里。《禮·曲禮》上：「故州閭鄉黨稱其孝也。」《注》：「《周禮》，二十五家爲閭，四閭爲族，五族爲黨，五黨爲州，五州爲鄉。」

⑯ 紉佩：謂修養崇高之品格。屈原《離騷》：「扈江離與辟芷兮，紉秋蘭以爲佩。」紉，縫綴，以綫穿針。

【集評】

襟期高曠，古今第一流。（鄭郲評本賦）

晚晴賦并序

秋日晚晴，樊川子目於郊園①，見大者小者，有狀類者，故書賦云：

雨晴秋容新沐兮，忻繞園而細履。面平池之清空兮，紫閣青横②，遠來照水。如高堂之上，見羅幕兮，垂乎鏡裏。木勢黨伍兮③，行者如迎，偃者如醉，高者如達，低者如跂④。

松數十株，切切交風〔一〕，如冠劍大臣，國有急難，庭立而議。竹林外裹兮，十萬丈夫，甲刃摐摐七恭切⑤，密陣而環侍。豈負軍令之不敢囂兮，何意氣之嚴毅⑥。復引舟於深灣，忽八九之紅芰。姹然如婦⑦，斂然如女，墮蕊黦於勿切顔⑧，似見放棄。白鷺潛來兮，邈風標之公子⑨。窺此美人兮，如慕悦其容媚。雜花參差於岸側兮，絳緑黄紫。格頑色賤兮⑩，或妾或婢。間草甚多，叢者束兮，靡者杳兮，仰風獵日⑪，如立如笑兮，千千萬萬之狀容〔二〕兮，不可得而狀也。若予者則爲何如〔三〕？倒冠落佩兮〔四〕，與世闊踈⑫。敖敖休休兮⑬，真徇其愚而隱居者乎！

【校勘記】

〔一〕「切切交風」，「風」，《唐文粹》卷八、夾注本、《全唐文》卷七四八、文津閣本均作「峙」。

〔二〕「狀容」，《全唐文》卷七四八、文津閣本無「狀」字。

〔三〕「爲」，《全唐文》卷七四八作「謂」。

〔四〕「佩」，文津閣本作「珮」。

【注釋】

①樊川子：杜牧自稱，因其家别墅在樊川，故自謂。樊川，水名。在今陝西長安縣南。其地本杜縣之樊鄉。《文選》晉潘安《西征賦》：「疏南山以表闕，倬樊川以激池。」《注》：「《三秦記》曰：長安正南秦嶺，嶺根水流爲秦川，一名樊川。」郊園，此指杜牧家之樊川别墅。

②紫閣：即紫閣峰，終南山山峰名。以日光照射爛然呈紫色而名。在今陝西鄠縣東南三十里。宋張禮《游城南記》：「圭峰紫閣在（終南山）祠之西，圭峰下有草堂寺。」

③木勢黨伍：樹木分類如同夥般而生。

④跂：跕起脚尖。

⑤甲刃摐摐：甲刃，兵甲武器。摐摐，象聲詞，此處指甲刃互相碰擊發出之聲響。王建《霓裳詞》之八：「絃索摐摐隔彩雲，五更初發滿宮闈。」

⑥嚴毅：嚴肅威重剛毅貌。

⑦姹然：豔麗貌。

⑧黖顔：指花朵黄黑色。

⑨邈風標：風度飄逸貌。邈，高遠縹緲。風標，風度，儀態。《世説新語·賞譽》：「王丞相云」《注》引虞預《晉書》：「戴儼字若思，廣陵人，才義辯濟，有風標鋒穎。」

⑩ 格頑：格調愚頓。頑，愚妄。

⑪ 仰風獵日：指野草昂頭迎風，沐浴陽光。

⑫ 闊踈：疏遠，遠離。

⑬ 敖敖休休：遨遊休閒貌。敖，遊玩。《詩・邶風・柏舟》：「微我無酒，以敖以遊。」休休，安閒貌。《詩・唐風・蟋蟀》：「好樂無荒，良士休休。」

【集　評】

舊史稱佑城南樊川有桂林亭，卉木幽邃，佑日與公卿宴集其間。元和七年，佑以太保致仕居此。《式方傳》又云：「杜城有别墅，亭館林池，爲城南之最。」牧之賦亦曰：「予之思歸兮，走杜陵之西道，巖曲泉深，地平木老。隴雲秦樹，風高霜早；周臺漢園，斜陽衰草。」其地有九曲池，池西有玉鉤亭。許渾詩所謂「九曲池西望月來」。池跡尚存，亭則不可考也。又其地有七葉樹，每朵七葉，因以爲名。羅隱詩所謂「夏窗七葉連簷暗」是也。以是求之，其景可知也。（張禮《游城南記・張注》）

杜牧好用故事，仍于事中復使事，若「虞卿雙璧截肪鮮」是也。亦有趁韻撰造非事實者，若「珊瑚破高齊，作婢春黄糜」是也。李詢得珊瑚，其母令衣青衣而舂，初無「黄糜」字。其《晚晴賦》云：「忽引舟於青灣，睹八九之紅芰。（按《樊川集》云：「復引舟于深灣，忽八九之紅芰。」）姹然如歸，嫣然如女。」芰，菱也，牧乃指爲荷花。其爲《阿房宫賦》云：「長橋卧波，未雩何龍？」牧謂龍見而雩，故用龍以比橋，殊不知龍者，龍星也。（魏泰《臨漢隱居詩話》）

衆禽中，唯鶴標致高逸，其次鷺亦閑野不俗，又嘗見於《六經》，如「鶴鳴在陰，其子和之」，「鶴鳴于九皋，聲聞于天」，「振鷺于飛，于彼西雝」。《易》與《詩》嘗取之矣，後之人形於賦詠者不少，而規規然祇及羽毛飛鳴之間。如《詠鶴》云：「低頭乍恐丹砂落，曬翅常疑白雪銷。」此白樂天詩。「丹頂西施頰，霜毛四皓鬚」，此杜牧之詩。此皆格卑無遠韻也。至於鮑明遠《鶴賦》云：「鐘浮曠之藻思，抱清迥之明心。」杜子美云：「老鶴萬里心。」李太白《畫鶴贊》云：「長唳風宵，寂立霜曉。」劉禹錫云：「徐引竹間步，遠含雲外情。」此乃奇語也。如《詠鷺》云：「拂日疑星落，淩風似雪飛。」此李文饒詩。「立當青草人先見，行近白蓮魚未知」，此雍陶詩。亦格卑無遠韻也。至於杜牧之《晚晴賦》云：「忽八九之紅芰，如婦如女，墮蕊黦顔，似見放棄。白鷺潛來，邈風標之公子，窺此美人兮，如慕悦其容媚。」雖語近於纖豔，然亦善比興者。至於許渾云：「雲漢知心遠，林塘覺思孤。」僧惠崇云：「曝翎沙日暖，引步島風情。照水千尋迥，棲煙一點明。」此乃奇語也。（陳巖肖《庚溪詩話》卷下）

芰，即菱也，花白生水下。杜牧之《晚晴賦》云：「復引舟於深灣，忽八九之紅芰，姹然如婦，斂然如女。」是以芰爲蓮花。（朱翌《猗覺寮雜記》卷二）

杜牧《晚晴賦》：「睹八九之紅芰。」芰，菱屬也。菱花色黄而不紅，杜既言紅，又以比美女，則當

指芙蕖也。杜誤以菱爲蓮。（李治《敬齋古今黈》卷七）

有深諷。（鄭郲評「冠劍大臣，國有急難，庭立而議」數句）

【芰】吳旦生曰：芰，菱也，言荷與菱兩物也。杜牧之《晚晴賦》：「忽引舟於深灣，睹八九之紅芰」，是誤以芰爲荷。東坡詩：「緑芰紅蓮畫舸浮」，乃分别言之。按《酉陽雜俎》云：四角、三角曰芰，兩角曰菱。（吳景旭《歷代詩話》卷五十庚集五）

感懷詩一首 時滄州用兵①

高文會隋季②，提劍徇天意③。扶持萬代人，步驟三皇地④。聖云繼之神，神仍用文治。德澤酌生靈，沉酣薰骨髓⑤。旄頭騎箕尾⑥，風塵薊門起⑦。胡兵殺漢兵⑧，屍滿咸陽市⑨。宣皇走豪傑⑩，談笑開中否⑪。蟠聯兩河間⑫，燼萌終不弭⑬。號爲精兵處，齊、蔡、燕、趙、魏⑭。合環千里疆，爭爲一家事。逆子嫁虜孫，西鄰聘東里。急熱同手足⑮，唱和如宮徵⑯。法制自作爲，禮文爭僭擬。壓階螭鬬角⑰，畫屋龍交尾⑱。署紙日替名，分財賞稱賜⑲。刳隍歊呼怙切萬尋⑳，繚垣疊千雉㉑。誓將付孱孫㉒，血絶然方已㉓。九廟仗神靈㉔，四海爲輸委。如何七十年，汗赩含羞恥㉕。韓、彭不再生㉖，英、衛皆爲鬼㉗。凶門爪牙輩㉘，穰穰如兒戲㉙。累聖但日吁㉚，閫外將誰寄㉛？屯田數十萬，堤防常慴惴㉜。急征赴軍須，厚賦資凶器㉝。因隳畫一法㉞，且逐隨時利。流品極蒙尨㉟，網羅漸離弛㊱。夷狄日開張，黎元愈憔悴。邈矣遠太平，蕭然盡煩費㊲。至於貞元末，風流恣綺靡㊳。艱極泰循來㊴，元和聖天子。元和聖天子，英明湯、武上。茅茨覆宫殿㊵，封章綻帷帳㊶。伍旅拔雄兒㊷，夢卜庸真相㊸。勃雲走轟霆㊹，河南一平盪㊺。繼于長慶初，燕、趙終舁繈㊻。攜妻負子來，北闕爭頓顙㊼。故老撫兒孫，爾生今有望。茹鯁喉尚隘㊽，負重力未壯。坐幄無奇兵㊾，吞舟漏踈網㊿。骨添薊垣沙(51)，血漲嘑沲浪〔一〕(52)。秖云徒有征，安能問無狀。一日五諸侯(53)，奔亡如鳥往。取之難梯天，失之易反掌。蒼然太行路，翦翦還榛莽(54)。關西賤男子(55)，誓肉虜杯羹(56)。請數係虜事，誰其爲我聽。蕩蕩乾坤大，曈曈日月明。叱起文、武業，可以豁洪溟(57)。安得封域内，長有扈苗征(58)。七十里百里(59)，彼亦何常爭。往往念所至，得醉愁蘇醒。韜舌辱壯心(60)，叫閽無助聲。聊書感懷韻，焚之遺賈生(61)。

【校勘記】

〔一〕「嘑沲」，夾注本作「滹沲」。

【注釋】

①唐敬宗寶曆二年四月，横海節度使李全略死，其子李同捷自爲留後，文宗大和元年五月，朝廷以李同捷爲兗海節度使，同捷拒不受命。八月，朝廷遂討之。至大和三年四月，李同捷被斬，滄州平。按，繆鉞《杜牧年譜》云：「所謂『滄州用兵』者，即指討横海李同捷事，横海節度使治所在滄州。大和元年八月討李同捷，大和三年四月，官兵攻入滄州，斬李同捷，《感懷詩》中杜牧自稱『賤男子』，杜牧於大和二年春進士及第，制策登科，授官，此後即不應自稱『賤男子』矣。故知此詩應作於大和元年。」今即訂此詩於大和元年（八二七）。

②高文：高指唐高祖李淵；文即唐太宗李世民，其謚號爲文皇帝。會，適逢。隋季，隋代末年。

③提劍：漢劉邦曾云：「吾以布衣提三尺劍取天下，此非天命乎？」事見《史記·高祖本紀》。徇，順從。

④步驟：步武、追隨。《後漢書·曹褒傳》《注》引《孝經鉤命訣》有「三皇步、五帝驟、三王馳」語。夾注：「《白虎通》：三皇步，五帝驟，三王馳，五霸鶩。」三皇，指傳説中之伏羲、神農、燧人。此句意謂唐高祖、太宗之功業可與三皇媲美。

⑤沉酣句：謂德澤人民，使如醉醇酒般地薰入骨髓。

⑥旄頭：昴七星又名旄頭。古人認爲旄頭跳躍，則兵大起。箕、尾，二十八宿中星名。燕地爲箕尾

分野。此句指唐玄宗天寶末年安禄山起兵反叛於幽燕。夾注：「《史記》：旄頭，胡星也。《晉書》：旄頭，黄道之所經也。天而數盡，動若跳躍者，胡兵大起。《莊子》：傳説乘東維，騎箕尾而比於列星。《詩史》：『旄頭彗紫微』《注》：喻禄山亂中原，陷長安也。」

⑦薊門句：謂安禄山起兵反叛。薊門，即薊丘，在今北京德勝門外。夾注：「《通典》：漁陽郡，今薊門。《漢書·終軍傳》：過境有風塵之警，臣宜被堅執鋭，當矢石，啓前行。《唐書》：安禄山，柳城胡人也，爲范陽節度使，天寶十四載反，詔郭子儀東討。」

⑧胡兵句：胡兵，指安禄山叛軍。《資治通鑑》卷二一八至德元載六月載安禄山將崔乾祐殺官軍情形：「乾祐嚴精兵，陳於其後。兵既交，賊偃旗如欲遁者，官軍懈，不爲北。須臾，伏兵發，賊乘高下木石，擊殺士卒甚衆。……乾祐遣同羅精騎自南山過，出官軍之後擊之，官軍首尾駭亂，不知所備，於是大敗；或棄甲竄匿山谷，或相擠排入河溺死，囂聲振天地，賊乘勝蹙之。」

⑨咸陽句：咸陽，秦都，在今陝西咸陽市東北二十里窯店鎮一帶。秦孝公十二年築城，並將國都自櫟陽遷此，因置咸陽縣。此處用以指長安。《資治通鑑》卷二一八至德元年載安禄山入長安，「命搜捕百官、宦者、宫女等，每獲數百人，輒以兵衛送洛陽。王、侯、將、相扈從車駕、家留長安者，誅及嬰孩。」

⑩宣皇句：宣皇，指唐肅宗，其謚爲「文明武德大聖大宣孝皇帝」。走，奔走。此處爲使動用法。

⑪開中否句：否，《易》卦名，閉塞之意。開中否，謂扭轉危險局面。馮注：「《唐書·肅宗紀》：至德二載閏月，廣平王俶爲天下兵馬元帥，郭子儀副之，九月，復京師。」

⑫蟠聯句：蟠聯，盤踞聯結。兩河，河南、河北兩道。此指下文之齊蔡燕趙魏。馮注：「李德裕《會昌一品集》：自天寶以後，兵宿中原，强侯締交，髋髀甚衆，貢賦不入，刑政自出，包荒含垢，以致於貞元，兩河藩鎮，或倉卒易帥，甚于弈棊；或陸梁弄兵，同於拒轍。」

⑬爐萌句：謂安史叛將依然如死灰復燃，難於消除。爐萌，火之餘爐復萌。弭，止。

⑭齊蔡燕趙魏：春秋戰國時五國名，此分别指唐淄青、彰義、盧龍、成德、魏博等五鎮。

⑮急熱句：急熱，猶言打得火熱。《新唐書·李寶臣傳》：「（寶臣）與薛嵩、田承嗣、李正己、梁崇義相姻嫁，急熱爲表裏。」

⑯宫徵：古代音樂五聲中之兩聲。

⑰螭：傳説中一種無角之龍。

⑱龍交尾：龍尾巴互相纏結。螭頭、交龍，爲帝王宫殿、旗幡之文飾。

⑲署紙二句：署紙，在公文上署名。替，廢棄。馮注：「《舊唐書·田悦傳》：朱滔稱冀王，悦稱魏王，武俊稱趙王，又請李納稱齊王，築壇於魏，告天。滔爲盟主，稱孤；武俊、悦、納稱寡人。以幽州爲范陽府，恒州爲真定府，魏州爲大名府，鄆州爲東平府。《唐書·藩鎮傳》：滔等居室皆曰

殿，妻曰妃，子爲國公，下皆稱臣，謂殿下。上書曰牋，所下曰令。」

⑳ 刓隍句：刓隍，挖掘城隍。歃，貪欲。尋，古代長度單位，一般以八尺爲尋。

㉑ 雉：古代城牆長三丈高一丈爲一雉。

㉒ 孱：弱小。

㉓ 血絶句：血絶，子孫斷絶。馮注：「《舊唐書·李寶臣傳》：寶臣與薛嵩、田承嗣、李正己、梁崇義等，結連姻婭，互爲表裏，意在於土地傳付子孫，不稟朝旨，自補官吏，不輸王賦。」

㉔ 九廟：古代帝王立七廟以祀祖先，至王莽增建黄帝太初祖廟和帝虞始祖昭廟，共九廟。後來歷代天子即立九廟以祭祀祖先。七廟，《禮記·王制》：「天子七廟，三昭三穆，與太祖之廟而七。」此指四親廟（父、祖、曾祖、高祖）、二祧（遠祖）和始祖廟。後以「七廟」泛指帝王供奉祖先之宗廟。

㉕ 赩：赤色。汗赩，指流汗臉紅。

㉖ 韓彭：漢高祖時將領韓信、彭越。韓信，傳見《史記》卷九二、《漢書》卷三三。彭越，傳見《史記》卷九〇、《漢書》卷三四。

㉗ 英衛：唐太宗時功臣英國公李勣、衛國公李靖。李勣、李靖傳均見《舊唐書》卷六七、《新唐書》卷九三。

㉘ 凶門：古代將軍受命出征時，鑿一凶門而出，以示必死之心。《淮南子·兵略》：「將已受斧鉞，

辭而行，乃翦指爪，設明衣，鑿凶門而出。」

㉙穰穰：衆多。

㉚累聖：指唐玄宗後歷代唐皇帝。

㉛閫外：門外。指統兵在外之將帥。

㉜慴惴：憂慮，恐懼。

㉝凶器：古稱兵爲凶器。

㉞因隳句：隳，毁壞。畫一法，統一之制度。漢時，「蕭何爲法，講若畫一。曹參代之，守而勿失。」事見《漢書》卷三九《曹參傳》。

㉟流品句：流品，指官員之流品。蒙尨，雜亂。

㊱網羅句：網羅，指法制。離弛，離散鬆懈。

㊲蕭然句：蕭然，騷擾不安。煩費，耗費。

㊳恣：放縱。綺靡，華麗奢侈。

㊴泰：《易》卦名，通順意，與否相對。

㊵茅茨句：茅茨，用以蓋屋頂之茅草蘆葦等。相傳堯所住乃是茅草覆蓋之房子。馮注：「《六韜》：帝堯王天下之時，宫垣屋室不堊，甍桷椽楹不斲，茅茨遍庭不翦。」

㊶封章句：封章，奏章之封套。綻，縫補。相傳漢孝文帝宮殿集書囊以爲帷帳。《漢書·東方朔傳》：「朔對曰：『……願近述孝文皇帝之時，……貴爲天子，富有四海，身衣弋綈，……衣緼無文，集上書囊以爲殿帷。』」

㊷伍旅句：伍旅，軍隊。雄兒，《三國志·鄧艾傳》：「艾至成都，（劉）禪率太子諸王及群臣六十餘人面縛輿櫬詣軍門，艾執節解縛焚櫬，受而宥之。……士卒死事者，皆與蜀兵同共埋藏。艾深自矜伐，謂蜀士大夫曰：『諸君賴遭某，故得有今日耳。若遇吳漢之徒，已殄滅矣。』又曰：『姜維自一時雄兒也，與某相值，故窮耳。』有識者笑之。」馮注：「《唐書·高崇文傳》：遷長武城都知兵馬使，劉闢反，宰相杜黄裳薦其才，詔檢校工部尚書、左神策行營節度使，討闢。時顯功宿將，人人自謂當選，及詔出，皆大驚。」

㊸夢卜句：庸，用。殷高宗夢得聖人，後尋得説，時説板築於傅險，因以爲姓，遂用爲相。事見《史記·殷本紀》。周文王占卜，知將得輔佐，後得垂釣於渭水之太公望，立爲師。事見《史記·齊太公世家》。《漢書·王商傳》：「明年，商代匡衡爲丞相，益封千户，天子甚尊任之。爲人多質有威重，長八尺餘，身體鴻大，容貌甚過絶人。河平四年，單于來朝，引見白虎殿。丞相商坐未央廷中，單于前，拜謁商。商起，離席與言，單于仰視商貌，大畏之，遷延却退。天子聞而歎曰：『此真漢相矣！』」此指憲宗任用裴度等爲宰相。

㊹勃雲句：謂唐軍之迅猛聲威。勃雲，突起之雲。轟霆，迅雷。

㊺河南句：謂河南道之割據者皆被平定。淮西、淄青兩節度，均在原河南道地。憲宗元和十二年十月，平定淮西吳元濟；十四年二月，又誅殺淄青李師道。

㊻燕趙句：燕趙，此指盧龍軍與成德軍所轄地。舁繦，舁，抬。繦，背負小兒之背帶。《史記》卷一一一《衛青傳》：「臣青子在繦褓中，未有勤勞，上幸列地封爲三侯。」《正義》：「繦，長尺二寸，闊八寸，以約小兒於背。褓，小兒被也。」此處指百姓背負著繦褓中之嬰兒來歸順。元和十五年十月，成德軍觀察支使王承元以鎮、趙、深、冀四州歸於有司；長慶元年二月，劉總以盧龍軍八州歸於有司。事見《新唐書·穆宗紀》。

㊼頓顙：磕頭。

㊽茹：吃。鯁，魚骨。魚骨留咽喉中曰鯁。

㊾幄：帳幕。《周禮·天官·幕人》：「掌帷、幄、帟、綬之事。」《注》：「帷幕皆以布爲之，四合象宫室，曰幄。」

㊿吞舟句：吞舟，指大魚。《史記·酷吏列傳》有「網漏於吞舟之魚」語，此指反叛朝廷之藩鎮。馮注：「《舊唐書·蕭俛傳》：穆宗乘章武恢復之餘，即位之始，兩河廓定，四鄙無虞。俛與段文昌以爲時已治矣，不宜黷武，請密詔天下軍鎮有兵處，每年百人之中，限八人逃死，謂之銷兵。帝詔

天下如其策而行之，而藩鎮之卒，合而爲盜，伏於山林。明年朱克融、王廷湊復亂河朔，一呼而遺卒皆至。朝廷徵兵諸藩，籍既不充，尋行招募，烏合之徒，動爲賊敗，由是復失河朔。」

㉛骨添句：薊垣，指盧龍軍所在之薊門一帶。長慶元年七月，盧龍軍都知兵馬使朱克融囚其節度使張弘靖反叛。馮注：「《唐書·穆宗紀》：長慶元年七月甲辰，幽州盧龍軍都知兵馬使朱克融，囚其節度張宏靖以反。《舊唐書·朱克融傳》：克融少爲幽州軍校，事節度使劉總。總將歸朝，慮其有變，籍軍中素有異志者，薦之闕下，時克融亦在籍中。宰相崔植、杜元穎不知兵，且無遠略，謂兩河無虞，遂奏勒歸鎮。《唐書·藩鎮傳》：幽州亂，推克融領軍務，克融縱兵掠易州，寇蔚州，轉寇定州。會鎮州又殺田宏正，朝廷慮幽州未可復，乃拜融爲盧龍節度使。」

㉜嘑沲句：嘑沲，即滹沱河。在今河北省西部。源出山西五臺山東北泰戲山，西南流至忻州市北折向東流，至盂縣北穿割太行山進入河北平原。在獻縣與滏陽河匯合爲子牙河。此句指長慶元年七月，成德軍大將王庭湊殺節度使田弘正反叛。事見《新唐書·穆宗紀》。

㉝五諸侯：指唐魏博、横海、昭義、河東、義武五節度使。馮注：「《唐書·穆宗紀》：長慶元年八月丙子，王廷湊寇深州，丁丑，魏博、横海、昭義、河東、義武兵討王廷湊。按：《藩鎮傳》：時魏博節度使田布，横海節度使初爲烏重允，後以深冀行營節度使杜叔良代之，昭義節度使劉從諫，河東節度使裴度兼幽鎮招撫使，及義武節度使陳楚，是爲五諸侯也。」長慶元年八月十四日，朝廷發上述

五道兵討王庭湊。事見《新唐書・穆宗紀》。

(54)翦翦句：翦翦，淺狹貌。《莊子・在宥》：「而佞人之心翦翦者，又奚足以語正道？」榛莽，雜亂叢生之草木。此句謂藩鎮仍然反叛。馮注：「《舊唐書・天文志》：長慶元年七月，幽州軍亂，立朱克融；鎮州軍亂，立王廷湊。元和末，河北三鎮，皆以疆土歸朝廷，至是幽鎮俱失，俄而史憲誠以魏州叛，三鎮復爲盜據，連兵不息。」

(55)關西句：關西，潼關以西。杜牧爲京兆萬年人，時尚未入仕，故自稱「關西賤男子」。

(56)杯羹：《漢書・項籍傳》：「羽亦軍廣武相守，乃爲高俎，置太公其上，告漢王曰：『今不急下，吾烹太公。』漢王曰：『吾與若俱北面受命懷王，約爲兄弟，吾翁即汝翁。必欲烹乃翁，幸分我一杯羹。』」

(57)豁洪溟：豁，開。洪溟，大海。

(58)扈苗：古代有扈、有苗兩個部族。夏禹曾征討有苗，夏后啓曾征伐有扈。馮注：「《呂氏春秋》：夏后相與有扈戰于甘澤。《墨子》：昔者有三苗大亂，天命殛之，禹親把天之瑞命，以征有苗。」

(59)傳説商湯以七十里，周文王以百里之地而統一天下。見《孟子・公孫丑上》。馮注：「《韓詩外傳》：湯以七十里，文王百里，皆兼天下，一海内。」

(60)韜舌：閉口不談。韜，藏。

61 賈生：西漢賈誼。文帝時，上疏陳政事，以爲天下事可爲痛哭者一，可爲流涕者二，可爲長太息者六。事見《漢書》卷四八本傳。

【集　評】

小杜《感懷詩》，爲滄州用兵作，宜與《罪言》同讀。《郡齋獨酌》詩，意亦在此。王荆公云：「末世篇章有逸才。」其所見者深矣。（翁方綱《石洲詩話》卷二）

【杜樊川詩注】樊川詩舊無注釋，近日桐鄉馮集梧始注四卷，而外集、别集則略之。……而集梧此注，則近于孤陋，如《感懷》詩「伍旅拔雄兒，夢卜庸真相」，上句用《三國志》，鄧艾曰：姜維自一時雄兒也；下句用《漢書》，匈奴望見王商曰：真漢相矣。注但詮釋上四字，而「雄兒」、「真相」不能引二書。……樊川不及少陵之雄偉，亦不及玉谿之精深，至其情詞俱勝，多在絶句，翁覃谿《石洲詩話》極稱之。（尚鎔《聚星札記》）

杜秋娘詩并序①

杜秋，金陵女也②。年十五，爲李錡妾③，後錡叛滅，籍之入宫，有寵於景陵④。穆宗即位，命秋爲皇子傅姆⑤，皇子壯，封漳王。鄭注用事，誣丞相欲去異己者〔一〕，指王爲根，王被罪廢削⑥，秋因賜歸故鄉。予過金陵，感其窮且老，爲之賦詩。

京江水清滑⑦，生女白如脂。其間杜秋者〔二〕，不勞朱粉施。老濞即山鑄⑧，後庭千雙眉〔三〕。秋持玉斝醉〔四〕⑨，與唱《金縷衣》⑩。勸君莫惜金縷衣〔五〕，勸君須惜少年時。花開堪折直須折，莫待無花空折枝。李錡長唱此辭。濞既白首叛⑪，秋亦紅淚滋⑫。吴江落日渡⑬，灞岸緑楊垂⑭。聯裾見天子，盼普莧切眄莫見切獨依依⑮。椒壁懸錦幕⑯，鏡奩蟠蛟螭。低鬟認新寵，窈裊復融怡〔六〕⑰。月上白璧門⑱，桂影涼參差。金階露新重，閑撚紫簫吹。《晉書》：盜開涼州張駿塚，得紫玉簫。莓苔夾城路⑲，南苑雁初飛⑳。紅粉羽林仗㉑，獨賜辟邪旗㉒。歸來煮豹胎，饜飫不能飴㉓。咸池昇日慶㉔，銅雀分香悲㉕。雷音後車遠㉖，事往落花時。燕禖得皇子㉗，壯髮緑緌緌㉘。畫堂授傅姆，天人親捧持〔七〕。虎睛珠絡褓，金盤犀鎮帷。長楊射熊羆㉙，武帳弄啞咿㉚。漸拋竹馬劇〔八〕，稍出舞雞奇㉛。嶄嶄整冠珮㉜，侍宴坐瑶池㉝。眉宇儼圖畫，神秀射朝輝。一尺桐偶人㉞，江充知自欺㉟。王幽茅土削㊱，秋放故鄉歸。觚稜拂斗極㊲，廻首尚遲遲。四朝三十載，似夢復疑非。潼關識舊吏，吏髮已如絲〔九〕。却喚吴江渡，舟人那得知。歸來四鄰改，茂苑草菲菲。清血灑不盡，仰天知問誰。寒衣一匹素，夜借鄰人機。我昨金陵過，聞之爲歔欷〔一〇〕。自古皆一貫，變化安能推。夏姬滅兩國，逃作巫臣姬〔一一〕㊳。西子下姑蘇，一舸逐鴟夷㊴。織室魏豹俘，作漢太平基㊵。誤置代籍中，兩朝尊母儀㊶。光武紹高祖，本係生唐兒㊷。珊瑚破高齊，作婢舂黄糜㊸。蕭后去揚州，突厥爲閼氏㊹。女子固不定，士林亦難期。射鉤後呼父㊺，釣翁王者師㊻。無國要孟子㊼，有人毁仲尼㊽。秦因逐客令，柄歸丞相斯㊾。安知魏齊首，見斷簀中屍㊿。給喪蹶張輩，廊廟冠峨危(51)。珥貂七葉貴，何妨我虜支〔一二〕(52)。蘇武却生返(53)，鄧通終死饑(54)。主張既難測，翻覆亦其宜。地盡有何物〔一三〕，天外復何之〔一四〕？指何爲而捉，足何爲而馳？耳何爲而聽，目何爲而窺？己身不自曉，此外何思惟。因傾一樽酒，題作杜秋詩。愁來獨長詠，聊可以自貽。

【校勘記】

〔一〕「欲去異己者」，「異」字原無，據《唐詩紀事》卷五六補。

〔二〕「杜秋者」，「者」，《全唐詩》卷五二〇校：「一作娘。」馮注校：「《戊籤》作娘。」

〔三〕「千雙」，《唐文粹》卷一四下、《唐詩紀事》卷五六作「千蛾」，《全唐詩》卷五二〇、馮注本均在「雙」下校：「一作蛾。」

〔四〕「玉斝醉」，《唐文粹》卷一四下、《唐詩紀事》卷五六作「玉斝飲」。馮注校：「一作飲，一作白玉斝。」

《全唐詩》卷五二〇校：「一作飲。」

〔五〕《唐文粹》卷一四下「勸君」二字上有「李錡云」三字。

〔六〕「窈裊」，《唐文粹》卷一四下、《唐詩紀事》卷五六作「窈窕」。

〔七〕「天」，《唐文粹》卷一四下作「夫」。

〔八〕「劇」，《唐文粹》卷一四下、《全唐詩》卷五二〇、馮注本均校：「一作戲。」

〔九〕「吏」，《全唐詩》卷五二〇、馮注本均校：「一作毛。」

〔一〇〕「爲」，夾注本作「謂」。

〔一一〕「姬」，《唐文粹》卷一四下，《全唐詩》卷五二〇、馮注本均校：「一作妻。」

〔一二〕「我虜支」，「我」，《唐文粹》卷一四下、《唐詩紀事》卷五六、夾注本、《全唐詩》卷五二〇均作「戎」，馮注本校：「一作戎。」

〔一三〕「地盡」，夾注本作「地蓋」。

〔一四〕「天外」，「外」，《唐文粹》卷一四下作「高」，《全唐詩》卷五二〇、馮注本均校：「一作高。」

【注釋】

①杜秋娘：《南部新書》卷壬：「杜仲陽，即杜秋也。始爲李錡侍人，錡敗填宮，亦進帛書，後爲漳王

養母。大和三年，漳王黜，放歸浙西。續詔令觀院安置，兼加存恤。故杜牧有《杜秋詩》，稱於時。」此詩乃杜牧經過金陵而作。杜牧開成二年秋末曾「載病弟與石生自揚州南渡，入宣州幕」（《樊川文集》卷一六《上宰相求湖州第二啓》），此行可經過潤州（金陵）。詩又有「四朝三十載」語，乃謂杜秋娘自憲宗元和二年李錡被誅而籍入宫中，至放歸金陵而遇詩人之時間。自元和二年（八〇七）至開成二年（八三七）恰整三十年。故詩爲開成二年秋末作。

② 金陵：指潤州，即古之京口，今江蘇鎮江市。唐時亦稱爲金陵。

③ 李錡：唐順宗時爲鎮海節度使，憲宗元和二年叛亂，失敗被殺。傳見《舊唐書》卷一一二、《新唐書》卷二二四上。

④ 景陵：唐憲宗陵墓，此處代指憲宗。馮注：「《唐會要》：憲宗葬景陵。《唐書・地理志》：同州奉先景陵在縣西北二十里金熾山。按：《長安志》作縣東北一十三里金熾山。」

⑤ 傅姆：保姆。馮注：「《儀禮》注：姆，婦人五十無子，出而不復嫁，能以婦道教人者，若今時乳母矣。」

⑥ 鄭注用事數句：鄭注乃當時權臣，勾結宦官王守澄，誣陷宰相宋申錫圖謀擁立漳王李湊爲帝，以此漳王被貶，宋申錫亦貶死。鄭注，傳見《舊唐書》卷一六九、《新唐書》卷一七九。馮注：「《唐書・十一宗諸子傳》：穆宗子懷懿太子湊，長慶元年，始王漳。文宗疾王守澄顓狠，謀誅之，引宰

相宋申錫使爲計，守澄客鄭注伺知之，以告，乃謀先事殺申錫。又以王有中外望，因欲株聯大臣族夷之，乃令神策虞候豆盧著上變，言宫史晏敬則、朱訓與申錫昵吏王師文圖不軌，訓嘗言上多疾，太子幼，若兄終弟及，必漳王立，申錫因以金幣進王，王亦以珍服厚答。即捕訓等繫神策獄。諫官群伏閤極言出獄付外雜治，注等懼事洩，乃請下詔貶王，帝未之悟，因黜湊爲巢縣公，時太和五年也。」

⑦京江：長江流經京口（今鎮江）一段。因鎮江古名京口而得名。《資治通鑑》：唐建中四年韓滉「亦發舟師三千曜武於京江以應之」，胡三省注曰：「大江徑京口城北，謂之京江。」

⑧老濞句：漢劉邦之侄吴王劉濞。劉濞在封地内采銅鑄錢，後發動叛亂被誅。傳見《史記》卷一〇六、《漢書》卷三五。《史記·吴王濞傳》：「吴有豫章郡銅山，濞則招致天下亡命者，盗鑄錢，煮海水爲鹽，以故無賦，國用富饒。」此借指李錡。

⑨玉斝：玉製之酒杯。

⑩《金縷衣》：古樂曲名。

⑪白首：即白頭。《史記·吴王濞傳》：「上曰：吴王即山鑄錢，煮海水爲鹽，誘天下豪桀，白頭舉事。」

⑫紅淚：指女子之眼淚。魏文帝所愛美人薛靈芸别父母離家，淚下沾衣，以紅色玉唾壺承淚，淚凝

如血。《拾遺記》卷七：「（魏）文帝所愛美人，姓薛名靈芸，常山人也。……時文帝選良家子女，以入六宫。（谷）習以千金寶賂聘之，既得，乃以獻文帝。靈芸聞别父母，歔欷累日，淚下霑衣。至升車就路之時，以玉唾壺承淚，壺則紅色。既發常山，及至京師，壺中淚凝如血。」

⑬ 吴江：唐稱京口與其相對之揚州之間一段長江爲吴江。

⑭ 灞岸：馮注：「《元和郡縣志》：京兆府萬年縣灞水，在縣東二十里。……《唐書・地理志》：京城左臨灞岸，右抵灃水。《三輔黄圖》：霸橋在長安東，跨水作橋，漢人送客至此橋，折柳贈别。」

⑮ 盼眄：注視貌。眄，斜視。

⑯ 椒壁：古代后妃住處多用椒和泥塗壁，取其芬香與温暖，又兼取其多子意。

⑰ 窈裊句：窈裊，女子體態美好動人貌。融怡，心神歡樂。

⑱ 白璧門：漢武帝以白玉爲玉堂内殿門，故稱白璧門。此指宫殿門。馮注：「《漢武故事》：玉堂内殿十二月階陛咸以玉爲之門，三層臺椽首欂以璧爲之，因名璧門。」

⑲ 夾城：唐玄宗時所築由興慶宫至芙蓉苑之通道。馮注：「《舊唐書・地理志》：南内曰興慶宫，宫西南隅有花萼相輝、勤政務本之樓，開元二十六年六月，遣范安及于長廣花萼樓，築夾城至芙蓉苑。」

⑳ 南苑：指芙蓉苑，位長安曲江西南。馮注：「張禮《游城南記》：芙蓉園在曲江西南，與杏園皆秦

宜春下苑地。園内有池，謂之芙蓉池，唐之南苑也。」

㉑羽林：禁衛軍名。漢武帝時選隴西、天水、安定、北地、上郡、西河等六郡良家子宿衛建章宫，稱建章營騎。後改名羽林騎，取爲國羽翼，如林之盛之意；一説象天文羽林星，主車騎。隋以左右屯衛所領兵爲羽林。唐置左右羽林軍。馮注：「《唐書・百官志》：左右羽林軍，掌統北衙禁兵，督攝左右廂飛騎儀仗。」

㉒辟邪旗：畫有神獸辟邪之旗幡，爲皇帝儀仗。馮注：「《通典》：大駕鹵簿衛馬隊，左右廂各二十四隊，從十二旗，第一隊辟邪旗。」

㉓饜飫句：饜飫，飽食。飴，飴糖。

㉔咸池句：咸池，傳説中之天池。《淮南子・天文》：「日出於湯谷，浴於咸池。」馮注：「《山海經》：湯谷上有扶桑，十日所浴，在黑齒北，居水中。有大木，九日居下枝，一日居上枝。又：東南海之外，甘水之間，有羲和之國，有女子名曰羲和，方日浴于甘淵。羲和者，帝俊之妻，生十日。」此句喻指穆宗即帝位。

㉕銅雀分香：銅雀，銅雀臺。陸機《弔魏武帝文》記曹操《遺令》：「吾婕妤妓人，皆著銅雀臺。於臺堂上施八尺床、繐帳，朝晡上脯糒之屬，月朝十五日，輒向帳作妓。汝等時時登銅雀臺，望吾西陵墓田。」又云：「餘香可分與諸夫人。諸舍中無所爲，學作履組賣也。」

㉖雷音：指車聲。司馬相如《長門賦》：「雷隱隱而響起，聲象君之車音。」

㉗燕禖：即高禖。主生子之神。傳說古代簡狄以玄鳥（燕子）至日登祠高禖而生契。馮注：「《後漢書·禮儀志》《注》：《月令章句》曰：高禖所以祈子孫之祀。玄鳥感陽而至，主爲孚乳蕃滋，故重其至日，以用事。契母簡狄，蓋以玄鳥至日，有事高禖而生契焉。」皇子，指漳王。

㉘綏綏：頭髮下垂貌。

㉙長楊：漢代宮名，故址在盩厔（今屬陝西）。

㉚武帳句：武帳，皇帝坐息之處所，有武裝守衛，故名。啞咿，小兒學語之聲。

㉛舞雞：鬥雞游戲。

㉜嶄嶄：高大突出貌。

㉝瑶池：古代傳說中神仙所居處。西王母亦居於此。

㉞一尺句：桐偶人，桐木雕刻之木偶。漢武帝時，江充使人於戾太子宮中埋下桐木人，後據以誣告太子以巫術不利武帝，太子因懼而起兵，兵敗自殺。事見《漢書》卷四五《江充傳》。

㉟江充：漢武帝時奸臣，曾誣告太子劉據作巫蠱以害武帝。武帝以充爲使者治巫蠱。充先使人在太子宮中埋下桐木人，後有人從太子宮中掘得木偶人。事見《漢書》卷四五《江充傳》。此句喻鄭注、豆盧著等人對漳王等人之誣陷。《舊唐書·文宗紀下》：「大和五年二月戊戌，神策中尉王守

澄奏得軍虞候豆盧著狀，告宰相宋申錫與漳王謀反。即令追捕。」

㊱王幽句：王幽，謂漳王被幽禁，貶巢縣公。《舊唐書·文宗紀下》：「大和五年二月癸卯，詔漳王湊可降爲巢縣公。」茅，茅土，古代分封諸侯，以白茅包土賜受封者，作爲封地象徵。馮注：「《逸周書》：將建諸侯，鑿取其方一面之土，苞以黄土，苴以白茅，以爲土封。」

㊲觚稜：宫闕上轉角處之瓦脊。斗極，北斗星、北極星。

㊳夏姬：春秋時鄭人，陳國大夫御叔之妻，生子夏征舒。御叔死，夏姬與陳靈公等人私通。征舒射殺靈公。後楚滅陳，俘夏姬，將夏姬賜給連尹襄老。夏姬於襄老死後，回到鄭國。楚大夫巫臣借出使之機，到鄭國娶夏姬，後同奔晉國。事見《左傳》。

㊴西子二句：西子，西施。下姑蘇，指吴國被滅。舸，船。鴟夷，皮口袋。此謂范蠡。蠡助越王勾踐滅吴後，乘扁舟，浮於江湖，變名易姓，自稱鴟夷子皮。事見《史記·貨殖傳》。又傳説西施於吴亡後隨范蠡乘扁舟泛於五湖。又《修文御覽》引《吴越春秋》逸篇謂「吴亡後，越浮西施於江，令隨鴟夷以終。」馮注：「《述異記》：吴王夫差築姑蘇之臺，三年乃成，作天池，池中造青龍舟，舟中盛陳妓樂，日與西施爲水嬉。《史記·越世家》：『越大破吴，遂棲吴王于姑蘇。』」

㊵魏豹二句：魏豹，魏王豹。劉邦俘魏王豹，使其妻薄姬服役於織室。後納入後宫，生漢文帝。文、景之治，爲史家所稱。事見《漢書》卷九七上《高祖薄姬傳》。馮注：「《論衡》：漢興至文帝時二

十餘年，賈誼創議，以爲天下洽和，當改正朔服色制度，定官名，興禮樂。夫如賈生之議，文帝時已太平矣，應孔子之言，必世然後仁也。漢一代之年數已滿，太平立矣。」

㊶誤置二句：代籍，賜給代王之宫女名册。兩朝，謂漢景帝、武帝兩朝。漢文帝竇皇后原爲吕后之宫女，吕后賜諸王宫女，她因家在臨近趙國之清河郡，希望被分在趙王之名册中，但太監誤將她置於代王之名册中，後爲代王所寵。代王即位，爲漢文帝，立她爲皇后。子景帝劉啓立，尊爲皇太后。漢武帝時，又尊爲太皇太后。事見《漢書》卷九七上《孝文竇皇后傳》。

㊷光武二句：光武，東漢光武帝劉秀，長沙定王劉發後代。紹，繼承。高祖，漢高祖。唐兒，漢景帝程姬之侍婢。長沙定王之母唐姬，原是景帝妃程姬侍婢。景帝召程姬侍寢，程姬有所避，即將唐姬以進。景帝醉酒不知，誤幸唐兒。後生長沙定王劉發。事見《漢書》卷五三《景十三王傳》。

㊸珊瑚二句：珊瑚，疑指北齊後主寵妃馮小憐。後主被北周俘至長安，遇害。小憐爲北周武帝賜給代王達，爲代王所寵倖，她恃寵讒害代王妃。後北周亡，隋文帝又將她賜給代王妃之兄李詢。李詢之母令她穿布裙舂米，又逼她自殺。事見《北史》卷一四《馮淑妃傳》。

㊹蕭后二句：蕭后，隋煬帝皇后。闕氏，匈奴單于之妻。隋煬帝在揚州被殺後，蕭后隨宇文化及至聊城。後她又爲竇建德所俘，終爲突厥處羅可汗之妻（隋義成公主）接至突厥。事見《隋書》卷三六《煬帝蕭皇后傳》。據史載，蕭后並未爲突厥可汗之妻。

㊺射鉤句：春秋時，齊公子糾與小白爭位，管仲輔佐公子糾，用箭射中小白衣帶鉤。後公子糾失敗被殺，小白即位爲齊桓公，不計前隙，任管仲爲相，尊爲「仲父」。事見《史記·齊世家》。馮注：「《韓非子》：桓公解管仲之束縛而相之，立以爲仲父。」

㊻釣翁句：釣翁，指姜尚，曾釣於渭濱，遇周文王，文王以爲師。馮注：「《呂氏春秋》：望，東夷之士也，欲定一世而無其主，聞文王賢，故釣於渭以觀之。……《齊世家》：言呂尚所以事周雖異，然要之爲文武師。」

㊼無國要孟子句：要，同邀。夾注：「《史記》：孟子鄒人也，受業於子思。門人道既通，遊事齊宣王。齊宣王不能用，適梁，梁惠王不果所言，則見以爲迂遠而闊於事情。當是之時，……天下方務於合從連橫，以攻伐爲賢，而孟軻乃述唐虞三代之德，是以所好者不合，退而與萬章之徒序詩書，述仲尼之意，作《孟子》七篇。」

㊽有人句：《論語·子張》：「叔孫武叔毁仲尼。」

㊾逐客令二句：逐客令，驅逐客卿之命令。柄，政柄。秦始皇以爲客卿（他國人在秦爲官者）不利於秦，曾下令驅逐。楚人李斯上書諫止之，後爲秦相。事見《史記》卷八七《李斯列傳》。

㊿安知二句：魏齊，戰國時魏國宰相。簀，竹席。魏人范雎被魏齊誣以通敵罪名，毒打後用席子包起來，丢入廁所。范雎逃至秦國，立功拜爲秦相。他憑恃秦國强盛，逼趙王獻其時已逃避於趙國

之魏齊之首。後魏齊自殺，趙王遂獻魏齊首。事見《史記》卷七九《范雎傳》。

㉛ 給喪二句：給喪，辦理喪事。蹶張，用脚踏强弩，使之張開。廊廟，朝廷。峨危，高貌。周勃「常爲人吹簫給喪事」。事見《史記》卷五七《周勃世家》。漢朝申屠嘉「以材官蹶張，從高帝擊項籍」。事見《史記》卷九六《申屠嘉傳》。

㉜ 珥貂二句：珥貂，冠上插貂尾。爲侍中等顯官之冠飾。七葉，七世。戎虜支，異族後裔。漢朝金日磾乃匈奴休屠王子，後歸漢，淪爲養馬奴。武帝時，受重用，任侍中，封侯。其子孫亦多爲侍中，世代顯貴。事見《漢書》卷六八《金日磾傳》。左思《詠史》：「金張籍舊業，七葉珥漢貂。」

㉝ 蘇武句：漢武帝時，蘇武以中郎將持節出使匈奴，被匈奴幽禁。後又徙北海上牧羊，歷盡艱辛凡十九年，終返回漢朝。事見《漢書》卷五四《蘇武傳》。

㉞ 鄧通句：鄧通爲漢文帝寵信，賜以銅山，讓其自鑄錢，鄧氏錢遂流布天下。後景帝治其罪，没收家産，鄧通「竟不得名一錢，寄死人家」。事見《漢書》卷九三《鄧通傳》。

【集評】

杜仲陽即杜秋也，始爲李錡侍人，錡敗，填宮，亦進帛書，後爲漳王養母。大和三年，漳王黜，放歸浙西。續詔令觀院安置，兼加存卹。故杜牧有《杜秋詩》稱於時。（錢易《南部新書》壬卷）

晚唐士人，專以小詩著名，而讀書滅裂。如白樂天《題座隅》詩云「俱化爲餓殍」，作「孚」字押韻。杜牧《杜秋娘》詩云「厭飫不能飴」，飴乃餳耳，若作飲食，當音飤。又陸龜蒙作《藥名》詩云「烏啄蠹根回」，乃是「烏喙」，非「烏啄」也。又「斷續玉琴哀」，藥名止有「續斷」，無「斷續」。此類極多。如杜牧《阿房宫賦》誤用「龍見而雩」事，宇文時斛斯椿已有此謬，蓋牧未嘗讀《周》、《隋書》也。（沈括《夢溪筆談》卷十四「藝文」一）

杜牧好用故事，仍于事中復使事，若「虞卿雙璧截肪鮮」是也。亦有趁韻撰造非事實者，若「珊瑚破高齊，作婢春黄糜」是也。李詢得珊瑚，其母令衣青衣而春，初無「黄糜」字。其《晚晴賦》云：「忽引舟於青灣，睹八九之紅芰。（按《樊川集》云：「復引舟于深灣，忽八九之紅芰。」）姹然如歸，嫣然如女。」芰，菱也，牧乃指爲荷花。其爲《阿房宫賦》云：「長橋卧波，未雩何龍？」牧謂龍見而雩，故用龍以比橋，殊不知龍者，龍星也。（魏泰《臨漢隱居詩話》）

《吴越春秋》云：「吴亡，西子被殺。」杜牧之詩云：「西子下姑蘇，一舸逐鴟夷。」東坡詞云：「五湖聞道，扁舟歸去，仍攜西子。」予問王性之，性之云：「西子自下姑蘇，一舸自逐范蠡，遂爲兩義，不可云范蠡將西子去也。」嘗疑之，别無所據。因覩唐《景龍文館記》宋之問分題得《浣紗篇》云：「越女顔如花，越王聞浣紗。國微不自寵，獻作吴宫娃。山藪半潛匿，苧羅更蒙遮。一行霸勾踐，再笑傾夫差。豔色奪常人，效顰亦相誇。一朝還舊都，靚粧尋若耶。鳥驚入松蘿，魚畏沉荷花。始覺冶容

「越中美女嫁姑蘇，敵國既破還陶朱。」又有作者故爲范蠡解云：「載去西施豈無意，恐妨傾國更傾城。」蘇之言本杜，不知杜之言復何所據。竊意：鴟夷子明哲有謀，必不以此尤物自惑，況既潔身以去，何暇更爲多慮，甘自污以取不違之議哉！（游潛《夢蕉詩話》）

【皮日休館娃宫懷古】杜牧之詩：「西子下姑蘇，一舸逐鴟夷。」後人遂謂范蠡載西施以去，然不見其所據。余按《墨子》云：「西施之沉，其美也。」蓋勾踐平吳後，沉之於江也，又兼此詩可證。李義山《景陽井》一首，亦叶此意。（楊慎《升菴詩話》卷三）

【李義山景陽井】「景陽宫井剩堪悲，不盡龍鸞誓死期。惆悵吳王宫外水，濁泥猶得葬西施。」觀此，西施之沉信矣。杜牧所云「逐鴟夷」者，安知不謂沉江而殉子胥乎？「鴟革浮胥骸」，亦子胥事也。（楊慎《升菴詩話》卷五）

【西施】世傳西施隨范蠡去，不見所出，只因杜牧「西子下姑蘇，一舸逐鴟夷」之句而附會也。予竊疑之，未有可證，以析其是非。一日讀《墨子》，曰：「吳起之裂，其功也；西施之沉，其美也。」喜曰，此吳亡之後，西施亦死於水，不從范蠡去之一證。墨子去吳越之世甚近，所書得其真。然猶恐牧之別有見。後檢《修文御覽》，見引《吳越春秋》逸篇云：「吳亡後，越浮西施於江，令隨鴟夷以終。」乃嗟曰，此事正與《墨子》合，杜牧未精審，一時趁筆之禍，以墮後人於疑網也。既又自笑曰，范蠡不幸遇杜牧，受誣千載，又何幸遇予而雪之，亦快哉！（楊慎《麗情集》）

杜紫微掊擊元、白，不減霜臺之筆，至賦《杜秋》詩，乃全法其遺響，何也？其詠物如「仙掌月明孤影過，長門燈暗數聲來」，亦可觀。（王世貞《全唐詩説》）

《吳越春秋》云：「吳亡，西施被殺。」杜牧之詩云：「西子下姑蘇，一舸逐鴟夷。」東坡詞云：「五湖聞道，扁舟歸去，仍攜西子。」予問王性之，性之云：「西子自下姑蘇，一舸自逐范蠡，遂爲兩義，不可云范蠡將西子去也。」嘗疑之，別無所據。因觀唐《景龍文館記》，宋之問分題得《浣紗篇》云：「越女顔如花，越王聞浣紗。國微不自寵，獻作吳宮娃。一行霸勾踐，再笑傾夫差。一朝還舊都，靚粧尋若耶。鳥驚入松蘿，魚畏沉荷花。」此又云復還會稽，俟詳考之。（胡應麟《少室山房筆叢》卷二十五「藝林學山」七）

沈存中云：「唐人以小詩著名，而讀書滅裂。如樂天詩『俱化爲餓殍』，『殍』作『夫』押。杜牧之『厭飫不能飴』，『飴』乃餳，非飲食也。」方密之謂：「晉王薈以私粟作粥飴饑者；又郄鑒甚窮，鄉人共飴之；又古謡云『飴我大豆烹芋魁』，豈不作飲食用。『殍』作孚，古通音，《唐韻》收入『敷』字下，故樂天用之。存中自不深考耳。」此最詳洽，沈當無詞。（葉矯然《龍性堂詩話》續集）

杜牧之作《杜秋娘》五言長篇，當時膾炙人口，李義山所謂「杜牧司勳字牧之，清秋一首《杜秋》詩。前身應是梁江總，名總還曾字總持」是也。余謂牧之自有佳處，此詩借秋娘以歎貴賤盛衰之倚伏，雖亦感慨淋漓，然終嫌其語意太盡。層層引喻，層層議論，仍是作《阿房宮賦》本色，遂使漢、魏渾涵之意，漸至澌滅。是亦五言古之一變，有知者不以余言爲阿漢也。（賀貽孫《詩筏》）

李南金……自號三溪冰雪翁，有贈妓《賀新郎》詞云：「流落今如許。我亦三生杜牧，爲秋娘著句。先自多愁多感慨，更值江南春暮。君看取、落花飛絮。也有吹來穿繡幌，有因風、飄墮隨塵土。人世事，總無據。　佳人命薄君休訴。若説與、英雄心事，一生更苦。且盡樽前今日意，休記緑窗眉嫵。但春到、兒家庭户。幽恨一簾煙月曉，恐明朝、雁亦無尋處。渾欲倩，鶯留住。」淒涼感慨，不禁青衫欲濕也。（彭孫遹《詞藻》卷二）

杜紫微詩，惟絶句最多風調，味永趣長，有明月孤映、高霞獨舉之象，餘詩則不能爾。昔人多稱其《杜秋詩》，今觀之，真如暴漲奔川，略少渟泓澄澈。如叙秋入宫，漳王自少及壯，以至得罪廢削，如「一尺桐偶人，江充知自欺」，語亦可觀。但至「我昨金陵過，聞之爲歔欷」，詩意已足，後却引夏姬、西子、薄后、唐兒、吕、管、孔、孟，滔滔不絶，如此作詩，十紙難竟。至後「指何爲而捉，足何爲而馳，耳何爲而聽，目何爲而窺」，所爲雅人深致安在？此詩不敢攀《琵琶行》之踵。或曰以備詩史，不可從篇章論，則前半吾無敢言，後終不能不病其衍。（賀裳《載酒園詩話又編·杜牧》）

沈存中笑香山押「餓殍」爲「夫」。又笑杜牧之《杜秋》詩「厭飫不能飴」，誤飴糖之飴，作飲噉用。不知杜牧之用「飴」字，本東漢童謡：「飴我大豆烹芋魁。」又，晉《盛彦傳》：「婢使蠐螬炙飴之。」香山之押「殍」作平聲，本《唐韻》「敷」字下收「殍」，作「撫俱切」。猶之今平韻不收「糾」字，而嵇康《琴賦》亦竟作平聲押也。（袁枚《隨園詩話》卷九）

元和、長慶以來，詩人如白太傅、杜舍人，皆有節概，非同時輩流所及。其寄情聲色亦同。余昨有《題琵琶亭》二絶云：「兒女英雄事總空，當時一樣淚珠紅。琵琶亭上無聲泣，便與唐衢哭不同。」其二云：「江州司馬宦中唐，誰似分司御史狂。同是才人感淪落，樊川亦賦《杜秋娘》。」（洪亮吉《北江詩話》卷六）

王新城謂姚氏《唐文粹》别裁具眼，其書頗貴重於世，猶惜其雅俗雜糅，未盡刊削，因加删定，自稱千載一快。然如牧之《杜秋娘》詩：「聯裾見天子，盼眄獨依依」，「低鬟認新寵，窈窕復融怡」。夫秋娘本李錡之妾，籍之入宫，憲宗寵之，實累盛德。牧之既不爲先帝諱，又作此褻狎語邪。中間比以夏姬、西施、薄后、蕭后，尤爲失倫。後幅「地盡有何物？天高復何之？指何爲而捉？足何爲而馳？耳何爲而聽？目何爲而窺」，此等於題何義？於詩何法？累累五六百言，不如廢紙。姚於《英華》千卷中選之，已可怪，新城知姚氏之雜而猶選此，尤可怪也。（潘德輿《養一齋詩話》卷八）

郡齋獨酌黄州作①

前年鬢生雪，今年鬚帶霜。時節序鱗次②，古今同雁行③。甘英窮西海，四萬到洛陽④。東南我所見，北可計幽荒⑤。中畫一萬國，角角棋布方⑥。地頑壓不穴，天迴老不僵⑦。

屈指百萬世，過如霹靂忙。人生落其内，何者爲彭、殤⑧？促束自繫縛，儒衣寬且長。旗亭雪中過，敢問當壚娘⑨。我愛李侍中⑩，摽摽七尺强⑪。白羽八札弓⑫，脞壓緑檀槍⑬。風前略横陣，紫髯分兩傍。淮西萬虎士⑭，怒目不敢當。功成賜宴麟德殿⑮，猿超鶻掠廣毬場。三千宮女側頭看，相排踏碎雙明璫。旌竿幖幖旗燿燿，意氣横鞭歸故鄉。我愛朱處士，三吴當中央⑯。罷亞稻名百頃稻，西風吹半黄。尚可活鄉里，豈唯滿囷倉。後嶺翠撲撲，前溪碧泱泱。霧曉起凫雁，日晚下牛羊⑰。叔舅欲飲我，社甕爾來嘗〔一〕⑱。伯姊子欲歸，彼亦有壺漿。西阡下柳塢⑲，東陌繞荷塘。姻親骨肉舍，煙火遥相望。太守政如水⑳，長官貪似狼。征輸一云畢，任爾自存亡。我昔造其室，羽儀鸞鶴翔。交横碧流上，竹映琴書床。出語無近俗，堯、舜、禹、武、湯。問今天子少㉑，誰人爲棟梁？我曰天子聖，晉公提紀綱㉒。聯兵數十萬，附海正誅滄㉓。謂言大義小不義，取易卷席如探囊〔二〕。犀甲吴兵鬭弓弩㉔，蛇矛燕騎馳鋒鋩〔三〕。豈知三載幾百戰〔四〕，鉤車不得望其牆㉕。答云此山外，有事同胡羌。誰將國伐叛，話與釣魚郎。溪南重迴首，一徑出修篁。爾來十三歲，斯人未曾忘。往往自撫己，淚下神蒼茫。御史詔分洛㉖，舉趾何猖狂㉗。闕下諫官業㉘，拜疏無文章。尋僧解幽夢，乞酒緩愁腸。豈爲妻子計，未去山林藏。平生五色綫，願補舜衣裳。絃歌教燕、趙㉙，蘭芷浴河湟㉚。腥膻一掃灑〔五〕㉛，兇狠皆披攘㉜。生人但眠食，壽域富農桑㉝。孤吟志在此，自亦笑荒唐。江郡雨初霽㉞，刀好截秋光。池邊成獨酌，擁鼻菊枝香。醺酣更唱太平曲，仁聖天子壽無疆㉟。

【校勘記】

〔一〕「社甕」，原作「杜甕」，據夾注本、馮注本、《全唐詩》卷五二〇改。

〔二〕「卷席」，夾注本作「席捲」。

〔三〕「騎」，《全唐詩》卷五二〇作「戟」，馮注本校：「一作戟。」

〔四〕「几」，《全唐詩》卷五二〇作「幾」，下校：「一作凡。」馮注本作「凡」，下校：「一作幾。」

〔五〕「掃灑」，《全唐詩》卷五二〇校：「一作灑掃。」馮注本校：「一云灑掃。」

【注　釋】

①黄州：州名。唐治所在黄岡（今湖北新洲縣）。《元和郡縣圖志》卷二七：「因古黄國爲名也。」繆鉞《杜牧年譜》謂此詩作於會昌二年（八四二），蓋詩題下原注「黄州作」。杜牧任黄州刺史凡三年，而詩中有「聯兵數十萬，附海正誅滄」、「豈知三載幾百戰，鉤車不得望其牆」語，「『是戰事已歷三載，而亂尚未平，蓋在大和三年春間，時杜牧二十七歲』，下又云：『爾來十三載』，則正當四十

歲時也，故定爲本年作。」

②鱗次：像魚鱗般地次序井然。

③雁行：謂相次而行，如群雁飛行之有行列。《詩·鄭風·大叔于田》：「兩服上襄，兩驂雁行。」

④甘英二句：甘英，東漢和帝時人。西海，今波斯灣，距洛陽約四萬里。永元「九年，班超遣掾甘英窮臨西海而還」。班超平定西域，於是「條支、安息諸國，至於海瀕，四萬里外，皆重譯貢獻」。事見《後漢書·西域傳》。

⑤幽荒：幽指幽州，今河北省北部，古爲距京師最遠荒服之地。馮注：「張衡《東京賦》：惠風廣被，澤洎幽荒。」

⑥角角句：謂猶如棋盤上角角布滿棋子。馮注：「《關尹子》：聖人道雖絲紛，事則棋布。左思《吳都賦》：屯營比櫛，解署棋布。」

⑦天廻句：廻，運行。僵，僵死、止息。

⑧彭殤：彭，彭祖，傳説中顓頊帝玄孫陸終氏第三子，姓籛名鏗，堯封之於彭城，因其道可祖，故謂之彭祖。在商爲守藏史，在周爲柱下史，活至八百歲。殤，未成年而夭折者。馮注：「《吕氏春秋》：彭祖至壽也，無欲不足以勸；殤子至夭也，無欲不足以禁。」

⑨當壚娘：賣酒娘。當壚，賣酒之代稱。壚，亦作盧，放酒罎之土墩。《漢書·司馬相如傳》：「盡

賣車騎，買酒舍，乃令文君當盧。」《樂府詩集·辛延年·羽林郎》：「胡姬年十五，春日獨當壚。」

⑩ 李侍中：即李光顔。唐憲宗討淮西吴元濟時，李光顔爲忠武軍節度使，屢建戰功。敬宗時，受册爲司徒兼侍中。事見《舊唐書》卷一六一、《新唐書》卷一七一本傳。

⑪ 摽摽：高貌。

⑫ 八札弓：指可以射穿八層甲衣之强弓。

⑬ 腔壓句：腔，通髀，即股。緑檀槍，漆爲緑色之長槍。馮注：「《芥隱筆記》：老杜有苔卧緑沉槍，《南史》有緑沉屏風，杜牧之有腔壓緑檀槍，與沉宜相通。」

⑭ 淮西句：淮西，唐方鎮名，指淮南西道，當時治所爲蔡州（今河南省汝南縣）。唐憲宗元和十二年，唐軍討平吴元濟等淮西叛鎮。

⑮ 功成句：麟德殿，大明宫内殿名。在長安東内大明宫中。李光顔擊敗吴元濟叛軍後，憲宗命中官宴之於居第，又御麟德殿召對之，賜金帶錦彩。

⑯ 三吴：其説不一，一説吴郡、吴興、會稽爲三吴。一説爲吴郡、吴興、丹陽。此泛指今江蘇南部、浙江北部一帶。

⑰ 日晚下牛羊：《詩經·王風·君子于役》：「日之夕兮，牛羊下來。」

⑱ 社甕：此指祭社神之酒。

⑲ 柳塢：柳樹環繞之村莊。塢，村塢。

⑳ 政如水：謂政清如水。馮注：「《隋書·趙軌傳》：軌爲齊州別駕，入朝，父老相送者各揮涕，曰：公清如水，請酌一杯水奉餞。軌受而飲之。」夾注：「《詩史》：政化平如水。」

㉑ 今天子：指唐文宗。詩作於會昌二年（八四二），故據本詩「爾來十三歲」語，知詩人見朱處士時乃文宗大和四年（八三〇）。

㉒ 晉公：指裴度，裴度曾封晉國公，故稱。傳見《舊唐書》卷一七〇、《新唐書》卷一七三。

㉓ 誅滄：指討伐滄州李同捷。馮注：「《舊唐書·裴度傳》：滄景節度使李全略死，其子同捷竊弄兵柄，以求繼襲，度請行誅伐，踰年而同捷誅。」事見《舊唐書》卷一七〇《裴度傳》。

㉔ 犀甲吳兵鬬弓弩：犀甲，以犀兕之皮製成之甲衣。《國語》：「今夫差衣水犀之甲者，億有三千。」

㉕ 豈知三載二句：文宗大和元年，滄景（又稱横海）李同捷據鎮叛亂，朝廷出兵討伐，至大和三年四月斬李同捷，滄景平。鉤車，有鉤梯之戰車。《禮·明堂位》：「鉤車，夏后氏之路也。」《注》：「鉤，有曲輿者也。」《疏》：「曲輿，謂曲前闌也。」《宋書·禮志五》：「戎車立乘，夏曰鉤車，殷曰寅車，周曰元戎，建牙麾，邪注之，載金鼓羽幢，置甲弩於軾上。」

㉖ 御史句：大和九年至開成二年，杜牧任監察御史，分司東都洛陽。

㉗ 舉趾句：舉趾，舉止、行爲。狷狂，狂放不羈之意。此事可能指開成元年李紳離洛陽赴宣武節度

使任，百姓送行時，杜牧怒而遮毆百姓等類事。《全唐詩》卷四八二李紳《拜宣武節度使》詩序：「開成元年六月二十六日，制授宣武節度使。七月三日，中使劉泰押送旌節止洛陽。五日赴鎮，出都門，城内少長士女相送者數萬人，至白馬寺，涕泣當車者不可止。少尹嚴元容鞭胥吏市人，怒其戀慕，留臺御史杜牧使臺吏遮毆百姓，令其廢祖帳。」

㉘ 闕下句：闕下，宫闕之下，此指朝廷。杜牧於開成四年在京任左補闕。「諫官業」即指此。

㉙ 絃歌句：絃歌，彈琴歌唱，此指禮樂文教。燕、趙，均爲戰國時國名，此指河北諸鎮地，常爲藩鎮所割據。

㉚ 蘭芷句：蘭、芷，均爲香草名。此用以代指禮樂文教。河湟，今甘肅、青海湟水、黄河流域。當時爲吐蕃所侵佔。《新唐書·吐蕃傳》：「湟水出濛谷，抵龍泉，與河合。……故世舉謂西戎地曰河湟。」

㉛ 腥膻：此借指西北邊境少數民族，因其食物以牛羊肉爲主。馮注：「《吕氏春秋》：水居者腥，草食者羶。《宋書·謝靈運傳》：聚落羶腥。」按，膻同羶。

㉜ 兇狠句：兇狠，指反叛之藩鎮勢力。披攘，此爲掃蕩、驅除之意。

㉝ 壽域：仁壽之域，即太平盛世。馮注：「《漢書·禮樂志》：驅一世之民，躋之仁壽之域。《食貨志》：務民于農桑。」

㉞江郡：指黄州。黄州臨長江，故稱江郡。馮注：「《通典》：齊安郡黄州，郡東南百二十里臨江，與武昌相對，有邾城。」

㉟仁聖天子：指唐武宗。《舊唐書・武宗紀》：會昌二年四月，李德裕等人上章「請加尊號仁聖文武至神大孝皇帝」。

【集評】

杜牧之《郡齋獨酌》詩云：「屈指千萬世，過如霹靂忙。人生落其内，何者爲彭殤？」非心地明瞭貫穿道釋者，不能道也。及觀其《自撰墓誌》，又《忍死作别裴相》之章，則知《獨酌》之詠豈空言哉！（葛立方《韻語陽秋》卷十二）

苕溪漁隱曰：杜牧之詩云：「蔫紅半落平池晚，曲渚飄成錦一張。」又云：「平生五色綫，願補袞衣裳。」魯直皆用其語，詩云：「菰葉蘋花飛白鳥，一張紅錦夕陽斜。」又云：「公有胸中五色綫，平生補袞用功深。」（胡仔《苕溪漁隱叢話後集》卷三十二山谷下）

史稱杜牧之自負才略，喜論兵事，擬致位公輔，以時無右援者，怏怏不平而終；爲人踈雋，不拘細行；其詩情致豪邁，人號爲小杜，以别于少陵。後村劉氏謂杜牧、許渾同時，牧于唐律中，嘗寓拗峭，以矯時弊，渾律切麗密或過牧，而抑揚頓挫不及也。讀其《冬至日寄小姪阿宜》詩云：「經書刮根本，史書閱興亡。高摘屈宋豔，濃熏班馬香。李杜泛浩浩，韓柳摩蒼蒼。近者四君子，與古爭强梁。」可以知其用功之深醇。讀其「平生五色綫，願補舜衣裳」，「誰知我亦輕生者，不得君王丈二殳」諸詩，可以知其立志之遠大。若但賞其「高人以飲爲忙事，浮世除詩盡强名」諸句，則猶是詩人而已。（余成教《石園詩話》卷二）

張好好詩并序①

牧大和三年，佐故吏部沈公江西幕②，好好年十三，始以善歌來樂籍中〔一〕。後一歲，公移鎮宣城〔二〕③，復置好好於宣城籍中。後二歲〔三〕，爲沈著作述師以雙鬟納之〔四〕④。後二歲，於洛陽東城重睹好好〔五〕，感舊傷懷，故題詩贈之。

君爲豫章姝〔六〕⑤，十三纔有餘。翠茁鳳生尾⑥，丹葉蓮含跗〔七〕⑦。高閣倚天半⑧，章江聯碧虛〔八〕⑨。此地試君唱〔九〕，特使華筵鋪。主公顧四座〔一〇〕⑩，始訝來踟躕。吳娃起引贊⑪，低徊映長裾。雙鬟可高下，纔過青羅襦⑫。盼盼乍垂袖，一聲離鳳呼〔一一〕⑬。繁絃迸關紐⑭，塞管裂圓蘆〔一二〕⑮。衆音不能逐，裊裊穿雲衢。主公再三歎〔一三〕，謂言天下殊。贈之天馬錦，副以水犀梳⑯。龍沙看秋浪⑰，明月遊東湖〔一四〕⑱。自此每相見，三日已爲疎。玉質隨月滿，豔態逐春舒。絳脣漸輕巧，雲步轉虛徐⑲。旌旆忽東下，笙歌隨舳艫⑳。霜凋謝樓樹〔一五〕㉑，沙暖句溪蒲㉒。身外任塵土，樽前極歡娛〔一六〕。飄然集仙客㉓，著作嘗任集賢校理〔一七〕。諷賦欺相如。聘之碧瑤珮，載以紫雲車㉔。洞閉水聲遠〔一八〕，月高蟾影孤㉕。爾來未幾歲，散盡高陽徒㉖。洛城重相見〔一九〕，婥婥爲當壚㉗。怪我苦何事，少年垂白鬚〔二〇〕？朋遊今在否，落拓更能無〔二一〕？門館慟哭後㉘，水雲秋景初〔二二〕。斜日掛衰柳，涼風生座隅。灑盡滿衿淚，短歌聊一書〔二三〕。

【校勘記】

〔一〕「始以善歌來樂籍中」，胡校：「按墨蹟『歌』下有『舞』字。」

〔二〕「公移鎮宣城」，胡校：「按墨蹟無『移』字。」

〔三〕「後二歲」，「二」，馮注本校：「一作三。」胡校：「按墨蹟作『後二年』。馮集梧《樊川詩集注》卷一：『二，一作三』誤。」

〔四〕「爲沈著作述師以雙鬟納之」，胡校：「按墨蹟無『爲』字。」

〔五〕「後二歲，於洛陽東城重睹好好」，胡校：「按墨蹟『後』作『又』，『於』前有『余』字。」

〔六〕「君」，馮注本校：「一作爾。」

〔七〕「丹葉蓮含跗」，胡校：「按墨蹟『葉』作『瞼』。」

〔八〕「章江聯碧虚」，「章」，馮注本校：「一作晴。」胡校：「按墨蹟『章』作『晴』；『聯』作『連』。」

〔九〕「君」，馮注本校：「一作爾。」

〔一〇〕「公」，《全唐詩》卷五二〇作「人」，下校：「一作公。」馮注本校：「一作人。」

〔一一〕「一聲」，馮注本校：「一云聲同。」「離鳳」，夾注本、景蘇園本等均同。馮注本、《全唐詩》卷五二〇作「雛鳳」。胡校：「墨蹟作『離鳳』，可證定。《説文·隹部》：『離，黄倉庚也，鳴則蠶生。从隹，离聲。』」又文津閣本亦作「離鳳」。

〔一二〕「圓蘆」，原作「圓盧」，據《全唐詩》卷五二〇、馮注本改。

〔一三〕「公」，《全唐詩》卷五二〇作「人」，馮注本校：「一作人。」

〔一四〕「東」，《全唐詩》卷五二〇作「朱」，下校：「一作東。」馮注本校：「一作朱。」

〔一五〕「謝樓樹」，馮注本校：「一云謝庭下。」胡校：「按墨蹟『謝樓』作『小謝』。」

〔一六〕「樽前極歡娱」，胡校：「按墨蹟『極』作『且』。」

〔一七〕「著作嘗任集賢校理」，胡校：「按墨蹟無『嘗』字。」

〔一八〕「閉」，馮注本校：「一作户。」胡校：「按墨蹟『閉』作『閑』。馮集梧《樊川詩集注》云：『一作户。』誤。」

〔一九〕「洛城」，「城」，馮注本校：「一作陽。」胡校：「按墨蹟『洛城』作『洛陽』。」

〔三〇〕「少年垂白鬚」，胡校：「按墨蹟『垂』作『生』。」

〔三一〕「拓」，馮注本校：「一作魄。」

〔三二〕「水雲秋景初」，胡校：「按墨蹟『秋』作『愁』。」

〔三三〕「短歌聊一書」，胡校：「按墨蹟『短歌』作『短章』。」

【注釋】

①張好好：歌妓名。《杜牧年譜》據此詩序謂「按，大和三年後一歲，是大和四年，又後二歲，是大和六年，又後二歲，應是大和八年。然是年杜牧在揚州，並未到洛陽，且詩中『門館慟哭後』，謂沈傳師已卒，據《舊唐書·文宗紀》，沈傳師卒於大和九年四月，亦足證明此詩是大和九年所作，而決不能是大和八年。……竊疑詩序中所謂『後二歲，於洛陽東城重睹好好』句中之『後二歲』，蓋應是『後三歲』，而杜牧誤數也。」故詩作於大和九年（八三五）。

②沈公：即沈傳師，大和二年十月，爲江西觀察使。大和七年四月任吏部侍郎，大和九年四月卒於吏部侍郎任。傳見《舊唐書》卷一四九、《新唐書》卷一三二。事跡見杜牧本集卷一四《唐故尚書吏部侍郎贈吏部尚書沈公行狀》、《嘉泰吳興志》卷一六等。

③公移鎮宣城：據《舊唐書·文宗紀》，沈傳師於大和四年九月遷宣歙觀察使，駐地爲宣城（故址在

今安徽宣城東)。

④沈著作句：沈著作，即沈傳師之弟沈述師，官著作郎。雙鬟，指千金。馮注：「辛延年詩：兩鬟何窈窕，一世良所無。一鬟五百萬，兩鬟千萬餘。」

⑤豫章：郡名，即唐洪州，治所在今江西省南昌市。姝，美女。

⑥茁：草初生貌。此意爲長出。

⑦跗：花萼之基部。

⑧高閣：此指滕王閣。閣乃唐高祖子李元嬰爲洪州刺史時所建。元嬰封滕王，故名。馮注：「《一統志》：南昌府滕王閣，舊在新建縣西章江門上，西臨大江，唐顯慶四年建。」

⑨章江句：章江，即贛水，由章水和貢水合流而成。馮注：「《元和郡縣志》：虔州贛縣貢水西南自南康縣來，章水東南自雩都縣來，二水至州北合爲一，通謂之贛水。」滕王閣在贛水之濱。碧虛，碧空。

⑩主公：指沈傳師。馮注：「《蜀志·法正傳》：主公始創大業。《通鑑·注》：主公之稱，始於東都，改明公稱主公，尊事之爲主也。」

⑪吳娃：吳地美女。娃，美女。《方言》：「娃，……美也。吳楚之間曰娃。」引贊：引導介紹。

⑫襦：短衣，短襖。

⑬離鳳呼：離鳳鳴叫般之歌聲。《説文·隹部》：「離，黄倉庚也，鳴則蠶生。从隹，离聲。」此用以形容張好好歌聲之動聽。

⑭繁絃句：迸，迸斷。關紐，指樂器上調絃之絃紐。

⑮塞管：一種少數民族之樂器，即蘆管。

⑯水犀梳：用水犀牛角製成之梳子。

⑰龍沙：在南昌城北一帶，甚白而高峻。馮注：「《太平寰宇記》：龍沙在豫章城北一帶。甚白而高峻，左右居人，時見龍跡。」

⑱東湖：湖名，在南昌東面。馮注：「《太平寰宇記》：洪州南昌縣東湖，雷次宗《豫章記》云：州城東有大湖，北與城齊，隨城廻曲，至南塘，水通章江，增減與江水同。」

⑲雲步句：形容步態輕盈飄逸。虚徐，舒緩閒雅狀。

⑳旌旆二句：舳艫，船之後舵與船頭，指船。《方言》九：「（舟）後曰舳。……舳，制水也。」注：「今江東呼柁爲舳。」艫，船頭。二句謂沈傳師移鎮宣城，張好好亦隨船前往。

㉑謝樓：宣州北樓，南齊詩人謝朓任太守時所建，故稱。馮注：「《方輿勝覽》：寧國府北樓，謝朓建。」

㉒句溪：一名東溪，在宣城東，因溪流迴曲得名。馮注：「《太平寰宇記》：句溪一名東溪，水源從

寧國縣東鄉溪嶺承天目山脚水，合流連接，至此爲句溪，流向北，至郡門外過也。」

㉓集仙客：集仙，洛陽殿名，玄宗時改名集賢殿。沈述師曾爲集賢殿校理，故稱爲集仙客。馮注：「《唐六典》：開元十三年，召學士張説等宴於集仙殿，於是改名集賢殿，修書所爲集賢殿書院，五品以上爲學士，六品以下爲直學士；其後，更置修撰、校理，官無常員，以他官兼之。」

㉔紫雲車：神仙所乘之車。此言車之華貴。馮注：「《博物志》：漢武帝好仙道，時西王母乘紫雲車而至。」

㉕蟾：蟾蜍，俗稱癩蝦蟆。此指月亮。傳説月亮上有蟾蜍、桂樹等。《淮南子·精神》：「月中有蟾蜍。」《後漢書·天文志上》：「言其時星辰之變。」南朝梁劉昭注：「羿請無死之藥於西王母，姮娥竊之以奔月。……姮娥遂託身於月，是爲蟾蜍。」後因爲月亮之代稱。

㉖高陽徒：漢代酈食其見劉邦時，自稱爲高陽酒徒。事見《史記》卷九七《酈生列傳》。後即以高陽酒徒稱酒徒。

㉗婥婥句：婥婥，體態美好貌。當壚，在酒壚前賣酒。此暗用卓文君賣酒典故。《史記·司馬相如列傳》：「相如與俱之臨邛，盡賣其車騎，買一酒舍酤酒，而令文君當壚。」

㉘門館句：指沈傳師之卒。杜牧曾兩參沈傳師幕府，乃其門下吏。馮注：「《晉書·謝安傳》：羊曇爲安所愛重，安薨後，輟樂彌年，行不由西州路。嘗因石頭大醉，扶路唱樂，不覺至州門，左右白

曰：此西州門，曇悲感不已，以馬策扣扉，誦曹子建詩曰：生存華屋處，零落歸山邱。慟哭而去。」

【集評】

【眄泰秋娘三女】白樂天《燕子樓》詩序云：「徐州故張尚書有愛妓，曰眄眄，善歌舞，雅多風態。尚書既殁，彭城有舊第，第中有小樓，名燕子。眄眄念舊愛而不嫁，居是樓十餘年，幽獨塊然。」白公嘗識之，感舊遊作二絶句，首章云：「滿窗明月滿簾霜，被冷燈殘拂卧床。燕子樓中霜月苦，秋來只爲一人長。」末章云：「今春有客洛陽回，曾到尚書冢上來。見説白楊堪作柱，爭教紅粉不成灰。」讀者傷惻。劉夢得《泰娘歌》云：「泰娘本韋尚書家主謳者，尚書爲吴郡得之，誨以琵琶，使之歌且舞，攜歸京師。尚書薨，出居民間，爲蘄州刺史張遜所得。遜謫居武陵而卒，泰娘無所歸。地荒且遠，無有能知其容與藝者。故日抱樂器而哭。」劉公爲歌其事云：「繁華一旦有消歇，題劍無光履聲絶。蘄州刺史張公子，白馬新到銅駝里。自言買笑擲黄金，月墮雲中從此始。山城少人江水碧，斷雁哀絃風雨夕。朱絃已絶爲知音，雲鬟未秋私自惜。舉目風煙非舊時，夢尋歸路多參差。如何將此千行淚，更灑湘江斑竹枝。」杜牧之《張好好》詩云：「牧佐故吏部沈公在江西幕，好好年十三，以善歌來樂籍中，隨公移置宣城，後爲沈著作所納。見之於洛陽東城，感舊傷懷，題詩以贈曰：君爲豫章姝，十三纔有餘。主公再三歎，謂言天下無。自此每相見，三日已爲疏。身外任塵土，尊前極歡娛。飄然集仙客，載以紫雲車。爾來未幾歲，散盡高陽徒。洛城重相見，綽綽爲當壚。朋遊今在否，落拓更能無？門館慟哭後，水雲秋景初。灑盡滿襟淚，短歌聊一書。」予謂婦人女子，華落色衰，至於失主無依，如此多矣。是三人者，特見紀於英辭鴻筆，故名傳到今。況於士君子終身不遇而與草木俱腐者，可勝歎哉！然眄眄節義，非泰娘、好好可及也。（洪邁《容齋三筆》卷第十二）

娟妍之致，和筆墨流出。（鄭郲評本詩）

唐杜牧之贈《張好好詩》，載《樊川集》中，書載《宣和書譜》，末有「灑盡滿襟淚，短歌聊一書」二句，漫滅不可摹，此董宗伯手摹也。牧之書瀟灑流逸，深得六朝風韻。宗伯云：「顔、柳以後，若温飛卿、杜牧之，亦名家也。」予觀小杜流連旖旎，放浪低徊，讀其詩歌，使千載下有情人，驚魂動魄，何況雲煙滿紙，筆致絶塵乃爾耶！（葉奕苞《金石録補》）

冬至日寄小姪阿宜詩①

小姪名阿宜，未得三尺長。頭圓筋骨緊②，兩臉明且光。去年學官人③，竹馬遶四廊。指揮群兒輩，意氣何堅剛。今年始讀書，下口三五行。隨兄旦夕去，斂手整衣裳。去歲冬至日，拜我立我旁。祝爾願爾貴，仍且壽命長。今年我江外④，今日生一陽⑤。憶爾不可見，祝爾傾一觴。陽德比君子⑥，初生甚微茫。排陰出九地⑦，萬物隨開張。一似小兒學，日就復月將。勤勤不自已，二十能文章。仕宦至公相，致君作堯、湯。我家公相家，劍珮嘗丁當。舊第開朱門，長安城中央。第中無一物，萬卷書滿堂。家集二百編⑧，上下馳皇王。多是撫州寫⑨，今來五紀强⑩。尚可與爾讀，助爾爲賢良。經書刮根本〔一〕，史書閲興亡。高摘屈、宋豔⑪，濃薰班、馬香⑫。李、杜泛浩浩⑬，韓、柳摩蒼蒼⑭。近者四君子，與古爭强梁⑮。願爾一祝後，讀書日日忙。一日讀十紙，一月讀一箱。朝廷用文治，大開官職場。願爾出門去，取官如驅羊。吾兄苦好古⑯，學問不可量。晝居府中治，夜歸書滿床。後貴有金玉，必不爲汝藏〔二〕。崔昭生崔芸，李兼生窟郎⑰。堆錢一百屋，破散何披猖⑱。今雖未即死，餓凍幾欲僵。參軍與縣尉，塵土驚劻勷⑲。一語不中治，笞箠身滿瘡⑳。官罷得絲髮㉑，好買百樹桑。税錢未輸足，得米不敢嘗。願爾聞我語，歡喜入心腸。大明帝宫闕㉒，杜曲我池塘㉓。我若自潦倒〔三〕，看汝爭翱翔。總語諸小道，此詩不可忘。

【校勘記】

〔一〕「刮」，《全唐詩》卷五二〇、馮注本均作「括」。

〔二〕「汝」，《文苑英華》卷二六一、夾注本均作「爾」。

〔三〕「若」，《全唐詩》卷五二〇、馮注本校：「一作苦。」

【注　釋】

①此詩有「去歲冬至日，拜我立我旁。……今年我江外，今日生一陽」語。據《樊川文集》卷一六《上宰相求湖州第二啓》，杜牧開成五年（八四〇）冬乞假至潯陽視病弟，翌年四月往蘄州。潯陽在江外。又詩有「家集二百編，上下馳皇王。多是撫州寫，今來五紀强」句，家集即指《通典》，此書乃杜佑約大曆十三年（七七八）任撫州刺史時始撰，至開成五年已約六十三年，與「今來五紀强」合。故詩當作於開成五年（八四〇）冬。

②緊：結實有力。

③官人：唐時稱居官者爲官人。杜甫《逢唐興與劉主簿弟》：「劍外官人冷，關中驛使疎。」馮注：「《穆天子傳》：官人執事。《唐六典》：吏部司勳郎中、員外郎，掌邦國官人之勳級。《昌黎集·王適墓誌銘》：一女憐之，必嫁官人，不以與凡子。是唐時有官者，方得稱官人也。」

④江外：江南，指潯陽（今江西省九江市）。馮注：「《通鑑·晉紀注》：中原以江南爲江外。」

⑤今日生一陽：《史記·律書》：「日冬至則一陰下藏，一陽上舒。」

⑥陽德：陽氣。

⑦九地：地下最深處。《孫子·形》：「善守者藏於九地之下，善攻者動於九天之上。」

⑧二百編：此指杜佑所著《通典》，凡二百卷。

⑨撫州：州名。隋開皇九年以臨川郡改置，治所在臨川縣（今江西臨川市西）。唐乾元元年復改爲撫州。寶應元年與縣同移至今江西省臨川市。杜佑曾任撫州刺史，並在此撰寫《通典》。

⑩五紀强：六十多年。一紀爲十二年。

⑪屈宋句：屈宋，指屈原、宋玉。馮注：「《漢書·藝文志》：屈原賦二十五篇，宋玉賦十六篇。《周書·庾信傳論》：摭六經百代之英華，探屈宋卿雲之祕奥。」

⑫濃薰班馬句：班馬，指班固、司馬相如。

⑬李杜句：李杜，指李白、杜甫。馮注：「《唐書·藝文志》：李白《草堂集》二十卷，杜甫集六十卷，小集六卷。《杜甫傳》：少與李白齊名，時號李杜。《魏書·崔光傳》：孝伯之才，浩浩如黄河東注，固今日之文宗也。」

⑭韓柳句：韓柳，指韓愈、柳宗元。蒼蒼，指天空。馮注：「《唐書·藝文志》：韓愈集四十卷，柳宗元集三十卷。《文藝傳》：唐興百年，諸儒爭自名家，大曆、貞元間，美才輩出，擩嚌道真，涵泳聖涯，於是韓愈倡之，柳宗元、李翺、皇甫湜等和之，排逐百家，法度森嚴，抵轢晉魏，上軋漢周，唐之

文，完然爲一王法，此其極也。」

⑮ 爭强梁：爭强鬥勝比高低。

⑯ 吾兄：指杜牧堂兄杜悰。悰，元和九年，選尚公主，召見於麟德殿。尋尚岐陽公主，加殿中少監、駙馬都尉。累遷至司農卿。大和六年，轉京兆尹。會昌中，任宰相，尋加左僕射。後歷鎮重藩，加太傅、邠國公。傳見《舊唐書》卷一四七、《新唐書》卷一六六《杜佑傳》附。

⑰ 崔昭二句：崔昭，代宗朝人，曾任台州、壽州刺史，京兆尹，宣歙、浙東、江西等觀察使。爲人厚殖財賄。事見《唐會要》卷八九、《唐國史補》卷中。李兼，德宗朝曾任鄂岳團練使、江西觀察使，卒國子祭酒任。見《資治通鑑》卷二三一。馮注：「（《舊唐書》）《權德輿傳》有江西觀察使李兼，當爲一人。《唐會要·謚法篇》有台州刺史崔昭，謚肅，贈刑部尚書。李兼謚昭。又《國史補》載裴佶姑夫爲朝官，有雅望，朝退歎曰：崔昭何人？衆口稱美，此必行賄者也，如此，安得不亂。言未竟，閽者報壽州崔使君候謁，姑夫怒呵閽者，將鞭之，良久，束帶强出，須臾命茶甚急，又命酒饌，又令秣馬飼僕，姑曰：何前倨而後恭也？及入門，有得色，出懷中一紙，乃昭贈官絁千匹。據此詩云：堆錢百屋，破散披猖，明崔昭、李兼皆厚殖財賄，而其子不能守者，是行賄之崔使君，當即此崔昭也。」

⑱ 披猖：決裂、分裂。《北齊書·王昕傳附王晞傳》：「晞曰：『……人主恩私，何由可保，萬一披

狷，求退無地。非不愛作熱官，但思之爛熟耳。』」

⑲劻勷：急迫不安貌。

⑳笞箠：用鞭、杖、竹板抽打。

㉑絲髮：猶絲毫，形容細微。此喻錢財之少。

㉒大明：此爲宮殿名，在唐長安城北。馮注：「《唐會要》：貞觀八年十月，營永安宮，九年正月，改名大明宮。《長安志》：東内大明宮，在禁苑之東南，南接京城之北面，西接宮城之東北隅。」

㉓杜曲：地名，在今陝西西安東南。唐時爲杜氏聚居處。馮注：「《雍録》：杜曲在啓夏門外，向西即少陵原也。」

【集評】

杜子美《贈高適》詩云：「脱身簿尉中，始與捶楚辭。」退之《贈張功曹》詩云：「判司卑官不堪説，未免捶楚塵埃間。」杜牧之《寄姪阿宜》詩云：「一語不中治，鞭捶身滿瘡。」蓋唐參軍簿尉有罪加撻罰，如今之胥吏也。高子勉親見山谷云爾。予初疑其不然，因讀唐史，代宗命劉晏考所部官善惡，刺史有罪者，五品以上劾治，六品以下杖訖奏。參軍簿尉不足道也。（邵博《邵氏聞見後録》卷十八）

【唐參軍簿尉不免杖】陳正敏《遯齋閑覽》言：杜子美「脱身簿尉中，始與箠楚辭」，韓退之「判司卑官不堪説，未免箠楚塵埃間」，杜牧之「參軍與簿尉，塵土驚劻勷。一語不中治，鞭笞身滿瘡」，謂唐時參軍、簿尉，不免受杖。鮑彪謂：詳考杜、韓所言，捶有罪者也。牧之亦言驚見有罪者如此，非身受杖也。退之《江陵途中》云：「棲身法曹掾，何處事卑陬」，「何況親犴獄，敲搒發姦偷」。此豈身受杖者耶？然《太平廣記》載李遜決包尉臀杖十下；及《舊唐書·于頔傳》：「頔爲湖州刺史，改蘇州，追憾湖州舊尉，封杖以計强決之。」則鮑論亦未當。（吴曾《能改齋漫録》卷四）

高適調封丘尉，不得志，去客河西節度哥舒翰，奏爲右驍衛兵曹參軍掌書記，杜子美有詩送之云：「脱身簿尉中，始與捶楚辭。」韓退之作荆南法曹，與張籍詩云：「判司卑官不堪説，未免捶楚塵埃間。」杜牧之亦有《寄小姪阿宜》詩云：「參軍與縣尉，塵土驚劻勷，一語不中治，笞箠身滿瘡。」則唐世掾曹簿尉，皆未免於鞭扑，而史不載。所以責官，多使爲之，欲重爲困辱也。（莊綽《雞肋編》卷下）

【符讀書城南】《符讀書城南》一章，韓文公以訓其子，使之腹有《詩》、《書》，致力於學，其意美矣。然所謂「一爲公與相，潭潭府中居。不見公與相，起身自犁鋤」等語，乃是覬覦富貴，爲可議也。杜牧之《寄小姪阿宜》詩亦云：「朝廷用文治，大開官職場。願爾出門去，取官如驅羊。」其意與韓類也。予向爲陳鑄作《城南堂記》，亦及此意云。（洪邁《容齋三筆》卷第十一）

【參軍簿尉】杜詩：「脱身簿尉中，始免捶楚辭。」鮑注曰：「非謂簿尉受杖，杖有罪者爾。」退之謂：「悽悽法曹掾，敲榜發姦偷。」此豈受杖者邪？余謂不然。子美之意，正謂屬吏受官長之杖，非謂杖有罪者。官屬受杖，其來久矣，且前漢王嘉爲宰相，裸躬受笞，其他可知。司馬遷謂：「陵夷至於捶楚之間。」觀此則知古人當官，有過亦必受杖。此猶有説，謂臣下有過，受人君之杖耳，非上官之杖也。僕觀《後漢》：戴宏爲郡督郵，曾以職事見詰，府君欲撻之云云。《三國志》：黄蓋爲守長，署兩掾，教曰：若有姦欺，終不加以鞭杖，宜各盡心。此正明驗古人吏屬受杖之説也。自晉至唐，此類尤多，注詩者自不深考耳。姑摭數端：《世説》載：太守劉淮杖主簿向雄，後同在政府，不交言，武帝敕雄復修君臣之好。……《唐書》：邕州經略使陳曇怒判官劉緩，杖之二十五而卒；浙西觀察使韓皋封杖決安吉令孫解，臀杖十下而死；劉晏考所部官六品以上，杖訖而罷。杜牧之謂：「尹坐堂上，階下拜兩赤縣令屬官將百人，悉可笞辱。」其詩又曰：「參軍與縣尉，塵土驚劻勷。一語不中治，笞捶身滿瘡。」韓退之詩曰：「判司卑官不堪説，未免捶楚塵埃間。」舉此以驗，杜詩之意可見矣，豈謂杖有罪者邪？古之官屬，動必加杖，加杖猶可，或致之死，如張敞棄椽市之類是也。上官之權甚重，而屬吏益卑，凜然度日，不啻君臣之相臨，唐猶庶幾，漢時尤甚。（王楙《野客叢書》卷十五）

【阿宜】牧有諄諄誨，宜無赫赫聲。假令如叔父，一世得狂名。（劉克莊《後村先生大全集》卷二十）

羅豫章仲素集前人詩句，如杜牧輩「願爾出門去，取官如驅羊」等語，以教子弟。或謂豫章一代道學，所以誨後人者，不當乃爾。韓退之《符讀書城南》詩，教子以取富貴，不免爲世所譏。杜牧輩詩比之韓公，陋矣甚矣，而不訓耶？黄東發謂韓云：「此人情誘小兒讀書之常，愈於後世之飾僞者。」

然則豫章於此，亦緣人情之常，而姑以示小兒耳。（何孟春《餘冬詩話》卷下）

【簿尉】杜《送高適》詩：「脱身簿尉中，始與捶楚辭。」韓愈詩：「判司卑官不堪説，未免捶楚塵埃間。」杜牧詩：「參軍與縣尉，塵土驚劻勷。一語不中治，笞箠身滿瘡。」據此，唐時卑官，不免笞撻，正與今代同。史稱代宗命劉晏考所部刺史有罪者，五品以上劾治，六品杖訖奏聞，豈但簿尉已哉！（胡震亨《唐音癸籤》卷十七「詁箋」二）

【捶楚】《唐書》：代宗令劉晏考所部官，五品以上劾治，六品以下杖訖奏聞。唐時參軍簿尉，皆以士流任之。故有戎幕十年，而歷樞要登節帥者，有自縣倅而入爲給事御史者。其職綦重，而其品最卑小，有過誤不免笞扑之，及殆與府史胥徒同類。杜少陵《贈高適》曰：「脱身簿尉中，始與捶楚辭。」韓昌黎《贈張工曹》曰：「判司卑官不堪説，未免捶楚塵埃間。」杜紫微《寄小姪阿宜》曰：「參軍與縣尉，塵土驚劻勷。一語不中治，鞭笞身滿瘡。」《語》曰：「刑不上大夫。」則自此以降，概可知已。而或者謂職在録囚，日與杻械相習，非身受之也。然嚴武殺章彝，則留後刺史亦在鞭笞之下，彼區區小吏，庸足計乎。（宋長白《柳亭詩話》卷十六）

《楚辭》：「逢此世之劻勷。」注謂急遽意。勷讀同穰。韓昌黎文：「新師不牢，劻勷將遁。」杜牧之詩：「參軍與尉簿，塵土驚劻勷。」白樂天詩：「委命不劻勷。」正得此意。後世誤同贊襄，凡所遣用，百不合一。（沈德潛《説詩晬語》卷下）

杜樊川《示阿宣詩》詩云：「一子呶呶跨相門，宣乎須記若而人。長林管領閑風月，曾有佳兒屬杜筠。」杜筠究不知何許人，或牧之曾以一子繼之，或筠有佳兒，牧之贊歎之，均未可定。乃《癸辛雜識》周必大曰：「《池陽集》載杜牧之守郡時，有妾懷姙而出之，以嫁州人杜筠，生子即荀鶴也。此事人罕知之。余過池，嘗有詩云：『千古風流杜牧之，詩材猶及杜筠兒。向來稍喜《唐風集》，今悟樊川是父師。』」是成何語！且必欲證實其事，是誠何心！汚蔑樊川，已屬不堪，於彦之尤不可忍。楊森嘉樹曾引太平《杜氏宗譜》辨之，殊合鄙意。（薛雪《一瓢詩話》）

【唐時簿尉受杖】《遯齋閑覽》引杜甫贈高適詩：「脱身簿尉中，始與捶楚辭」，韓退之《贈張功曹》詩：「判司卑官不堪説，未免捶楚塵埃間」，杜牧《寄姪阿宜》詩：「參軍與簿尉，塵土驚皇皇。一語不中治，鞭捶身滿瘡。」以爲唐之簿尉有過即受笞杖，猶今之胥吏也。不知唐制更不止此。《新唐書·劉晏傳》，晏爲轉運使，代宗嘗令考所部官，五品以上輒繫劾，六品以下杖然後奏。則不特簿尉矣。又張鎬杖殺刺史閭邱曉，嚴武杖殺梓州刺史章彝，則節度使並可杖殺刺史矣。楊炎爲河西節度使掌書記，以縣令李太簡嘗醉辱之，炎令左右反接，榜二百幾死，則節度書記並可杖縣令矣。《舊唐書》本紀，元和元年，觀察使韓皋杖安吉令孫澥致死，罰一月俸料。《新唐書》，穆寧爲轉運使，杖死沔州别駕，坐貶平集尉。是雖有降罰處分，然以杖之至死，故稍示罰，而長官得杖僚屬之制自在也。《裴耀卿傳》，刺史楊濬犯贓，詔杖六十，流古州。耀卿言，刺史、縣令異諸吏，今使躶躬受笞，事太逼辱。又御史蔣挺坐法，詔決杖朝堂。張廷珪奏曰：士可殺不可辱，廷臣有罪當殺之，其餘或奪俸，或收贖可也。廣州都督裴伷先抵罪，張嘉貞請杖之。張説曰：刑不上大夫，若罪應死即斬，不宫廷辱，以卒伍待。是其時朝臣皆以爲言，然卒不聞停此制也。而《遯齋閑覽》但據杜、韓詩，謂唐時簿尉受杖，此猶未詳考耳。（趙翼《陔餘叢考》卷十七）

小杜「濃薰班馬香」，對屈、宋説，自指班固、馬相如，此二句謂詩賦也。上文已拈「史書閱興亡」，此不應復及馬史、班史。杜詩「以我似班揚」，班與揚可合稱，則馬亦可合稱，不必定指馬遷也。今人但因《班馬異同》書名，熟在人口，因以此句指二史，其實非也。（翁方綱《石洲詩話》卷二）

《鳬塘集序》：詩以氣爲主，而尤貴有色。老杜曰：「昔聞洞庭水，今上岳陽樓。」氣也。小杜曰：「高摘屈宋豔，濃薰班馬香。」色也。此詩中之選青也。五色雕鏤，而無奇氣以行之，名曰餖飣。一氣呵成，而無采色以麗之，名曰淡薄。淡薄者，容有味，而餖飣者必無神。與其餖飣，不如其淡薄也。（李調元《童山文集》卷五）

史稱杜牧之自負才略，喜論兵事，擬致位公輔，以時無右援者，怏怏不平而終；爲人疎雋，不拘細行；其詩情致豪邁，人號爲小杜，以别于少陵。後村劉氏謂杜牧、許渾同時，牧于唐律中，嘗寓拗峭，以矯時弊，渾律切麗密或過牧，而抑揚頓挫不及也。讀其《冬至日寄小姪阿宜》詩云：「經書刮根本，史書閱興亡。高摘屈宋豔，濃熏班馬香。李杜泛浩浩，韓柳摩蒼蒼。近者四君子，與古爭强梁。」可

以知其用功之深醇。讀其「平生五色線，願補舜衣裳」，「誰知我亦輕生者，不得君王丈二殳」諸詩，可以知其立志之遠大。若但賞其「高人以飲爲忙事，浮世除詩盡强名」諸句，則猶是詩人而已。（余成教《石園詩話》卷二）

李甘詩①

大和八九年〔一〕，訓、注極虓虎②。潛身九地底，轉上青天去。四海鏡清澄〔二〕，千官雲片縷。公私各閑暇，追遊日相伍。豈知禍亂根，枝葉潛滋莽〔三〕。九年夏四月，天誡若言語。烈風駕地震，獰雷驅猛雨〔四〕。夜於正殿階〔五〕，拔去千年樹。吾君不省覺，二凶日威武。操持北斗柄③，開閉天門路〔六〕。森森明庭士〔七〕④，縮縮循牆鼠⑤。平生負名節〔八〕，一旦如奴虜。指名爲錮黨〔九〕⑥，狀跡誰告訴〔一〇〕。喜無李、杜誅⑦，敢憚髡鉗苦⑧。時當秋夜月〔一一〕，日直曰庚午〔一二〕⑨。喧喧皆傳言，明晨相登注⑩。予時與和鼎，官班各持斧⑪。和鼎顧予云〔一三〕：「我死有處所。」〔一四〕當庭裂詔書〔一五〕⑫，退立須鼎俎⑬。君門曉日開，赭案橫霞布。儼雅千官容⑭，勃鬱吾纍怒〔一六〕⑮。適屬命鄘將〔一七〕⑯趙儋〔一八〕，昨之傳者誤。明日詔書下，謫斥南荒去⑰。夜登青泥阪⑱，墜車傷左股。病妻尚在床，稚子初離乳。幽蘭思楚澤⑲，恨水啼湘渚⑳。怳怳三閭魂㉑，悠悠一千古。其冬二兇敗〔一九〕㉒，涣汗開湯罟㉓。賢者須喪亡㉔，讒人尚堆堵〔二〇〕。予於後四年，諫官事明主㉕。常欲雪幽冤，於時一裨補。拜章豈艱難，膽薄多憂懼〔二一〕。如何干斗氣〔二二〕㉖，竟作炎荒土㉗。題此涕滋筆，以代投湘賦㉘。

【校勘記】

〔一〕「大和」，原作「天和」，據景蘇園影宋本（以下簡稱景蘇園本）改。

〔二〕「清澄」，夾注本作「澄清」。

〔三〕「滋莽」，《文苑英華》三〇四、夾注本均作「滋茂」，《全唐詩》卷五二〇、馮注本「莽」字下校：「一作茂。」

〔四〕「獰」，《文苑英華》卷三〇四作「疾」，下校：「集作獰。」

〔五〕「殿階」，《文苑英華》卷三〇四作「衙階」，於「階」字下校：「集作殿。」《全唐詩》卷五二〇、馮注本「階」字下校：「一作衙。」

〔六〕「天門」，夾注本作「天關」。

〔七〕「明庭」，《文苑英華》卷三〇四作「門庭」。

〔八〕「名」，《全唐詩》卷五二〇、馮注本均作「奇」，又校：「一作名。」

〔九〕「錮黨」，《文苑英華》卷三〇四作「鉤黨」，下校：「集作黨錮。」《全唐詩》卷五二〇、馮注本「錮」字下均校：「一作鉤。」

〔一〇〕「狀」，《全唐詩》卷五二〇、馮注本均校：「一作錮。」「誰」，《文苑英華》卷三〇四作「難」，《全唐詩》卷五二〇、馮注本均校：「一作難。」

〔一一〕「秋夜」，《文苑英華》卷三〇四作「仲秋」，《全唐詩》卷五二〇、馮注本均校：「一作仲秋。」

〔一二〕「日直曰庚午」，「曰」字原作「日」，據《文苑英華》卷三〇四、《全唐詩》卷五二〇改。

〔一三〕「云」，《文苑英華》卷三〇四作「言」，下校：「集作云」。《全唐詩》卷五二〇、馮注本均作「言」。

〔一四〕「有」，《文苑英華》卷三〇四作「知」，下校：「集作有。」《全唐詩》卷五二〇亦作「知」，下校：「一作有。」馮注本校：「一作知。」

〔一五〕「裂」，夾注本作「掣」。

〔一六〕「纍」，《全唐詩》卷五二〇作「累」，下校：「一作纍。」馮注本校：「一作累。」

〔一七〕「鄜將」，原作「麟將」，據《文苑英華》卷三〇四、《全唐詩》卷五二〇、馮注本改。

〔一八〕「趙儋」，原作「趙耽」，《文苑英華》卷三〇四、馮注本作「趙儋除鄜坊節度」。《全唐詩》卷五二〇又校：「儋，一作耽。」按，《舊唐書》卷一七下《文宗紀》下記「趙儋爲鄜坊節度使」、「鄜坊節度使趙儋卒」，則當以趙儋爲是。今即據改。

〔一九〕「二兇」，原作「三兇」，據《文苑英華》卷三〇四、夾注本、《全唐詩》卷五二〇、馮注本改。馮注本又校：「一作三。」

〔二〇〕「堵」，《文苑英華》卷三〇四作「貯」。

〔二一〕「懼」，《文苑英華》卷三〇四作「阻」。《全唐詩》卷五二〇、馮注本校：「一作阻。」

〔二二〕「干」，《全唐詩》卷五二〇、馮注本校：「一作牛。」

【注釋】

① 李甘：人名，字和鼎。《新唐書》卷一一八本傳云：「李甘字和鼎。長慶末，第進士，舉賢良方正異等。累擢侍御史。鄭注侍講禁中，求宰相，朝廷譁言將用之，甘顯倡曰：『宰相代天治物者，當先德望，後文藝。注何人，欲得宰相？白麻出，我必壞之。』既而麻出，乃以趙儋爲鄜坊節度使，甘坐輕肆，貶封州司馬。而李訓內亦惡注，由是注卒不相。甘終於貶。」事跡又見《舊唐書》卷一七一本傳。《杜牧年譜》於開成四年謂「詩中敘大和九年李甘忤鄭注被貶事，而云：『予於後四年，諫官事明主。』則當作於本年爲左補闕時。」今即訂本詩於開成四年（八三九）。

② 訓注句：訓注，指李訓、鄭注，皆唐文宗時權臣。李訓，始名仲言，登進士第。與鄭注皆爲王守澄

所薦入朝，並爲文宗倚重，權勢熏天，互相朋比，排陷朝臣，以致縉紳側目。後於「甘露之變」中，兩人與文宗密謀誅除宦官，事泄，反爲宦官仇士良所殺。鄭注，絳州翼城人，始以藥術游長安權豪之門。本姓魚，冒姓鄭氏，故時號「魚鄭」。鄭注用事時，人目之爲「水族」。李訓、鄭注傳皆見《舊唐書》卷一六九、《新唐書》卷一七九。虓虎，咆哮之老虎。《詩·大雅·常武》：「進厥虎臣，闞如虓虎。」按，此暗喻鄭注、李訓排陷朝臣事。《新唐書·李訓傳》載：「訓本挾奇進，及大權在己，鋭意去惡，故與帝言天下事，無不如所欲。挾注相朋比，務報恩復仇，素忌李德裕、宗閔之寵，乃因楊虞卿獄，指爲黨人，嘗所惡者，悉陷黨中，遷貶無闋日，班列幾空，中外震畏。帝爲下詔開諭，群情稍安。」《新唐書·鄭注傳》載：「注資貪遝，既藉權寵，專鬻官射利，貲積鉅萬，不知止。起第善和里，通永巷，飛廡複壁，聚京師輕薄子、方鎮將吏，以煽聲焰。間入神策，與守澄語必終日，或夜艾乃罷。險人躁夫有所干謝，日走門。李訓既附注進，於是兩人權震天下矣。……乘是進退士大夫，撓骫朝法，賢不肖淆亂，以爲弛張當然。」

③ 北斗柄：此處比喻朝廷政權。

④ 森森：衆多貌。

⑤ 循牆鼠：順著牆脚走之老鼠。比喻朝官之膽怯畏縮。《柳宗元集·鶻説》：「鼠不穴寢廟，循牆而走。」馮注：「《左傳》：循牆而走。」

⑥錮黨：即相牽引爲朋黨。

⑦李杜：指東漢李固、杜喬，均因反對權臣梁冀而被殺。牽連士人甚多，史稱「黨錮之禍」。事見《後漢書》卷六三。又，東漢李膺、杜密皆被宦官以「共爲部黨」之罪名囚死獄中。《後漢書·杜密傳》：「黨事既起，免歸本郡，與李膺俱坐而名行相次，故時人亦稱『李杜』焉。」

⑧髡鉗：一種剃去頭髮而以鐵圈束頸之刑罰。

⑨庚午：指大和九年七月庚午，即七月二十七日。

⑩相登注：將任命鄭注爲宰相。

⑪持斧：謂在御史臺任職。《漢書·王訢傳》：「武帝末，軍旅數發，郡國盜賊群起，繡衣御史暴勝之使（王訢）持斧逐捕盜賊。」時李甘任侍御史，杜牧任監察御史。

⑫當庭句：《舊唐書·李甘傳》載，鄭注求入中書爲相。甘唱於朝曰：「宰相者，代天理物，先德望而後文藝。注乃何人，敢兹叨竊？白麻若出，吾必壞之。」

⑬須鼎俎：等待處罰。鼎俎，烹調所用鍋及割牲肉用之砧板。

⑭儼雅：莊重恭敬貌。

⑮勃鬱句：勃鬱，風迴旋貌。《文選》宋玉《風賦》：「勃鬱煩冤，衝孔襲門。」此形容怒氣之盛。纍，堆積，同「累」。

⑯適屬句：鄜，鄜州，州治在今陝西省富縣。鄜將，謂鄜坊節度使趙儋。夾注：「《唐書·文宗紀》：大和九年八月甲申，以左神策軍大將趙儋爲鄜坊節度使。」馮注：「《唐書·方鎮表》：上元元年，置渭北鄜坊節度使，治坊州，大曆十四年，罷渭北節度。建中四年，復置渭北節度使如上元之舊，尋罷，未幾復置，徙治鄜州。」

⑰南荒：指封州，州治在今廣東省封川。據《舊唐書》本傳，李甘因反對李訓、鄭注，貶封州司馬。

⑱青泥：唐藍田縣嶢柳城，俗謂之青泥城。馮注：「《元和郡縣志》：京兆府藍田縣，理城即嶢柳城，俗亦謂之青泥城。」

⑲幽蘭句：《史記·屈原列傳》載，屈原被放逐「至於江濱，披髮行吟澤畔」。其《離騷》有「結幽蘭而延佇」句。

⑳恨水句：湘渚，湘江邊。屈原自沉於汨羅，故云「恨水啼湘渚」。

㉑悁悁句：悁悁，心神不寧貌。三閭，指三閭大夫屈原。

㉒二兇：指李訓、鄭注。大和九年十一月，李訓、鄭注詐言金吾仗舍石榴樹有甘露，請唐文宗觀看，想借此誅除宦官。事敗，兩人與宰相王涯、賈餗、舒元輿等人均被殺。事見《舊唐書·文宗紀》。

㉓涣汗句：涣汗，指大赦詔書。《易·涣》：「九五，涣汗其大號。」喻帝王發佈號令，如汗出身，不能收回。後指帝王號令。湯罟，罟，羅網。據《史記·殷本紀》載，商湯見野外張網四面以捕禽獸，

「乃去其三面，祝曰：『欲左，左；欲右，右。不用命，乃入吾網。』諸侯聞之，曰：『湯德至矣，及禽獸。』」

㉔須：雖。

㉕諫官句：此指任左補闕。杜牧於開成三年冬授左補闕，次年初春由宣州赴朝任此職。

㉖干斗氣：此指上衝牛斗之壯志。《晉書·張華傳》載「吳之未滅也，斗牛之間常有紫氣，……及吳平之後，紫氣愈明。華聞豫章人雷煥妙達緯象，乃要煥宿，屏人曰：『可共尋天文，知將來吉凶。』因登樓仰觀。煥曰：『僕察之久矣，惟斗牛之間頗有異氣。』華曰：『是何祥也？』煥曰：『寶劍之精，上徹於天耳。』……因問曰：『在何郡？』煥曰：『在豫章豐城。』」後來，雷煥爲豐城令，「掘獄屋基，入地四丈餘，得一石函，光氣非常，中有雙劍，並刻題，一曰龍泉，一曰太阿。其夕，斗牛間氣不復見焉。」馮注：「《初學記》：雷次宗《豫章記》：吳未亡，恒有紫氣見牛斗之間，張華聞雷孔章妙達緯象，乃邀宿，屏人問。孔章曰：斗牛之間有異氣，是寶物之精，上徹於天耳。」

㉗竟作句：指李甘貶死於封州。

㉘投湘賦：屈原自沉於汨羅，後漢代賈誼貶爲長沙王太傅，過湘水，哀屈原之不幸，曾作賦以弔。事見《史記》卷八四《屈原賈生列傳》。

【集　評】

唐大和末，閹尹恣横，天子以擁虚器爲恥。而元和逆黨未討，帝欲夷絶其類。李訓謂在位操權者皆碌碌，獨鄭注可共事，遂同心以謀。已而殺陳宏志於青泥驛，相繼王守澄、楊承和、韋元素、王踐言皆不保首領。又劚崔潭峻之棺而鞭其屍。剪除逆黨幾盡，亦可謂壯矣！意欲誅宦尹，乃復河湟歸河朔諸鎮，天子向之。鄭注雖招權納賄，然出節度隴右，欲因王守澄之葬，乘群宦臨送，以鎮兵悉誅之，謀亦未必不善。會李訓先五日舉事，遂成「甘露」之禍。世以成敗論人物，故訓、注不得爲忠，至李德裕謂不可與徒隸齒，亦太甚矣。按《唐史》李甘與李中敏皆嘗論鄭注不可爲相，故甘有封州之謫，而中敏有潁陽之歸。杜牧之贈甘詩云：「大和八九年，訓、注極虓虎。吾君不省覺，二凶日威武。喧喧皆傳言，明晨相登注。和鼎顧予云：『我死有處所。』明日詔書下，謫斥南荒去。」又有贈李中敏詩云：「元禮去歸緱氏學，江充來見犬臺宫。曲突徙薪人不會，海邊今作釣魚翁。」蓋深痛二公之言不行，而訓、注得恣其謀也。蓋當是時，仇士良竊國柄，勢焰薰灼，士大夫於議論之門，不敢以訓、注爲是，以賈殺身之禍，故牧之之詩如此。嗚呼！東漢之季，柄在宦官，陳蕃之徒，以忠勇之資，謀殪其黨，而事亦不遂，史載其名，殆如日星。而訓、注，以當時士夫畏懾士良輩，遂加以姦兇之目，而史亦以爲亂人，萬世而下，無以自白，其深可痛哉！余家舊藏《甘露野史》二卷，及《乙卯記》一卷，二書之説，時相矛盾，《甘露野史》言上令訓等誅宦官，事覺反爲所擒，而《乙卯記》乃謂訓等有逆謀。蓋《甘露野史》出於朝廷公論，而《乙卯記》附會士良之私情也。《乙卯記》後有朱實跋尾數百言，以《乙卯》所記爲非是，其説與野史同，余故表而出之。（葛立方《韻語陽秋》卷九）

小人陷害君子，唯有「黨」字可惑君聽。古之清流受禍必慘，深堪歎息。（鄭郲評本詩）

洛中送冀處士東遊〔一〕①

處士有儒術，走可挾車輈②。壇宇寬帖帖③，符彩高酋酋④。不愛事耕稼，不樂干王侯。四十餘年中，超超爲浪遊⑤。元和五六歲，客于幽、魏州⑥。幽、魏多壯士⑦，意氣相淹留。劉濟願跪履⑧，田興請建籌⑨。處士拱兩手，笑之但掉頭。自此南走越，尋山入羅浮⑩。願學不死藥⑪，粗知其來由。却於童頂上⑫，蕭蕭玄髮抽。我作八品吏⑬，洛中如繫囚。忽遭冀處士，豁若登高樓。拂榻與之坐，十日語不休。論今星璨璨，考古寒颼颼。治亂掘根本，蔓延去聲相牽鉤⑭。武事何駿壯，文理何優柔⑮？顔回捧俎豆⑯，項羽横戈矛⑰。祥雲繞毛髮，高浪開咽喉。但可感鬼神〔二〕，安能爲獻酬⑱。好入天子夢，刻像來爾求⑲。胡爲去吳會⑳，欲浮滄海舟。贈以蜀馬箠，副之胡罽裘㉑。餞酒載三斗，東郊黄葉稠。我感有淚下，君唱高歌酬。嵩山高萬尺㉒，洛水流千秋。往事不可問，天地空悠悠。四百年炎漢㉓，三十代宗周㉔。二三里遺堵，八九所高丘㉕。人生一世内，何必多悲愁。歌闋解攜去㉖，信非吾輩流。

【校勘記】

〔一〕夾注本「遊」下有「詩」字。

〔二〕「鬼神」，《全唐詩》卷五二〇作「神鬼」。

【注釋】

① 洛中：謂洛陽。《杜牧年譜》謂「詩中有『我作八品吏，洛中如縶囚。忽遭冀處士，豁若登高樓』之句，故知是監察御史分司東都時作。又有『餞酒載三斗，東郊黄葉稠』之句，蓋作於秋日，而觀詩中所述，不似初至洛陽時情況，故定爲本年（慶按，指開成元年）作」。詩即作於開成元年（八三六）秋。

② 挾車輈：輈，車轅。《左傳·隱公十一年》：「公孫閼與潁考叔爭車，潁考叔挾輈以走。」

③ 壇宇句：壇宇，範圍，界限。《荀子·儒效》：「君子言有壇宇，行有防表，道有一隆。」清王念孫《讀書雜誌》一〇《荀子》：「壇，堂基也；宇，屋邊也。言有壇宇，猶曰言有界域。」帖帖，安靜貌。

④符彩句：符彩，玉之紋理光彩。此比喻人之外表儀容。夾注：「《蜀都賦》：符彩彪炳，暉麗灼爍。《詩史》：符彩高無敵，聰明達所爲。」酋酋，高貌。馮注：「《太玄經》：酋酋大魁，頤水包貞。」

⑤超超句：超超，超逸貌。浪遊，四處漫遊。

⑥幽魏：幽州、魏州。治所分别在今北京西南及河北大名東北。馮注：「《唐書·方鎮表》：開元元年，幽州置防禦大使，二年，置幽州節度諸州軍管内經略鎮守大使，治幽州。廣德元年，置魏博等州防禦使，治魏州，是年，升爲節度使。」

⑦幽魏多壯士：馮注：「《隋書·地理志》：冀幽之士，重氣俠，好結朋黨。」

⑧劉濟句：劉濟，幽州昌平人。唐德宗貞元五年起任幽州節度使，在鎮二十餘年。傳見《舊唐書》卷一四三、《新唐書》卷二一二。跪履，跪而進履，言極爲恭敬。漢張良遊下邳，圯上老人命之爲取履，良「乃强忍，下取履，因跪進」。後老者以《太公兵法》授之。事見《漢書》卷四〇《張良傳》。

⑨田興句：田興，本名興，後改名田弘正。元和中爲魏博節度使。傳見《舊唐書》卷一四一、《新唐書》卷一四八。建籌，即建策。籌，謀畫。《史記·高祖本紀》：「夫運籌策帷帳之中，決勝於千里之外，吾不如子房。」

⑩羅浮：山名。在今廣東增城、博羅、河源等縣間，爲粤中名山。《元和郡縣圖志》卷三四：「羅浮

山，在縣西北二十八里。羅山之西有浮山，蓋蓬萊之一阜，浮海而至，與羅山並體，故曰羅浮。高三百六十丈，周廻三百二十七里，峻天之峰，四百三十有二焉。」

⑪不死藥：馮注：「《漢書·郊祀志》：自威、宣、燕昭使人入海求蓬萊、方丈、瀛洲，此三神山者，其傳在勃海中，去人不遠，蓋嘗有至者，諸仙人及不死之藥皆在焉。」

⑫童頂：禿頭頂。

⑬八品吏：時杜牧爲監察御史，正八品上。

⑭蔓延、牽鉤：謂連類而及，旁徵博引。

⑮優柔：從容自得貌。

⑯顔回句：顔回，魯人，孔子得意門生。俎豆，古代禮器。俎，置肉之几；豆，古代食器，初以木製，形似高足盤。後多用於祭祀。馮注：「《史記·仲尼弟子傳》：顔回者，魯人也，字子淵。《孔子世家》：孔子爲兒嬉戲，常陳俎豆爲禮容。《方言》：俎，几也。《爾雅》：木豆謂之豆。《注》：豆，禮器也。」

⑰項羽句：項羽，名籍，字羽，曾起兵反秦。後與劉邦爭奪天下，失敗自刎。傳見《史記》卷七《項羽本紀》、《漢書》卷三一。戈矛，馮注：「《方言》：凡戟而無刃，吴揚之間謂之戈矛，吴揚江淮楚五湖之間謂之鍦。」

⑱獻酬：飲酒相酬勸。

⑲好入二句：殷高宗夢得聖人，後尋得説，時説板築於傅險，因以爲姓，遂用爲相。事見《史記·殷本紀》。馮注：「《帝王世紀》：高宗夢天賜賢人，胥靡之衣，蒙而來曰：我，徒也，姓傅名説。武丁寤而推之曰：傅者，相也，説者，歡説也，天下豈有傅我而説民者哉？乃使百工寫其形象，求諸天下。《魏志·管寧傳》：昔高宗刻象，營求賢哲。」

⑳吴會：指蘇州。馮注：「《通鑑辨誤》：太史公謂吴爲江南一都會，故後人謂吴爲吴會。」

㉑罽裘：一種毛織裘衣。

㉒嵩山：山名，即中嶽嵩高，在河南登封縣北。《元和郡縣圖志》卷五河南道登封縣：「嵩高山，在縣北八里。亦名外方山。又云東曰太室，西曰少室，嵩高總名，即中嶽也。山高二十里，周迴一百三十里。」

㉓炎漢：漢以火德王，故稱。兩漢共四百二十餘年。

㉔宗周：周爲諸侯所宗仰，故稱。周朝共三十七王。馮注：「《博物志》：周自后稷至於文武，皆都關中，號爲宗周。《魏書·韓顯宗傳》：周王東遷河洛，鎬京猶稱宗周，以存本也。」

㉕遺堵、高丘：此均謂前朝建築物遺跡。《説文》：「丘，土之高也，非人所爲也。」

㉖歌闋句：歌闋，歌罷。解攜，分手。

送沈處士赴蘇州李中丞招以詩贈行①

山城樹葉紅，下有碧溪水。溪橋向吳路②，酒旗誇酒美。下馬此送君，高歌爲君醉。念君苞材能〔一〕③，百工在城壘。空山三十年，鹿裘掛牕睡④。自言隴西公⑤，飄然我知己。舉酒屬吳門⑥，今朝爲君起。懸弓三百斤⑦，囊書數萬紙。戰賊即戰賊，爲吏即爲吏。盡我所有無，惟公之指使。予曰隴西公，滔滔大君子〔二〕⑧。常思掄群材⑨，一爲國家治。譬如匠見木⑩，礙眼皆不棄⑪。大者粗十圍，小者細一指。榍先結切櫼與棟梁⑫，施之皆有位。忽然豎明堂⑬，一揮立能致。予亦何爲者？亦受公恩紀⑭。處士常有言〔三〕，殘虜爲犬豕。常恨兩手空，不得一馬箠。今依隴西公，如虎傅兩翅。公非刺史材，當坐巖廊地⑮。處士魁奇姿⑯，必展平生志。東吳饒風光，翠巘多名寺。踈煙亹亹秋⑰，獨酌平生思。因書問故人，能忘批紙尾⑱？公或憶姓名，爲說都憔悴。

【校勘記】

〔一〕「苞」，夾注本作「包」。

〔二〕「君」，《文苑英華》卷二三一校：「一作公。」

〔三〕「常有」，《全唐詩》卷五二〇作「有常」，下校：「一作常有。」馮注本校：「一云有常。」

【注釋】

① 李中丞：李道樞，開成二年任蘇州刺史，兼御史中丞。胡可先《杜牧研究叢稿·杜牧詩文人名新考》謂「考《舊唐書》卷十七《文宗紀下》：『開成四年閏月（按此年正月閏月）甲申朔，以蘇州刺史李道樞爲浙東觀察使。』」又《會稽掇英總集》卷一八《唐太守題名記》：「『李道樞，開成四年正月三十日自蘇州刺史授。』」且考「王鏊《姑蘇志》卷二《古今守令表上》云：『李道樞，開成二年除，兼御史中丞，四年閏正月，遷浙東觀察使，三月卒。』」故李道樞開成二年至四年正月在蘇州任。「杜牧開成二年秋末自揚州南渡，至宣州應是冬初，與『山城樹葉紅』不合。因此杜牧詩作于開成三年，與李道樞任蘇州時間吻合。」今即據此訂詩作于開成三年（八三八）秋，時杜牧在宣州幕。

② 吴路：吴，地名，此指吴郡蘇州。

③ 苞：通包，懷有。

④ 鹿裘：粗陋之裘衣，貧者所穿。《晏子春秋·外篇》：「晏子相（齊）景公，布衣鹿裘以朝。公曰：

『夫子之家若此其貧也，是奚衣之惡也！』」《史記》卷一三〇《太史公自序》：「（墨者）夏日葛衣，冬日鹿裘，其送死桐棺三寸。」

⑤ 隴西公：指李道樞。隴西爲李姓郡望。

⑥ 舉酒句：屬，通矚。吴門，古吴縣城（今蘇州市）之别稱。吴縣爲春秋吴都，因稱吴縣城爲吴門。此指蘇州。

⑦ 懸弓句：馮注：「《後漢書·蓋延傳》：身長八尺，彎弓三百斤。」

⑧ 滔滔：水大貌。此喻人之度量。

⑨ 掄群材：選拔人才。夾注：「《新序》：子貢曰：獨不聞子産相鄭乎，掄材推賢，抑惡揚善。」

⑩ 譬如句：馮注：「《孔叢子》：夫聖人之官人，猶大匠之用木也。」

⑪ 礙眼句：礙眼，眼光所及。馮注：「曹植詩：大匠無棄材。」

⑫ 楣橛：楣，門限。《説文》：「楣，限也。」橛，短木樁。《爾雅·釋宫》：「橛謂之闑。」《疏》：「門中之橛名闑，一名闑。」

⑬ 明堂：古代帝王宣明政教之場所。夾注：「《孝經援神契》：明堂者，天子布政之宫。」馮注：「《白虎通》：明堂上圓下方，八牕四闥，布政之官，在國之陽。」

⑭ 恩紀：恩情。《後漢書》卷七〇《孔融傳》：曹操與融書：「孤與文舉既非舊好，又於鴻豫亦無恩

紀，然願人之相美，不樂人之相傷，是以區區思協歡好。」

⑮巖廊：指朝廷。馮注：「《漢書·董仲舒傳》：禹舜之時，遊於巖廊之上，垂拱無爲，而天下太平。」

⑯魁奇姿：奇偉特出之姿質。

⑰亹亹：進貌，此指上升。馮注：「《晉書·摯虞傳》：氣亹亹而愈新。」

⑱批紙尾：在紙張末尾作批答。《夢溪補筆談·雜誌》：「前世風俗，卑者致書於所尊，尊者但批紙尾答之。」馮注：「《宋書·蔡廓傳》：我不能爲徐干木署紙尾也。」

長安送友人遊湖南〔一〕①

子性劇弘和〔二〕②，愚衷深褊狷③。相捨囂譊中④，吾過何由鮮。楚南饒風煙，湘岸苦縈宛⑤。山密夕陽多，人稀芳草遠。青梅繁枝低，斑筍新梢短〔三〕⑥。莫哭葬魚人⑦，酒醒且眠飯。

【校勘記】

〔一〕《才調集》卷四題作《長安送人》。《全唐詩》卷五二〇、馮注本校：「一作《長安送人》。」

〔二〕「劇」，《才調集》卷四作「極」。《全唐詩》卷五二〇、馮注本校：「一作極。」

〔三〕「斑」，原作「班」，據《全唐詩》卷五二〇、馮注本、文津閣本改。

【注　釋】

①湖南：方鎮名，時設觀察使，治所在潭州，即今湖南省長沙市。領潭、衡、郴、永、連、道、邵等州，相當今湖南長沙市以南及廣東連江流域地區。

②弘和：寬大和藹。柳宗元《送韓豐群公詩後序》：「敦樸而知變，弘和而守節，温淳重厚，與直道爲伍。」

③愚衷句：衷，内心，此指個性。褊狷，褊急狷介，不能從俗。

④囂譊：喧嘩吵鬧。

⑤縈宛：縈迴。

⑥斑筍：斑竹筍。傳説舜南巡，死於蒼梧之野。其兩妃子哭舜，淚滴竹上，遂生斑點，故稱湘妃竹，亦稱斑竹。晉張華《博物志》卷八：「堯之二女，舜之二妃，曰湘夫人。舜崩，二妃啼，以涕揮竹，

竹盡斑。」

⑦葬魚人：指屈原。屈原被放逐後，曾謂漁父曰：「舉世皆濁而我獨清，衆人皆醉而我獨醒。寧赴常流而葬乎江魚腹中耳，又安能以皓皓之白而蒙世之溫蠖乎！」後自沉汨羅而死。事見《史記》卷八四《屈原賈生列傳》。

【集評】

高古奥逸主：……入室六人：李賀……；杜牧：「煙着樹姿嬌，雨餘山態活。」「四海一家無一事，將軍攜劍泣霜毛。」「山密斜陽多，人稀芳草遠。」「仙掌月明孤影過，長門燈暗幾聲來。」（張爲《詩人主客圖》）

道言。（鄭郲評本詩「相捨囂譊中，吾過何由鮮」二句）

皇風①

仁聖天子神且武②，内興文教外披攘③。以德化人漢文帝④，側身修道周宣王⑤。迒蹊巢穴盡窒塞⑥，禮樂刑政皆弛張⑦。何當提筆侍巡狩〔一〕⑧，前驅白旆弔河湟⑨。

【校勘記】

〔一〕「侍」，原作「待」，據《全唐詩》卷五二〇、馮注本改。

【注　釋】

①《杜牧年譜》謂會昌四年三月，「朝廷以吐蕃内亂，議復河湟，以給事中劉濛爲巡邊使，使之備器械糗糧，……此詩蓋聞朝廷以劉濛爲巡邊使準備收復河湟而作，收復河湟乃杜牧極關心之事。」故訂此詩於會昌四年（八四四）。

②仁聖天子：指唐武宗。會昌二年四月，加仁聖文武至神大孝皇帝尊號。

③披攘：屈服，倒伏。此指擊敗敵人。《三國志·魏書·陳思王傳·責躬詩》：「朱旗所拂，九土披攘。」柳宗元《憎王孫文》：「好踐稼蔬，所遇狼藉披攘。」

④以德句：《漢書·文帝紀贊》：「專務以德化民，是以海内殷富，興於禮儀。」

⑤側身修道句：《詩·大雅·雲漢》小序：「仍叔美周宣王也。宣王承厲王之烈，内有撥亂之志，遇災而懼，側身修行，欲銷去之。」

⑥迒蹊：野獸行走之小路。

⑦弛張：放鬆或拉緊弓弦。比喻禮樂刑政弛張有致，合乎文、武之道。馮注：「《禮記》：禮樂刑政

四達而不悖，則王道備矣。又：一張一弛，文武之道也。」

⑧ 巡狩：古代天子出行。馮注：「《白虎通》：王者所以巡狩者何？巡者，循也；狩，牧也，爲天下循行守牧民也。」

⑨ 前驅句：旆，古代旐末形如燕尾之垂旒。《詩・小雅・六月》：「白旆央央。」小序謂爲宣王北伐獫狁而作。弔，慰問。此謂弔民伐罪。河湟，今甘肅、青海湟水、黄河流域。《新唐書・吐蕃傳》：「湟水出蒙谷，抵龍泉與河合。……故世舉謂西戎地曰河湟。」

雪中書懷①

臘雪一尺厚，雲凍寒頑癡。孤城大澤畔②，人踈煙火微。憤悱欲誰語③？憂慍不能持④。天子號仁聖，任賢如事師。凡稱曰治具，小大無不施。明庭開廣敞，才儁受羈維⑤。如日月絚昇〔一〕⑥，若鸞鳳葳蕤⑦。人才自朽下，棄去亦其宜。北虜壞亭障⑧，聞屯千里師⑨。牽連久不解，他盜恐旁窺。臣實有長策，彼可徐鞭笞。如蒙一召議，食肉寢其皮⑩。斯乃廟堂事，爾微非爾知⑪。向來躐等語，長作陷身機⑫。行當臘欲破，酒齊去聲不可遲⑬。且想春候暖，甕間傾一巵⑭。

【校勘記】

〔一〕「緪」，夾注本作「恒」。

【注　釋】

①《杜牧年譜》會昌二年謂「八月回鶻烏介可汗侵擾雲州，朝廷發陳、許、徐、汝等處兵防邊之事，而『孤城大澤畔，人踈煙火微』，則謂黄州也，故知此詩爲本年作。」慶按，詩有「臘雪一尺厚，雲凍寒頑癡」句，則此詩作於會昌二年（八四二）十二月。

②孤城句：孤城，指黄州，州治所在今湖北黄岡。時杜牧爲黄州刺史。大澤，即雲夢澤。杜牧《黄州刺史謝上表》云：「黄州在大江之側，雲夢澤南。」馮注：「《周禮·職方氏》：正南曰荆州，其澤藪曰雲夢。」

③憤悱：冥思苦想而難言狀。《論語·述而》：「不憤不啓，不悱不發。」

④憂慍：憂鬱惱怒。

⑤才儁句：才儁，有才能之人。羈維，羈絆維繫。此指任職。馮注：「《魏志·陳思王傳·注》：《魏略》曰：植上書曰：固當羈絆於世繩，維繫於禄位。」

⑥如日月句：《詩·小雅·天保》：「如月之恒，如日之升。」恒即緪，弦也。朱熹謂如月之上弦，如

日之初升。

⑦葳蕤：鮮麗貌。夾注：「《景福賦》：流羽毛之葳蕤。《注》：葳蕤，毛羽美貌。」

⑧北虜句：北虜，此指回紇。亭障，邊塞堡壘等軍事設施。

⑨聞屯句：會昌二年八月，回紇烏介可汗入侵，朝廷徵發許、蔡、汴等六鎮軍討之。《舊唐書·武宗紀》：「乃徵發許、蔡、汴等六鎮之師，以太原節度使劉沔爲回紇南面招討使，以張仲武爲幽州盧龍節度使……充回紇東面招討使，皆會軍於太原。」

⑩食肉句：《左傳·襄公二十一年》：州綽謂齊王云：「臣爲隸新。然二子者（慶按，指齊將殖綽、郭最），譬如禽獸，臣食其肉而寢處其皮矣。」

⑪爾微句：馮注：「《説苑》：晉獻公之時，東郭民有祖朝者，上書獻公曰：願請聞國家之計。公使告之曰：肉食以慮之矣，藿食者尚何與焉？祖朝曰：肉食者一旦失計於廟堂之上，若臣等藿食者，寧得無肝腦塗地于中原之野，其禍亦及臣之身，安得無與國家之計乎。《吕氏春秋》：簡公曰：非而細人所能識也。」

⑫向來二句：躐等，不按次序、等級。馮注：「《禮記》：幼者聽而弗問，學不躐等也。」顔之推《顔氏家訓·誡兵》：「如在兵革之時，構扇反覆，縱横説誘，不識存亡，强相扶戴：此皆陷身滅族之本也。」夾注：「燕太子丹西質于秦，秦王不禮，丹乃求歸。……（秦王）乃遣丹啓。秦王使人爲機發

之橋欲陷丹。丹過而橋不發，橋下乃有二龍負之，丹遂得歸。」

⑬ 酒齊：古代按酒之清濁分爲五等，稱五齊：「一曰泛齊，二曰醴齊，三曰盎齊，四曰緹齊，五曰沈齊。」見《周禮·天官·酒正》。

⑭ 甕間：甕，陶製盛器。此指酒甕。馮注：「《晉書·畢卓傳》：比舍郎釀熟，卓夜至其甕間盜飲之。」

【集評】

杜牧詩喜用「緪」字：「半月緪雙臉」，「如日月緪昇」，「日痕緪翠巘」，「孤直緪月定」。（吳聿《觀林詩話》）

韓退之《贈張道士》詩：「臣有平賊策，狂童不難治。恨無一尺箠，爲國笞羌夷。臣有膽與氣，不忍死茆茨。天空日月高，下照理不遺。寧當不竢報，歸袖風披披。霜天熟柿栗，收拾不可遲。」杜牧亦有《書懷》詩云：「北虜壞亭障，聞屯千里師。牽連久不解，他盜恐旁窺。臣實有長策，彼可徐鞭笞。如蒙一召議，食肉寢其皮。斯乃廟堂事，爾微非爾知。向來躐等語，長作陷身機。行當臘欲破，酒齊不可遲。且想春候暖，甕間傾一巵。」並以排調語抒孤憤，意象如一，未知紫微有意祖述，抑或偶爾暗合也？紫微弔趙將軍落句「誰知我亦輕生者，不得君王丈二殳」，與前「恨無一尺箠」，意亦正同。（胡震亨《唐音癸籤》卷十一評匯七引遯叟語）

唐喻鳧以詩謁杜牧之不遇，曰：「我詩無綺羅鉛粉，安得售？」然牧之非徒以「綺羅鉛粉」擅長者，史稱其剛直有大節，余觀其詩，亦伉爽有逸氣，實出李義山、温飛卿、許丁卯諸公上。如：「樓倚霜樹外，鏡天無一毫。南山與秋色，氣勢兩相高。」「長空碧杳杳，萬古一飛鳥。生前酒伴閑，愁醉閑多少？煙深隋家寺，殷葉暗相照。獨佩一壺游，秋毫泰山小。」「寒空動高吹，月色滿清砧。殘夢夜魂斷，美人邊思深。孤鴻秋出塞，一葉暗辭林。又寄征衣去，迢迢天外心。」「長空澹澹孤鳥没，萬古銷沉向此中。看取漢家何事業，五陵無樹起秋風。」皆竟體超拔，俯視一切。又如《雪中書懷》云：「北虜壞亭鄣，聞屯千里師。牽連久不解，他盗恐旁窺。臣實有長策，彼可徐鞭笞。如蒙一召議，食肉寢其皮。」骨沉氣勁，頗欲追步少陵。牧之與趙倚樓詩云：「少陵鯨海闊，太白鶴天寒。」是其志氣可想也。烏可以「玉筯凝時紅粉和」、「滿街含笑綺羅春」等句，盡其生平耶？喻鳧今存詩六十三首，誠無綺羅鉛粉語，然皆近體，無古風。其近體格頗不高，警句亦罕，惟「鐘沉殘月鳴，鳥去夕陽村」、「雁天霞脚雨，漁夜葦條風」、「風雪坐閑夜，鄉關來舊心」兩三聯可喜耳，欲以此傲牧之，未可得也。人可不量己力，妄持論薄人哉？（潘德輿《養一齋詩話》卷十）

雨中作①

賤子本幽慵②，多爲儁賢侮。得州荒僻中，更值連江雨。一褐擁秋寒，小窗侵竹塢。濁醪氣色嚴③，皤腹瓶罌古④。酣酣天地寬，怳怳嵇、劉伍⑤。但爲適性情，豈是藏鱗羽⑥。一世一萬朝，朝朝醉中去。

【注釋】

①此詩《杜牧年譜》謂「蓋守黄州時作」，並編於會昌二年。然杜牧爲黄州刺史乃在會昌二年至四年（八四二至八四四）秋，故本詩應作於此數年間。王士禛《帶經堂詩話》卷十三遺跡類上《蜀道驛程記》：「定州覓韓忠獻公閲古堂、衆春園舊址不可得，唯蘇文忠公書杜牧之『得州荒僻中，更值連江雨』一篇，石刻尚在。按此詩乃牧之刺黄州作，坡曾謫黄，後帥定武更書之耳。杜刺池，刺黄，後乞湖州，未嘗爲定州，誌誤也。」

②賤子：自謙之稱。《漢書·樓護傳》：「而成都侯（王）商子邑爲大司空，貴重，商故人皆敬事邑，唯護自安如舊節，邑亦父事之，不敢有闕。時請召賓客，邑居樽下，稱『賤子上壽』。」鮑照《代東武吟》：「主人且勿諠，賤子歌一言。」

③濁醪：濁酒。《説文》：「醪，汁滓酒也。」

④皤腹句：皤腹，大肚子。罌，小口大腹之盛酒器。

⑤怳怳句：怳怳，恍惚，謂沉醉。嵇劉，魏晉時之嵇康與劉伶，均嗜酒。傳均見《晉書》卷四九。《晉

書・嵇康傳》：「所與神交者惟陳留阮籍、河内山濤，豫其流者河内向秀、沛國劉伶、籍兄子咸、琅邪王戎，遂爲竹林之遊，世所謂『竹林七賢』也。」

⑥藏鱗羽：謂隱逸不出。《後漢書・陳留老父傳》：「桓帝世，黨錮事起，守外黄令陳留張升去官歸鄉里，道逢友人，共班草而言。升曰：『……今宦豎日亂，陷害忠良，賢人君子其去朝乎？……』因相抱而泣。老父趨而過之，植其杖，太息言曰：『吁！二大夫何泣之悲也？夫龍不隱鱗，鳳不藏羽，網羅高縣，去將安所？雖泣何及乎！』」

偶遊石盎僧舍 宣州作①

敬岑草浮光②，句沚水解脈③。益鬱乍怡融〔一〕④，凝嚴忽頹坼⑤。梅顆暖眠酣⑥，風緒和無力⑦。鳧浴漲汪汪，雛嬌村冪冪〔二〕⑧。落日美樓臺，輕煙飾阡陌。瀲緑古津遠，積潤苔基釋〔三〕。孰謂漢陵人⑨，來作江汀客。載筆念無能⑩，捧籌慚所畫〔四〕⑪。任轡偶追閑，逢幽果遭適。僧語淡如雲，塵事繁堪織。今古幾輩人，而我何能息。

【校勘記】

〔一〕「益鬱」，《全唐詩》卷五二〇、馮注本在「益」字下校：「一作悒。」

〔二〕「雛嬌」，夾注本作「鵶嬌」。

〔三〕「苔基釋」，文津閣本作「苔基濕」。

〔四〕「畫」，原作「晝」，據夾注本、《全唐詩》卷五二〇、馮注本改。

【注　釋】

①石盎僧舍：指石盎寺，在宣州敬亭山旁。馮注：「《江南通志》：石盎寺在敬亭山旁。」王西平、張田《杜牧評傳·杜牧詩文繫年考辨》謂杜牧曾兩次至宣州，開成二年秋至三年冬第二次在宣州，「他政治上的鋭氣受到挫傷，開始流露出消極低沉的思想情緒」，而此詩有「僧語淡如雲，塵事繁堪織。今古幾輩人，而我何能息」句，與其大和五六兩年初在宣州時「完全是一派積極向上的精神狀態」較爲相同。且詩有「孰謂漢陵人，來作江汀客」句，説明他到宣州時間不長，因而定爲大和五年春作爲宜」。所説大致可從，今即訂此詩於大和五年（八三一）。

②敬岑句：敬岑，即敬亭山。夾注：「《宣城郡圖經》：敬亭山在宣城縣北十里。」馮注：「謝朓詩：風光草際浮。劉孝綽詩：浮光亂粉壁。」

③句沚：句，即句溪。一名東溪，在宣城東，因溪流迴曲得名。沚，水中沙洲。

④怡融：怡悦舒暢。

⑤凝嚴句：凝嚴，嚴寒。頹坼，消散。坼，分散、分開。

⑥梅纇：指梅花之花苞。纇，絲上之結。《説文》：「纇，絲節也。」

⑦風緒：風絲。《説文》：「緒，絲耑也。」

⑧雛嬌句：雛，馮注：「《後漢書·竇憲傳·注》：鳥子生而啄者曰雛。」羃羃，煙霧濃密覆蓋貌。

⑨漢陵人：詩人自指。蓋杜牧家在杜陵，即漢宣帝陵，故稱。《元和郡縣圖志》卷一京兆府萬年縣：「杜陵，在縣東南二十里，漢宣帝陵也。」

⑩載筆：攜帶文具記録王事。《禮·曲禮上》：「史載筆，士載言。」《注》：「筆，謂書具之屬。」《疏》：「史謂國史，書録王事者。王若舉動，史必書之。王若行往，則史載書具而從之也。」謝朓《始出尚書省詩》：「趨事辭宫闕，載筆陪旌棨。」馮注：「《隋書·孫萬壽傳》：如何載筆士，翻作負戈人？」

⑪捧籌句：馮注：「《漢書·五行志》：籌，所以紀數。《晉書·魏舒傳》：鍾毓每與參佐射，舒嘗爲畫籌而已。」

【集　評】

顔魯公云：「夕照明村樹。」僧清塞云：「夕照顯重山。」顧非熊云：「斜日曬林桑。」杜牧云：「落日羨樓臺。」半山云：「返照媚林塘。」皆不若嚴維「花塢夕陽遲」也。（吴聿《觀林詩話》）

五字絶妙，真詞料。（鄭郲評本詩「風緒和無力」句）

赴京初入汴口曉景即事先寄兵部李郎中①

清淮控隋漕②，北走長安道。檣形櫛櫛斜③，浪態迤迤徒何反好④。初旭紅可染，明河澹如掃⑤。澤闊鳥來遲，村饑人語早。露蔓蟲絲多，風蒲燕鶵老。秋思高蕭蕭，客愁長裊裊。因懷京、洛間，宦遊何戚草〔一〕⑥。什伍持津梁⑦，澒湧爭追討⑧。翾便去聲詎可尋⑨，幾秘安能考⑩。小人乏馨香⑪，上下將何禱〔二〕⑫？唯有君子心，顯豁知幽抱。

【校勘記】

〔一〕「戚」，《全唐詩》卷五二〇、馮注本校：「一作草。」

〔二〕「何」，《文苑英華》卷二六一校：「一作祠。」

【注　釋】

①汴口：汴水入淮處，在今江蘇盱眙。馮注：「《名勝志》：開封府祥符縣，縣東六里有蓼隄，梁孝王築，隋煬帝復修築之，改曰隋隄。志云：隋隄，一名汴隄，即汴口也。」王西平、張田《杜牧評傳·杜牧詩文繫年考辨》謂杜牧「在江南作官赴京經汴河可考者共三次。……第三次，大中五年（西元八五一）秋，官拜考功郎中、知制誥，由湖州赴京。此詩有句曰：『清淮控隋漕，北走長安道。』『秋思高蕭蕭，客愁長裊裊。因懷京洛間，宦遊何戚草！』這次赴京經過淮河隋漕，正值秋天。……唯有第三次是秋八月由湖州動身，冬天到京，經過汴口，正好是晚秋，與『秋思高蕭蕭』完全吻合」。據此，則此詩乃作於大中五年（八五一）秋。

②清淮句：清淮，謂淮河。控，控引。隋漕，指隋煬帝時所開通濟渠。馮注：「《隋書·煬帝紀》：開通濟渠自西苑引穀洛水達於河，自板渚引河通於淮。」

③櫛櫛：密集貌。

④迤迤：連延貌。

⑤明河：天河。馮注：「《廣志》曰：天河亦曰明河。」宋之問《明河篇》：「明河可望不可親，願得乘槎一問津。」

⑥戚草：迫促。

⑦什伍：古代户籍與軍隊之基層編制。户籍以五家爲伍，互相擔保，十家相連，叫什伍。此指守渡口之軍士。《禮・祭禮》：「軍旅什伍，同爵則尚齒。」《正義》：「五人爲伍，二伍爲什。」

⑧澒湧：水深廣洶湧。此處形容氣勢洶洶貌。

⑨翾便：便旋輕捷之貌。

⑩幾秘：隱秘。

⑪馨香：香美。此指美譽令德。《書・君陳》：「至治馨香，感於神明。黍稷非馨，明德惟馨。」馮注：「《國語》：馨香不登。」

⑫上下句：夾注：「《論語》：禱爾于上下神祇。」馮注：「《漢書・郊祀志》：孝武皇帝，大聖通明，始建上下之祀。」

獨酌

長空碧杳杳，萬古一飛鳥①。生前酒伴閑，愁醉閑多少。煙深隋家寺②，殷葉暗相照。獨佩一壺遊③，秋毫泰山小④。

【注　釋】

①萬古句：馮注：「顔延之詩：萬古陳往還。張協詩：人生瀛海内，忽如鳥過目。」

②隋家寺：隋朝所建寺。馮集梧謂即長安大興善寺。馮注：「《長安志》：萬年縣所領朱雀門街之東靖善坊大興善寺，盡一方之地，初曰遵善寺，隋文承周武之後，大崇釋氏，以收人望。移都，先置此寺，以其本封名焉。寺殿廣崇，爲京城之最。按：隋於所移都，所建寺，諒不可悉數，而大興善寺則其最先而最大者。《酉陽雜俎》謂寺取大興城兩字，坊名一字爲名，兹云以其本封名焉，知當時容有隋寺之目。牧之此云隋家寺，而《長安長句》亦云醉吟隋寺，其即此寺與？」

③獨佩句：劉伶嗜酒，「常乘鹿車，攜一壺酒，使人荷鍤而隨之」。事見《晉書》卷四九本傳。

④秋毫句：《莊子·齊物論》：「莫大於秋毫之末，而泰山爲小。」

【集　評】

唐喻鳧以詩謁杜牧之不遇，曰：「我詩無綺羅鉛粉，安得售？」然牧之非徒以「綺羅鉛粉」擅長者，史稱其剛直有大節，余觀其詩，亦伉爽有逸氣，實出李義山、温飛卿、許丁卯諸公上。如：「樓倚霜樹外，鏡天無一毫。南山與秋色，氣勢兩相高。」「長空碧杳杳，萬古一飛鳥。生前酒伴閑，愁醉閑多少？煙深隋家寺，殷葉暗相照。獨佩一壺遊，秋毫泰山小。」「寒空動高吹，月色滿清砧。殘夢夜魂斷，美人邊思深。孤鴻秋出塞，一葉暗辭林。又寄征衣去，迢迢天外心。」「長空澹澹孤鳥没，萬古銷沉向此中。看取漢家何事業，五陵無樹起秋風。」皆竟體超拔，俯視一切。又如《雪中書懷》云：「北虜壞亭鄣，聞屯千里師。牽連久不解，他盜恐旁窺。臣實有長策，彼可徐鞭笞。如蒙一召議，食肉寢其皮。」骨沉氣勁，頗欲追步少陵。牧之與趙倚樓詩云：「少陵鯨海闊，太白鶴天寒。」是其志氣可想也。烏可以「玉筯凝時紅粉和」、「滿街含笑綺羅春」等句，盡其生平耶？喻鳧今存詩六十三首，誠無綺羅鉛粉語，然皆近體，無古風。其近體格頗不高，警句亦罕，惟「鐘沉殘月鴟，鳥去夕陽村」、「雁天霞脚雨，漁夜葦條風」、「風雪坐閑夜，鄉關來舊心」兩三聯可喜耳，欲以此傲牧之，未可得也。人可不量己力，妄持論薄人哉？（潘德輿《養一齋詩話》卷十）

惜春

春半年已除，其餘强爲有。即此醉殘花，便同嘗臘酒。悵望送春杯①，殷勤掃花帚。誰爲駐東流②，年年長在手。

【注　釋】

①送春杯：馮注：「白居易詩：一杯濁酒送殘春。」

②東流：東流水。此用以比喻年光。

題安州浮雲寺樓寄湖州張郎中①

去夏疎雨餘，同倚朱欄語。當時樓下水，今日到何處？恨如春草多，事與孤鴻去。楚岸柳何窮〔一〕，別愁紛若絮。

【校勘記】

〔一〕「何」，《文苑英華》卷三一三作「無」，下校：「一作何。」

【注　釋】

①安州：唐州名，州治在今湖北省安陸。夾注：「《十道志》：淮南道有安州。《注》：戰國時入楚。」湖州，唐州名，治所在唐烏程（今浙江省吳興）。張郎中，張文規，傳見《舊唐書》卷一二九

《張延賞傳》附、《新唐書》卷一二七《張嘉貞傳》附。據《嘉泰吳興志》卷一四，張文規會昌元年七月十五日自安州刺史授湖州刺史。杜牧會昌元年四月曾同堂兄慥自江州往蘄州，七月方歸長安。此行當經安州，與張文規過從。此詩有「去夏踈雨餘，同倚朱欄語」句，「去夏」即指會昌元年夏，故此詩乃作於會昌二年（八四二）春夏間杜牧自京赴黄州刺史任途經安州時作。

【集　評】

《文鑒》載黄亢《臨水詩》云：「去年昨日水，今日到何處？」蓋蹈襲杜牧《題安州浮雲寺樓寄湖州張郎中》，云：「當時樓下水，今日到何處？」（吳子良《吳氏詩話》卷上）

過驪山作①

始皇東遊出周鼎②，劉、項縱觀皆引頸〔一〕③。削平天下實辛勤④，却爲道旁窮百姓。黔首不愚爾益愚⑤，千里函關囚獨夫⑥。牧童火入九泉底，燒作灰時猶未枯⑦。

【校勘記】

〔一〕「引頸」，文津閣本作「引領」。

【注　釋】

①驪山：在陝西省臨潼縣東南，秦始皇墓在此處。馮注：「《史記·周本紀·正義》：《括地志》云：驪山在雍州新豐縣南十里。《秦始皇紀》：葬始皇驪山。始皇初即位，穿治驪山，及并天下，天下徒送詣七十餘萬人，穿三泉，下銅而致椁，宮觀百官奇器珍怪徙藏滿之，樹草木以象山。《正義》：《關中記》云：始皇陵在驪山，泉本北流，障使東西流。有土無石，取大石於渭南諸山。《括地志》云：秦始皇陵在雍州新豐縣西南十里。」

②始皇句：秦始皇二十八年東遊，「過彭城，齋戒禱祠，欲出周鼎泗水，使千人没水求之，弗得。」事見《史記·秦始皇本紀》。

③劉項句：秦始皇東遊，渡浙江，項羽在道旁觀看，云：「彼可取而代也。」又劉邦在咸陽見秦始皇出遊，歎道：「大丈夫當如此也。」事分别見《史記》項羽、高祖本紀。

④削平天下句：馮注：「《史記·秦始皇紀》：皇帝躬聖，既平天下，不懈於治。」

⑤黔首不愚句：秦統一中國後，稱百姓爲黔首。馮注：「《史記·秦始皇紀》：更名民曰黔首。

又：焚百家之言，以愚黔首。」

⑥千里函關句：函關，即函谷關，秦時故關在今河南靈寶縣西南。馮注：「《元和郡縣志》：陝州靈寶縣函谷故城，在縣南十里，秦函谷關城，漢弘農縣也。……《史記·漢高祖紀》：秦形勝之國，帶河山之險，懸隔千里。《索隱》：服虔云：謂函谷關去長安千里爲懸隔。按：文以河山險固形勝，其勢如隔千里。」獨夫，殘暴無道之君主，此指秦始皇。

⑦牧童火入二句：九泉，地下極深處。秦始皇葬於驪山，後「往者咸見發掘。其後牧兒亡羊，羊入其鑿，牧者持火照求羊，失火燒其臧槨」。事見《漢書》卷三六《劉向傳》。

池州送孟遲先輩①

昔子來陵陽②，時當苦炎熱。我雖在金臺③，頭角長垂折④。奉披塵意驚，立語平生豁。寺樓最騫軒⑤，坐送飛鳥沒〔一〕。一樽中夜酒，半破前峰月。煙院松飄蕭，風廊竹交戛⑥。時步郭西南，繚徑苔圓折。好鳥響丁丁，小溪光汎汎普八切。籬落見娉婷⑦，機絲弄啞軋。煙濕樹姿嬌〔二〕，雨餘山態活。仲秋往歷陽⑧，同上牛磯歇⑨。大江吞天去，一練橫坤抹⑩。千帆美滿風，曉日殷鮮血。歷陽裴太守⑪，襟韻苦超越⑫。鞔鼓畫麒麟⑬，看君擊狂節。離袖颭應勞⑭，恨粉啼還咽⑮。明年忝諫官⑯，綠樹秦川闊⑰。子提健筆來，勢若夸父渴⑱。九衢林馬撾⑲，千門織車轍。秦臺破心膽⑳，黥陣驚毛髮㉑。子既屈一鳴㉒，余固宜三刖㉓。慵憂長者來，病怯長街喝。僧爐風雪夜，相對眠一褐。暖灰重擁瓶，曉粥還分鉢。青雲馬生角㉔，黄州使持節㉕。秦嶺望樊川㉖，秖得迴頭別。商山四皓祠㉗，心與搊蒲説㉘。大澤蒹葭風〔三〕㉙，孤城狐兔窟。且復考詩、書，無因見簪笏㉚。古訓屹如山，古風冷刮骨。周鼎列瓶罌㉛，荆璧横抛摋蘇割切㉜。力盡不可取，忽忽狂歌發㉝。三年未爲苦，兩郡非不達。秋浦倚吴江㉞，去檝飛青鶻。溪山好畫圖〔四〕，洞壑深閨闥。竹岡森羽林㉟，花塢團宫纈㊱。景物非不佳，獨坐如鞲紲㊲。丹鵲東飛來，喃喃送君札㊳。呼兒旋去聲供衫，走門空踏襪。手把一枝物，桂花香帶雪㊴。喜極至無言，笑餘翻不悦。人生直作百歲翁，亦是萬古一瞬中。我欲東召龍伯翁㊵，上天揭取北斗柄，蓬萊頂上斡海水㊶，水盡到底看海空。月於何處去？日於何處來？跳丸相趁走不住㊷，堯、舜、禹、湯、文、武、周、孔皆爲灰㊸。酌此一杯酒〔五〕，與君狂且歌〔六〕。離別豈足更關意，衰老相隨可奈何！

【校勘記】

〔一〕「送」，馮注本校：「一作見。」

〔二〕「濕」，《唐詩紀事》卷五六作「著」。

〔三〕「蒹」，原作「兼」，據《全唐詩》卷五二〇、馮注本改。

〔四〕「畫圖」，夾注本作「圖畫」。

〔五〕「此」，馮注本校：「一作君。」

〔六〕「與君」，「與」字原作「興」，據夾注本、《全唐詩》卷五二〇、馮注本改。

【注釋】

①池州：州名，州治在今安徽貴池。馮注：「《唐書·地理志》：江南道池州，武德四年，以宣州之秋浦、南陵二縣置。」孟遲：字遲之，平昌（今山東德平）人。開成三年夏，孟遲遊宣城，與杜牧唱和。會昌五年登進士第。後爲浙西掌書記，以讒罷職。大中時，爲淮南節度幕掌書記。有詩名，尤工絶句。生平事跡見《金華子雜編》卷下、《唐詩紀事》卷五四、《郡齋讀書志》卷一八、《唐才子傳校箋》卷七等。先輩：《唐國史補》卷下：「得第謂之前進士，互相推敬，謂之先輩。」《杜牧年譜》於會昌四年譜下謂「《唐詩紀事》卷五十四：『孟遲登會昌五年進士第。』是詩蓋本年送其入都，以備次年應試也。詩云：『三年未爲苦，兩郡非不達。』杜牧於會昌二年春守黄州，本年秋移池州，情事正合。」今即據此訂本詩於會昌四年（八四四）秋。

②陵陽：山名，在安徽石埭縣北，相傳爲陵陽子明得仙之地。一説陵陽山在安徽宣城城内。此即用以代指宣城。夾注：「《十道志》：宣州有陵陽山。」

③金臺：黄金臺。《史記·燕召公世家》：昭王延攬賢士，接受郭隗「王必欲致士，先從隗始。況賢於隗者，豈遠千里哉」之建議，「爲（郭）隗改築宫而師事之」。黄金臺即燕昭爲郭隗所築宫。又夾注：「《新語》：燕王噲爲齊所殺。昭王立，廼謂左右曰：安得賢士與之同心，以報先王之恥？郭隗曰：誠欲致士，請從隗始。隗且見事，況賢於隗者乎！昭王於是爲隗築臺於碣石山前，以金玉飾之，號曰黄金臺以尊郭隗而師之。」此借指受聘沈傳師宣歙幕府，杜牧時在其幕中。

④頭角句：比喻受挫折，不得意。馮注：「《隋書·高祖紀》：忽見頭上角出，遍體鱗起。《漢書·朱雲傳》：五鹿嶽嶽，朱雲折其角。」

⑤騫軒：飛舉貌。

⑥交戛：摇曳碰撞。

⑦娉婷：姿態美好。此指美女。

⑧歷陽：郡名，即和州，州治在今安徽省和縣。馮注：「《通典》：歷陽郡和州，理歷陽縣。」

⑨牛磯：即牛渚磯，亦稱采石，古代渡口。在宣州當塗，今安徽馬鞍山市。馮注：「《通典》：宣州當塗有牛渚磯，亦謂之采石。《元和郡縣志》：當塗縣牛渚山，在縣北三十五里，山突出江中，謂

之牛渚圻，古津渡處也。」

⑩ 一練句：練，白色熟絹。此比喻長江。坤，《易》卦名，象地。

⑪ 裴太守：指和州刺史裴儔，杜牧姐夫。字次之，孟州濟源（今屬河南）人。曾登進士第，寶曆元年又登軍謀弘遠、材任邊將科。文宗開成初，爲和州刺史。五年，轉滁州刺史。宣宗大中初，累遷大理卿。三年，出爲洪州刺史、江西觀察使。生平見《舊唐書》卷一七七《裴休傳》、《登科記考》卷二〇、《唐方鎮年表》卷五等。

⑫ 襟韻句：襟韻，性情風度。苦，甚。

⑬ 輓鼓：皮鼓。以皮革蒙鼓叫輓。

⑭ 颭：隨風飄動。此指風吹動衣袖。

⑮ 恨粉：指歌女。

⑯ 忝諫官：指開成四年春杜牧自宣州團練判官赴京任左補闕。

⑰ 秦川：古地區名。泛指今陝西、甘肅二省秦嶺以北平原，因春秋、戰國時地屬秦國而得名。《方輿紀要》卷五二：「陝西謂之秦川，亦曰關中。」

⑱ 夸父：神話中人名。《山海經·海外北經》：「夸父與日逐走，入日。渴欲得飲，飲於河渭；河渭不足，北飲大澤。未至，道渴而死。棄其杖，化爲鄧林。」。

⑲九衢句：九衢，指京師道路。衢，四通八達之道路。《爾雅·釋宫》：「四達謂之衢。」林，衆多。馬撾，馬鞭。

⑳秦臺句：傳説秦宫有方鏡，可照見腸胃五臟；人有邪心，照之見膽張心動。《西京雜記》卷三記漢高祖入咸陽宫，宫中有方鏡，「人且來照之，影則倒見，以手捫心而來，則見腸胃五臟，歷然無礙。人有疾病在内，則掩心而照之，則知病之所在。又女子有邪心，則膽張心動。秦始皇常以照宫人，膽張心動者則殺之。」

㉑黥陣：漢代黥布，善於行軍佈陣。《史記·黥布列傳》：「布兵精甚，上乃壁庸城，望布軍置陳如項籍軍，上惡之。」

㉒屈一鳴：此指落第。淳于髡對齊威王云：國中有大鳥，不飛不鳴，王曰：「此鳥不飛則已，一飛沖天；不鳴則已，一鳴驚人。」事見《史記》卷一二六《滑稽列傳》。

㉓三刖：指卞和因獻玉而受刖刑。《韓非子》卷四《和氏》：「楚人和氏得玉璞楚山中，奉而獻之厲王。厲王使玉人相之，玉人曰：『石也。』王以爲和爲誑而刖其左足。及厲王薨，武王即位，和又奉其璞而獻之武王。武王使玉人相之，又曰：『石也。』王又以和爲誑而刖其右足。」刖，斷足，古代五刑之一。

㉔青雲句：青雲，青雲之路，指仕宦顯途。《史記·范睢傳》：「須賈頓首言死罪，曰：『賈不意君能

自致於青雲之上。』」馬生角，喻指不可能之事竟能實現。戰國時，燕太子丹入秦，求歸，秦王曰：「『烏頭白，馬生角，乃許耳。』丹乃仰天歎，烏頭即白，馬亦生角。」事見《史記》卷八六《刺客列傳・索隱》引《燕丹子》。

㉕黄州句：會昌二年，杜牧出爲黄州刺史。使持節，指爲刺史。唐代除刺史制文沿前代例加「使持節都督某州諸軍事」字樣，但爲虚文。

㉖秦嶺句：秦嶺，指陝西省境南之終南山，亦即南山。樊川，水名。在今陝西長安南。其地本杜縣樊鄉。漢樊噲食邑於此，川因以得名。杜牧家有别墅在此地。馮注：「《長安志》：《三秦記》：長安正南秦嶺，嶺根水流爲秦川，一名樊川，長安名勝之地。」

㉗商山句：商山，在今陝西商縣東南。亦名商嶺、商阪。四皓祠，秦末漢初東園公、綺里季、夏黄公、角里先生，曾隱居於商山，鬚髮皓白，人稱四皓。後人爲立祠廟。夾注：「《十道志》：商州高車山，《注》：《高士傳》：山上有四皓碑，又有祠，皆惠帝所立。高后使張良詣此迎四皓，因名之。」馮注：「《水經注・丹水篇》：楚水出上洛縣西南楚山，昔四皓隱于楚山，即此山也。其水兩源合於四皓東，又東逕高車嶺南，翼帶衆流，北轉入丹水，嶺上有四皓廟。」

㉘摴蒲：古代一種博戲。馮注：「《晉中興書》：摴蒲，老子所作，外國戲。」慕容寶嘗對摴蒲誓曰：「世云摴蒲有神，豈虚也哉！若富貴可期，頻得三盧。於是三擲盡盧，寶拜而受賜。」事見《晉書》

卷一二三《慕容垂載記》。

㉙大澤句：大澤，指雲夢澤。蒹葭，葦荻。

㉚簪笏：束髮加冠之髮簪與朝會時所執之手板。此指顯官。

㉛周鼎：周代傳國寶鼎。

㉜荆璧句：荆璧，即楚璧，指和氏璧。抛擲，抛散。

㉝忽忽：迷惑、恍惚，失意貌。《文選》宋玉《高唐賦》：「悠悠忽忽，怊悵自失。」馮注：「《漢書·蘇武傳》：李陵謂武曰：陵始降時，忽忽如狂。」

㉞秋浦句：秋浦，唐縣名，唐池州治所。故城在今安徽貴池境。時杜牧已自黄州刺史遷池州刺史。吴江，此指流經池州之長江。池州古屬吴國，故稱。馮注：「《元和郡縣志》：池州秋浦縣，大江水在縣北七里，秋浦水在縣西八十里。」

㉟羽林：羽林軍。馮注：「《通典》：漢太初元年，初置建章營騎，後更名羽林騎，言其爲國羽翼，如林之盛。」

㊱纈：染花之絲織品。

㊲如韝紲：謂如鷹馬之受覊絆。韝，革製之袖套，用來立鷹。紲，韁繩。夾注：「李白詩：覊紲韝上鷹。」

㊳丹鵲東飛二句：夾注：「《西京雜記》：陸賈曰：乾鵲噪而行人至，蜘蟵集而百事喜。《遯齋閑覽》：南人喜鵲聲而惡鴉聲，吉凶不常。鵲聲吉多凶少，故俗號鵲聲吉，所謂軋鵲是也。」馮注：「蕭紀《鵲詩》：今朝聽聲喜，家信必應歸。」

㊴桂花香句：夾注：「庾肩吾詩：苑桂恒留雪，天花不待春。」

㊵龍伯翁：龍伯國人。傳説「龍伯之國有大人，舉足不盈數步而暨五山之所，一釣而連六鼇，合負而趣歸其國，灼其骨以數焉」。事見《列子·湯問》。馮注：「《河圖玉版》：龍伯國人長三十丈，生萬八千歲而死。」

㊶蓬萊：蓬萊山，傳説中之海中神山。馮注：「《史記·秦始皇紀》：海中有三神山，名曰蓬萊、方丈、瀛洲。《拾遺記》：蓬萊山亦名陽邱，亦名雲來，高二萬里，廣七萬里。」

㊷跳丸：比喻時間速逝。韓愈《秋懷》詩之九：「憂愁費晷景，日月如跳丸。」馮注：「《大洞經》：日爲跳丸。」

㊸堯舜句：馮注：「《北齊書·和士開傳》：自古帝王，盡爲灰燼，堯、舜、桀、紂，竟復何異？」

【集評】

高古奥逸主：……入室六人：李賀……；杜牧：「煙着樹姿嬌，雨餘山態活。」「四海一家無一

事，將軍攜劍泣霜毛。」「山密斜陽多，人稀芳草遠。」「仙掌月明孤影過，長門燈暗幾聲來。」（張爲《詩人主客圖》）

東坡「美滿風帆十幅蒲」，「美滿」字，出杜牧之詩「千帆美滿風」。東湖亦用「美滿」字云：「正須美滿十分晴。」（曾季貍《艇齋詩話》）

遲與杜牧之友善，牧之嘗有《池州送遲》詩，其間云：「煙濕樹姿嬌，雨餘山態活。仲秋往歷陽，同上牛磯歇。大江吞天去，一練横坤抹。歷陽裴太守，襟韻苦超越。鞔鼓畫麒麟，看君擊狂節。離袖颭應勞，恨粉啼還咽。明年忝諫官，緑樹秦川闊。子提健筆來，勢若夸父渴。九衢林馬撾，千門織車轍。秦臺破心膽，黥陣驚毛髮。子既屈一鳴，余固宜三刖。」又曰：「丹鵲東飛來，喃喃送君札。呼兒旋供衫，走馬空踏襪。手把一枝物，桂花香帶雪。喜極至無言，笑餘翻不悦。」又送孟遲詩云：「手撚金僕姑，腰懸玉轆轤。爬頭峰北正好去，係取可汗鉗作奴。六宮雖念相如賦，其那防邊重武夫。」（計有功《唐詩紀事》卷五十四「孟遲」）

牧又多以竹雨比羽林，《栽竹》詩云：「歷歷羽林影。」又：「竹岡森羽林。」《大雨行》：「萬里横亘羽林槍。」又：「雲林寺外逢猛雨，林黑山高雨脚長。曾奉郊宫爲近侍，分明㩳㩳羽林槍。」（吴聿《觀林詩話》）

詩有驚人句。杜《山水障》：「堂上不合生楓樹，怪底江山起煙霧。」又：「斫却月中桂，清光應更多。」白樂天云：「遥憐天上桂華孤，爲問姮娥更寡無？月中幸有閒田地，何不中央種兩株。」韓子蒼

《衡岳圖》：「故人來自天柱峰，手提石廩與祝融。雨山陂陀幾百里，安得置之行李中。」此亦是用東坡云：「我持此石歸，袖中有東海。」杜牧之云：「我欲東召龍伯公，上天揭取北斗柄，蓬萊頂上斡海水，水盡見底看海空。」李賀云：「女媧煉石補天處，石破天驚逗秋雨。」（楊萬里《誠齋詩話》）

【杜牧池州别孟遲先輩】「昔子來陵陽，時當苦炎熱。寺樓最褰軒，坐見飛鳥没。一樽中夜酒，半破前峰月。煙院松飄蕭，風廊竹交戛。好鳥響丁丁，小溪光汃汃。離袖颭應勞，恨粉啼還咽。慵憂長者來，病怯長街喝。呼兒旋供衫，走馬空踏襪。手把一枝物，桂花香帶雪。喜極至無言，笑餘翻不悦。人生直作百歲翁，亦是萬古一瞬中。我欲東召龍伯翁，水盡到底看海空。酌君一杯酒，與君狂且歌。離别豈足更關意，衰老相隨可奈何。」二詩奇崛，而用韻古，舊見石刻，多磨滅，節而書之。（楊慎《升菴詩話》卷五）

小杜《池州别孟遲》詩：「我欲東召龍伯翁，水盡到底看海空。」咄咄奇語，與老杜「頓轡海徒湧，神人身更長」之語相當。（葉矯然《龍性堂詩話》續集）

「汃」字，《説文》引《爾雅》云：西至于汃國，汃，西極之水也，府巾切。杜牧《送孟遲先輩》詩：「小溪光汃汃。」自注，普汃切。宋黄仁傑《夔州苦雨》詩：「汃月不虚爲朽月，今年賴得是豐年。」汃，音帕，平聲。《東方朔傳》：「今壺齟，老柏塗。」塗與汃同，注云：丈加切。（王士禎《居易録》卷十三）

杜牧詩「小溪光汃汃」，宋黄仁傑詩「汃月不虚爲朽月，今年賴得是豐年」，楊用修云：「汃，怕平聲，又丈加切。」案《正字通》，普八切，攀入聲。《爾雅》：「西極于汃國，汃，西極水名，又水相激聲。」韓愈詩「獠江息澎汃」與湃同。張衡《南都賦》「流湍投濈，砏汃輣軋」，注音八。汃有平、去、入三聲。（王士禎《古夫于亭雜録》卷三）

昌黎云：「橫空盤硬語。」硬語能佳，在古人亦少。只愛杜牧之云：「安得東召龍伯公，車乾海水見底空。」又云：「鯨魚橫脊卧滄溟，海波分作兩處生。」宋人句云：「金翅動身摩日月，銀河翻浪洗乾坤。」（袁枚《隨園詩話》卷十五）

重送①

手撚金僕姑②，腰懸玉轆轤③。爬音琶頭峰北正好去④，係取可汗鉗作奴⑤。六宮雖念相如賦⑥，其那防邊重武夫。

【注釋】

① 此詩爲重送孟遲之作，與《池州送孟遲先輩》詩作於同年。《杜牧年譜》謂「詩有『爬頭峰北正好去，係取可汗鉗作奴』句，蓋回鶻猶未退」，與杜牧會昌四年之《上李太尉論北邊事啓》所述正合，

故編於會昌四年(八四四)秋。

②金僕姑:箭名。《左傳》莊公十一年:「乘丘之役,公以金僕姑射南宮長萬。」

③玉轆轤:劍首以玉製造轆轤爲飾之劍。馮注:「《漢書·雋不疑傳》:帶櫑具劍。《注》:晉灼曰:古長劍首,以玉作井轆轤形,上刻木作山形,如蓮花初生未敷時;今大劍木首,其狀似此。《古樂府》:腰下鹿盧劍,可值千萬餘。」

④爬頭峰:亦作杷頭烽,在唐朔州。《資治通鑑》卷二四六宋白注:「杷頭烽北臨大磧,東望雲、朔,西望振武。」

⑤可汗句:可汗,匈奴君長。此指回紇首領。鉗,古刑名,以鐵束頸。馮注:「《史記·張耳傳》:貫高與客孟舒等十餘人,皆自髡鉗爲王家奴。」

⑥六宮句:漢武帝陳皇后失寵,居長門宮,遂使人奉黄金百斤請司馬相如爲作《長門賦》,因復得親幸。事見司馬相如《長門賦·序》。六宮,相傳天子有六宮。《周禮·天官·内宰》:「上春,詔王后帥六宮之人。」又:「内宰,……以陰禮教六宮。」漢鄭玄注認爲正寢一,燕寢五爲六宮。後泛稱皇后妃嬪居住處。

題池州弄水亭①

弄水亭前溪，颭灩翠綃舞②。綺席草芊芊③，紫嵐峰伍伍④。螭蟠得形勢，翬飛如軒户⑤。一鏡奩曲堤，萬丸跳猛雨。檻前燕雁棲，枕上巴帆去⑥。叢筠侍修廊，密蕙媚幽圃。杉樹碧爲幢，花駢紅作堵。停樽遲去聲晚月，咽咽上幽渚。客舟耿孤燈⑦，萬里人夜語。漫流罥苔槎⑧，饑鳧曬雪羽。玄絲落鈎餌，冰鱗看吞吐⑨。斷霓天帔垂⑩，狂燒漢旗怒⑪。曠朗半秋曉，蕭瑟好風露。光潔疑可攬〔一〕，欲以襟懷貯。幽抱吟《九歌》⑫，羈情思湘浦⑬。四時皆異狀，終日爲良遇。小山浸石稜，撑舟入幽處。孤歌倚桂巖，晚酒眠松塢。紆餘帶竹村，蠶鄉足砧杵。塍泉落環珮⑭，畦苗差纂組⑮。風俗知所尚，豪强恥孤侮。鄰喪不相春⑯，公租無詬負⑰。農時貴伏臘，簪瑱事禮賂〔二〕⑱。鄉校富華禮⑲，征行産强弩。不能自勉去，但愧來何暮⑳。故園漢上林㉑，信美非吾土㉒。

【校勘記】

〔一〕「疑」，夾注本作「凝」。

〔二〕「禮」，馮注本校：「一作理。」

【注釋】

①池州弄水亭：杜牧任池州刺史時所建，亭名取李白「飲弄水中月」句意。馮注：「《方輿勝覽》：池州有弄水亭。曹學佺《名勝志》：池州府通遠門外，有弄水亭，在舊橋之西，杜牧所建，取太白飲弄水中月之句也。」張祜有《題池州杜員外弄水新亭》，乃張祜會昌五年訪池州刺史杜牧時所作，則杜牧此詩當即會昌五年（八四五）與張祜同時之作。詩有「曠朗半秋曉，蕭瑟好風露」句，乃作於秋日。

②颭灩：水波蕩漾貌。

③芊芊：草木茂盛貌。

④伍伍：排列成行。

⑤翬飛：形容飛簷如鳥飛舉翼。

⑥巴帆：指往巴地之船。巴，古國名。位於今四川省東部一帶地方。馮注：「《通典》：渝州，今理巴縣，古巴國。」

⑦耿：光、明。

⑧ 罥：掛。

⑨ 冰鱗：雪白之魚。馮注：「邱巨源詩：瓊澤映冰鱗。」

⑩ 帔：披肩。

⑪ 狂燒句：狂燒，此指火紅之雲霞。馮注：「《漢書·高帝紀》：「旗幟上赤，協於火德。」此以赤色之漢旗比喻雲霞。

⑫ 《九歌》：屈原所作，有《東皇太一》、《湘君》、《湘夫人》、《山鬼》等十一篇。

⑬ 羈情句：馮注：「《拾遺記》：屈原以忠見斥，隱于沅湘，被王逼逐，乃赴清泠之水，楚人思慕，謂之水仙，其神游于天河，精靈時降湘浦。」

⑭ 塍泉句：塍，田埂。環珮，此處用以喻水珠。

⑮ 纂組：赤色之綬帶。此處取其如錦繡之義。

⑯ 鄰喪句：相舂，舂米時喊號子。《禮記·曲禮上》：「鄰有喪，舂不相。」

⑰ 詬負：辱駡其虧欠。

⑱ 簪瑱句：瑱，玉名。禮賂，按照禮節贈送財物。

⑲ 鄉校：鄉學。

⑳ 但愧句：《後漢書·廉范傳》：「廉范字叔度，京兆杜陵人，……後頻歷武威、武都二郡太守，隨俗

化導，各得治宜。建中初，遷蜀郡太守，其俗尚文辯，好相持短長，范每厲以淳厚，不受偷薄之說。成都民物豐盛，邑宇逼側，舊制禁民夜作，以防火災，而更相隱蔽，燒者日屬。范乃毀削先令，但嚴使儲水而已。百姓爲便，乃歌之曰：『廉叔度，來何暮？不禁火，民安作。平生無襦今五絝。』」

㉑上林：漢長安苑名。杜牧家於樊川，爲漢上林苑地。馮注：「《長安志》：漢上林苑，秦舊苑也。《漢書》曰：武帝建元三年，起上林苑。又曰：武帝廣開上林，周迴數百里。」

㉒信美句：王粲《登樓賦》：「雖信美而非吾土兮，曾何足以少留！」

【集評】

張公翊《清溪圖》，畫池陽清溪也。郭功甫題五絕句，有「唯欠子瞻詩」之語，遂求東坡爲賦《清溪詞》。蘇公復令某示秦少游，寫小杜《弄水亭》詩。其後自元豐以來，諸賢題詠甚多，真蹟在金華智者寺草堂，蓋宋季王佖元敬使君得之。（吳師道《吳禮部詩話》）

如石間石響，天然清亮。（鄭郲評本詩）

杜紫微之快逸，人所知也。獨《弄水亭》有句云：「斷霓大帔垂，狂燒漢旗怒」、「塍泉落環佩，畦苗差纂組」，宛是昌黎口角。（葉矯然《龍性堂詩話》初集）

題宣州開元寺寺置於東晉時①

南朝謝朓城〔一〕②，東吳最深處。亡國去如鴻，遺寺藏煙塢③。樓飛九十尺，廊環四百柱。高高下下中〔二〕④，風繞松桂樹。青苔照朱閣，白鳥兩相語⑤。溪聲入僧夢，月色暉粉堵〔三〕。閱景無旦夕，憑欄有今古。留我酒一樽〔四〕，前山看春雨。

【校勘記】

〔一〕「城」，馮注本作「樓」。

〔二〕「高高下下中」，夾注本作「高下高下中」。

〔三〕「暉」，《文苑英華》卷二三八、文津閣本作「輝」。「堵」，《文苑英華》卷二三八作「渚」，下校：「集作堵。」

〔四〕「酒一樽」，夾注本作「一樽酒」。

【注　釋】

①宣州：州名，唐時州治在宣城（今屬安徽）。馮注：「《名勝志》：宣城縣城中景德寺，晉名永安，唐名開元，蘭若中之最勝者。」據《杜牧年譜》，杜牧開成三年在宣州幕中。又杜牧《大雨行》原注：「開成三年，宣州開元寺作。」則此詩亦作於開成三年（八三八）。詩有「留我酒一樽，前山看春雨」句，乃作於春日。

②謝脁城：即宣城，南齊詩人謝脁曾爲宣城太守，故稱。城中有謝公樓、謝公亭等古跡。馮注：「《一統志》：北樓在宣城縣治北。《明一統志》：南齊守謝脁建，後人亦稱謝公樓。」

③煙塢：煙霧彌漫中之山岡。塢，四周高，中間低凹之谷地。馮注：「錢起詩：氣融煙塢晚來鳴。」

④高高下下：夾注：「《吴語》：今王既變鮌禹之功，而高高下下以罷民於姑蘇。《注》：高高起臺榭，下下深汙池。」

⑤白鳥：白羽之鳥，如鶴鷺之類。《詩·大雅·靈臺》：「白鳥翯翯。」又《周頌·振鷺》：「振鷺於飛。」漢毛亨傳：「鷺，白鳥也。」

【集　評】

予論唐詩，小與人異。……杜牧《題宣州開元寺》云：「南朝謝脁城，東吴最深處。亡國去如鴻，遺寺藏煙塢。樓飛九十尺，廊環四百柱。高高下下中，風繞松桂樹。青苔照朱閣，白鳥兩相語。溪聲入僧夢，月色暉粉堵。閱景無旦夕，憑欄有今古。留我酒一尊，前山看春雨。」牧之雄直如此，而人第以豔麗盡之。（潘德輿《養一齋詩話》卷九）

大雨行開成三年宣州開元寺作①

東垠黑風駕海水，海底卷上天中央。三吳六月忽悽慘②，晚後點滴來蒼茫。錚棧雷車軸轍壯③，矯躩蛟龍爪尾長〔一〕④。神鞭鬼馭載陰帝⑤，來往噴灑何顛狂。四面崩騰玉京仗⑥，萬里横牙羽林槍〔二〕⑦。雲纏風束亂敲磕〔三〕，黄帝未勝蚩尤强⑧。百川氣勢苦豪俊，坤關密鎖愁開張⑨。大和六年亦如此，我時壯氣神洋洋〔四〕。東樓聳首看不足，恨無羽翼高飛翔。盡召邑中豪健者，闊展朱盤開酒場。奔觥槌鼓助聲勢⑩，眼底不顧纖腰娘。今年闒茸鬢已白〔五〕⑪，奇遊壯觀唯深藏。景物不盡人自老，誰知前事堪悲傷⑫！

【校勘記】

〔一〕「躩」，《文苑英華》卷一五三作「躍」，下校：「集作躩。」《全唐詩》卷五二〇、馮注本校：「一作躍。」

〔二〕「横牙」，《文苑英華》卷一五三作「縱横」，下校：「集作横牙。」《全唐詩》卷五二〇作「横互」，下校：「一作縱横。」馮注本校：「一作縱横。」

〔三〕「亂」，《文苑英華》卷一五三作「勢」，下校：「集作亂。」《全唐詩》卷五二〇、馮注本均校：「一作勢。」

〔四〕「壯氣」，《文苑英華》卷一五三作「氣壯」。

〔五〕「年」，《文苑英華》卷一五三作「來」，下校：「集作年。」《全唐詩》卷五二〇、馮注本均校：「一作來。」

【注　釋】

①據詩題下小注：「開成三年宣州開元寺作」，知詩作於開成三年（八三八）六月，時杜牧在宣州幕。

②三吳：吳郡、吳興、丹陽號爲三吳。

③錚棧句：錚，形狀如銅鐸之樂器。棧，小鐘。《爾雅·釋樂》：「大鐘謂之鏞，小者謂之棧。」雷車，此處與「錚棧」並列，指響聲如雷之車。

④矯躩：夭矯跳躍。此形容閃電。

⑤神鞭句：陰帝，指女媧。馮注：「《三秦記》：秦始皇作石橋，欲過海看日出處，有神人能驅石下

海，石去不速，神輒鞭之，皆流血。」《淮南子·覽冥》高誘注：「女媧陰帝。」

⑥玉京仗：玉京，指天闕。道家稱爲三十二帝之都，在無爲之天。《魏書·釋老志》：「道家之原，出於老子，其自言也，先天地生，以資萬類。上處玉京，爲神王之宗；下在紫薇，爲飛仙之主。」葛洪《枕中書》：「玄都玉京，七寶山周圍九萬里，在大羅天之上。」仗，兵仗。此處用玉京仗以喻大雨。

⑦萬里句：横牙，即縱横之意。羽林槍，羽林軍之戈戟。此處用以喻大雨之狂猛密聚。

⑧黄帝句：黄帝，古代帝王。蚩尤，古代九黎族部落酋長。馮注：「《史記·五帝紀》：蚩尤作亂，不用帝命，黄帝乃徵師諸侯，與蚩尤戰于涿鹿之野，遂擒殺蚩尤。」

⑨坤關：大地之關。坤，《易》卦名，象地。

⑩觥：盛酒器。

⑪闒茸：駑弱，精神頹靡。夾注：「《漢書》賈誼賦：闒茸尊顯兮，諂諛得志。《注》：闒茸，下材不肖之人也。」

⑫誰知前事句：馮注：「《晉書·羊祜傳》：祜樂山水，每風景必造峴山，置酒言詠，終日不倦；嘗慨然歎息，顧謂從事中郎鄒湛等曰：自有宇宙，便有此山，由來賢達勝士，登此遠望，如我與卿者多矣，皆湮滅無聞，使人悲傷。」

【集　評】

牧又多以竹雨比羽林，《栽竹》詩云：「歷歷羽林影。」又：「竹岡森羽林。」《大雨行》：「萬里横亘羽林槍。」又：「雲林寺外逢猛雨，林黑山高雨脚長。曾奉郊宮爲近侍，分明攙攙羽林槍。」（吴聿《觀林詩話》）

自宣州赴官入京路逢裴坦判官歸宣州因題贈①

敬亭山下百頃竹②，中有詩人小謝城③。城高跨樓滿金碧，下聽一溪寒水聲。梅花落徑香繚繞，雪白玉璫花下行④。縈風酒斾挂朱閣，半醉遊人聞弄笙。我初到此未三十，頭腦釤利筋骨輕⑤。畫堂檀板秋拍碎⑥，一引有時聯十觥。老閑腰下丈二組⑦，塵土高懸千載名⑧。重遊鬢白事皆改，唯見東流春水平。對酒不敢起〔一〕，逢君還眼明。雲罍看人捧⑨，波臉任他横〔二〕⑩。一醉六十日，古來聞阮生⑪。是非離别際，始見醉中情。今日送君話前事，高歌引劍還一傾。江湖酒伴如相問〔三〕，終老煙波不計程⑫。

【校勘記】

〔一〕「不敢起」，夾注本作「不敢把」。

〔二〕「波臉」，夾注本作「波瞼」。

〔三〕「酒伴」，夾注本作「醉伴」。

【注　釋】

①裴坦：字知進，大和八年進士及第，後任沈傳師宣歙觀察使幕判官。傳見《新唐書》卷一八二。據《杜牧年譜》，杜牧開成四年春，由宣州赴京任左補闕、史館修撰。此詩即作於開成四年（八三九）春杜牧將赴京時。

②敬亭山：山名。在安徽宣城縣北。一名昭亭山，又名查山。山上有敬亭，相傳爲南齊謝朓賦詩之所，山以此名。

③小謝城：指宣城。南齊詩人謝朓曾爲宣城太守，故稱。城中有謝公樓、謝公亭等古跡。

④璫：耳珠。《釋名》：「穿耳施珠曰璫。」

⑤㸌利：爽利，指頭腦清晰、思維敏捷。

⑥檀板：打拍子用之檀木拍板。馮注：「《通典》：拍板，長闊如手，重十餘枚，以韋連之，擊以代

抃。隋煬帝詞：「檀板輕聲銀甲暖。」

⑦組：繫印絲帶。

⑧塵土：視之如塵土。

⑨雲罍：畫有雲雷紋之酒樽。

⑩波：眼波。馮注：「梁元帝詩：横波滿臉萬行淚。」

⑪一醉二句：阮生，阮籍。晉文帝曾爲武帝求婚於阮籍，籍縱酒大醉六十日，以此婉轉辭絶，藉此以避禍。事見《晉書》卷四九本傳。

⑫終老句：煙波，指江湖。程，指驛程，二驛爲一程。此兼指前程。

【集評】

老杜：「卿到朝廷説老翁，飄零已是滄浪客。」又：「朝覲從容問幽仄，勿云江漢有垂綸。」其後夢得《送陳郎中》云：「若問舊人劉子政，而今頭白在商於。」《送惠休》則云：「休公久别如相問，楚客逢秋心更悲。」小杜：「江湖酒伴如相問，終老煙波不記程。」「交遊話我憑君道，除却鱸魚更不聞。」商隱《寄崔侍御》云：「若向南臺見鶯友，爲言垂翅度春風。」臨川：「故人一見如相問，爲道方尋木雁編。」「歸見江東諸父老，爲言飛鳥會知還。」聖俞：「儻或無忘問姓名，爲言懶拙皆如故。」坡：「單于

若問君家世，莫道中朝第一人。」皆有所因也。（黄徹《䂬溪詩話》卷五）

贈宣州元處士①

陵陽北郭隱②，身世兩忘者。蓬蒿三畝居③，寬於一天下。樽酒對不酌〔一〕，默與玄相話〔二〕④。人生自不足，愛歎遭逢寡⑤。

【校勘記】

〔一〕「酒」，《文苑英華》卷二三一校：「一作前。」

〔二〕「默」，《文苑英華》卷二三一校：「一作密。」

【注釋】

① 馮注：「《名勝志》：宣城縣有元處士，逸其名，杜牧詩云云，蓋借子雲以況之。按：牧之又有題元處士高亭詩，許渾亦有題宣州元處士幽居詩，又有灞上逢元處士東歸詩，又有元處士自洛歸宛陵山居見示詹事相公餞行之什因贈詩。其贈詩注云：元君多隱廬山學《易》，常爲相國師服，即

其人可知矣。」《杜牧年譜》謂此詩在宣州作，然未能定作於杜牧第一或第二次居宣州時。

②陵陽：山名，在宣州涇縣。馮注：「《通典》：宣州涇有陵陽山。」

③蓬蒿句：馮注：「《三輔決録》：張仲蔚，扶風人，少與同郡魏景卿俱隱身不仕，所居蓬蒿没人也。」

④玄：指《易》之奥義。許渾《元處士自洛歸宛陵山居見示詹事相公餞行之什因贈》詩自注：「元君舊隱廬山學《易》，常爲相國師服。」謂元處士曾隱廬山學《易》。

⑤遭逢：遭遇、遇合。漢王充《論衡·命義》：「遭者，遭逢非常之變，若成湯囚夏臺，文王厄牖里矣。」《周書·文帝紀上》：「侯莫陳悦本實庸材，遭逢際會，遂叨委任。」

【集評】

杜牧《贈宣州元處士》云：「蓬蒿三畝居，寬於一天下。」藩興嗣《逍遥亭》詩用其語云：「寬於一天下，原憲惟桑樞。」（吴子良《吴氏詩話》卷上）

清樸。（鄭郲評本詩）

孟東野詩：「出門即有礙，誰謂天地寬。」非世路之窄，心地之窄也。即十字而跼天蹐地之形，已畢露紙上矣。杜牧之詩：「蓬蒿三畝居，寬於一天下。」非天下之寬，胸次之寬也，即十字而幕天席地

之概，已畢露紙上矣。一號爲詩囚，一目爲詩豪，有以哉！（洪亮吉《北江詩話》卷四）

村行①

春半南陽西②，柔桑過村塢[一]③。娉娉垂柳風[二]，點點廻塘雨[三]。蓑唱牧牛兒[四]④，籬窺蒨裙女[五]⑤。半濕解征衫[六]，主人饋雞黍⑥。

【校勘記】

〔一〕「過」，《全唐詩》卷五二〇、馮注本校：「一作遍。」

〔二〕「娉娉」，《文苑英華》卷三一九、馮注本校：「一作裊裊。」「柳」，《文苑英華》卷三一九作「楊」。

〔三〕「廻」，《文苑英華》卷三一九作「過」。

〔四〕「牧牛兒」，夾注本作「牧羊兒」。

〔五〕「裙」，夾注本作「裾」。

〔六〕「衫」，原作「杉」，據《全唐詩》卷五二〇、馮注本改。《文苑英華》卷三一九作「衣」。

【注　釋】

①《杜牧年譜》於開成四年謂「詩中有『春半南陽西』之語，按時間與地點，應是本年過南陽時所作。」則此詩作於開成四年（八三九）春杜牧赴京任左補闕途中。

②南陽：唐縣名。今屬河南。

③村塢：馮注：「庾信詩：依稀映村塢。《通鑑·晉紀·注》：城之小者曰塢。」

④蓑：此指披著蓑衣。

⑤蒨裙：大紅色之裙子。

⑥饋雞黍：饋，進食於人。《論語·微子》：「止子路宿，殺雞爲黍而食之。」

史將軍二首①

其一

長鋌周都尉②，閑如秋嶺雲。取螯弧登壘③，以駢鄰翼軍④。百戰百勝價，河南、河北聞⑤。今遇太平日，老去誰憐君？

【注　釋】

①據胡可先《杜牧研究叢稿·杜牧詩文編年》所考，史將軍爲史憲忠，字元貞。傳見《新唐書》卷一四八《史孝章傳》附。

②長鋋：長鋋都尉，漢官名。西漢周竈以長鋋都尉隨劉邦攻打項羽，以功封侯。事見《漢書·功臣表》。此以周竈比喻史將軍。

③蝥弧：旗名。春秋魯隱公十一年，鄭國潁考叔於伐許國都城之戰役中，取鄭伯之旗蝥弧率先登城。此句即以此贊頌史將軍。

④駢鄰：馮注：「《漢書·功臣表》：許盎以駢鄰從起昌邑。師古曰：二馬曰駢。駢鄰，謂並兩騎爲軍翼也。」

⑤河南河北：指河南道、河北道。馮注：「《唐六典》：凡天下十道：二曰河南道，凡二十八州；四曰河北道，凡二十五州。」

其二

壯氣蓋燕、趙①，耽耽魁傑人②。彎弧五百步〔一〕，長戟八十斤③。河湟非内地④，安、史有遺塵⑤。何日武臺坐⑥，兵符授虎臣⑦。

【校勘記】

〔一〕「彎弧」，夾注本作「彎弓」。

【注　釋】

①燕趙：燕、趙均爲戰國國名。此代指河北諸鎮地，時常爲藩鎮所割據。燕、趙地區古來多出奇士、壯士。馮注：「《漢書·江充傳》：充爲人魁岸，容貌甚壯，帝望見而異之，謂左右曰：燕、趙故多奇士。」

②眈眈句：眈眈，通眈眈，威視之貌。魁傑，魁偉傑出。

③長戟句：馮注：「《魏志·典韋傳》：韋好持大雙戟，與長刀等，軍中爲之語曰：帳下壯士有典君，提一雙戟八十斤。」

④河湟：今甘肅、青海湟水、黄河流域。當時爲吐蕃所侵佔。

⑤遺塵：遺留之戰亂。安史之亂後，各地擁兵割據叛亂之方鎮，多爲安史叛軍降將。馮注：「《册府元龜》：初，王師討平河朔，州縣風靡向化。相州薛嵩，魏州田承嗣，鎮州張忠志，幽州李懷仙皆爲賊守，聞詔書一切不問，趨僕固懷恩馬首，乞行間自效。懷恩包藏貳心，乃表請以僞署官秩任之，嵩等遂分鎮河北一道，各擁精兵數萬。帝姑務安人，含宏之，實懷恩啓之也。」

⑥武臺：漢未央宫殿名。夾注：「《漢書·李陵傳》：陵召見武臺。《注》：未央宫有武臺殿。」

⑦虎臣：勇猛之臣。《詩·魯頌·泮水》：「矯矯虎臣，在泮獻馘。」《漢書·趙充國傳》揚雄《頌》：「漢命虎臣，惟後將軍，整我六師，是討是震。」

樊川文集卷第二

華清宮三十韻①

繡嶺明珠殿②，層巒下繚牆〔一〕③。仰窺雕檻影〔二〕，猶想赭袍光④。昔帝登封後⑤，中原自古强。一千年際會⑥，三萬里農桑。几席延堯、舜，軒墀立禹、湯〔三〕。雷霆馳號令〔四〕，星斗焕文章⑦。釣築乘時用⑧，芝蘭在處芳⑨。北扉閑木索⑩，南面富循良。至道思玄圃⑪，平居厭未央⑫。鉤陳裹巖谷⑬，文陛壓青蒼⑭。歌吹千秋節⑮，樓臺八月涼。神仙高縹緲⑯，環珮碎丁當。泉暖涵窗鏡，雲嬌惹粉囊。嫩嵐滋翠葆⑰，清渭照紅粧⑱。帖泰生靈壽⑲，歡娱歲序長。月聞仙曲調，霓作舞衣裳⑳。雨露偏金穴㉑，乾坤入醉鄉。玩兵師漢武㉒，迴手倒干將〔五〕㉓。鯨鬣掀東海㉔，胡牙揭上陽㉕。喧呼馬嵬血㉖，零落羽林槍㉗。傾國留無路㉘，還魂怨有香㉙。蜀峰横慘澹，秦樹遠微茫。鼎重山難轉㉚，天扶業更昌㉛。望賢餘故老㉜，花萼舊池塘㉝。往事人誰問，幽襟淚獨傷。碧簷斜送日，殷葉半凋霜。迸水傾瑤砌，疎風罅玉房。塵埃羯鼓索㉞，片段荔枝筐㉟。鳥啄摧寒木，蝸涎蠹畫梁。孤煙知客恨，遥起泰陵傍㊱。

【校勘記】

〔一〕「牆」，《文苑英華》卷三一一作「壇」。

〔二〕「雕」，《文苑英華》卷三一一、馮注本校：「一作丹。」《全唐詩》卷五二一作「丹」，下校：「一作雕。」

〔三〕「立」，《文苑英華》卷三一一校：「集作接。」《全唐詩》卷五二一作「接」，下校：「一作立。」馮注本校：「一作接。」

〔四〕「馳」，《文苑英華》卷三一一、夾注本作「驅」。

〔五〕「手倒」，《全唐詩》卷五二一、馮注本校：「一作首到。」

【注釋】

①華清宫：在今陝西臨潼驪山上。唐貞觀十八年建，咸亨二年名温泉宫。天寶六載，改名華清宫。《杜牧年譜》謂「顧嗣立《温飛卿詩集箋注》卷九集外詩有《華清宫和杜舍人》，即是和杜牧《華清宫三十韻》詩。」故是詩乃杜牧爲中書舍人時所作。杜牧大中六年爲中書舍人，故《杜牧年譜》編此詩於大中六年（八五二）。

②繡嶺句：繡嶺，驪山有東、西繡嶺。明珠殿，殿名。在繡嶺上。馮注：「《長安志》：明珠殿，長生殿之南近東也。」

③繚牆：繚繞曲折之圍牆。馮注：「《南部新書》：驪山華清宫毁廢已久，今惟存繚垣耳。朝元閣在山嶺上，山腹即長生殿，又有飲酒亭，明皇吹笛樓，宫人走馬樓，故基猶在繚垣之内。」

④赭袍：赤黄色之袍，指帝王之衣。

⑤登封：指開元十三年唐玄宗封禪泰山事。事見《舊唐書·玄宗紀上》。

⑥際會：遇合。《淮南子·泰族》：「夫欲治之主不世出，而可與興治之臣不萬一，以萬一求不世出，此所以千歲不一會也。」馮注：「《拾遺記》：丹邱千年一燒，黄河千年一清，至聖之君，以爲大瑞。」

⑦星斗句：焕，明亮。《晉書·天文志》：「東壁二星，主文章。天下圖書之秘府也。星明，王者興，道術行，國多君子。」

⑧釣築：指吕尚與傅説。殷高宗夢得聖人，後尋得説，時説板築於傅險，因以爲姓，遂用爲相。事見《史記》卷三《殷本紀》。周文王占卜，知將得輔佐，後得垂釣於渭水之姜尚，立爲師。事見《史記》卷三二《齊太公世家》。

⑨芝蘭句：馮注：「《家語》：芝蘭生於深林，不以無人而不芳；君子修道立德，不爲困窮而改節。」

⑩ 北扉句：北扉，指北寺獄。原東漢監獄名，屬黄門署。主管監禁、審訊將相大臣。因在宫省北面，故亦名北寺。馮注：「《後漢書·竇武傳》：黄門北寺、若盧、都内諸獄，繫囚罪輕者皆出之。」木索，鐐銬繩索等刑具。

⑪ 至道句：至道，指唐玄宗，其尊號爲「至道大聖大明孝皇帝」。玄圃，在崑崙山上，神仙所居。《水經注一·河水》：「崑崙之山三級：下曰樊桐，一名板桐；二曰玄圃，一名閬風；上曰層城，一名天庭，是爲太帝仙居。」

⑫ 未央：漢宫名，在漢長安。此指長安宫殿。

⑬ 鉤陳：星名，在紫微垣内，最近北極，天文家多藉以測極，稱極星，主後宫。此指華清宫。《晉書·天文志》：「北極五星，鉤陳六星，皆在紫宫中……鉤陳，後宫也，大帝之正妃也，大帝之常居也。」故亦用以指稱後宫。

⑭ 文陛：宫闕之殿階。

⑮ 千秋節：唐玄宗生日爲八月五日，開元十七年將此日定爲千秋節。

⑯ 神仙句：夾注：木華「《海賦》：神仙縹緲，餐玉清涯。」

⑰ 翠葆：用翠羽裝飾之車蓋。夾注：「《上林賦》：建翠華之旗。《注》：以翠羽葆也。郭璞曰：華葆也。」

⑱清渭：渭，指渭水。源出甘肅渭源西北鳥鼠山，東南流至清水縣，入陝西境，橫貫渭河平原，東流入黄河。

⑲帖泰：安寧和順。

⑳霓作句：《霓裳羽衣曲》爲唐樂曲名，屬商調曲。本傳自西涼，名《婆羅門》，開元中，河西節度使楊敬述所獻。後經唐玄宗潤色，於天寶十三載改名《霓裳羽衣曲》。楊貴妃善爲霓裳羽衣舞。又，相傳唐玄宗與羅公遠遊月宫，見素娥數百，舞於廣庭。玄宗暗記其曲，回宫後即作《霓裳羽衣曲》。事見《雲笈七籤》卷一一三上。

㉑雨露句：雨露，此處喻指皇恩。東漢光武郭皇后之弟郭況「遷大鴻臚，帝數幸其第，賞賜金錢縑帛，豐盛莫比，京師號況家爲『金穴』。」事見《後漢書》卷一〇上《光武郭皇后紀》。此指玄宗偏寵楊貴妃一家。

㉒玩兵句：指唐玄宗後期效法漢武帝鋭意開邊，輕啓戰事。夾注：「荀悦《漢記》：武皇帝窮兵黷武，百姓窮竭，萬民罷敝。當此之時，天下騷然，海内無聊，孝文之業廢矣。」馮注：「獨孤及《郭知運諡議》：玄宗循漢武故事，方鋭意拓土。《通典》：國家開元天寶之際，宇内謐如，邊將邀寵，競圖勳伐，西陲青海之戍，東北天門之師，磧西怛邏之戰，雲南渡瀘之役，没於異域，數十萬人，向無幽寇内侮，天下四征未息，離潰之勢，豈可量邪！」

㉓迴手句：干將，寶劍名，春秋吴人干將与其妻莫邪所鑄。倒干將，謂倒持寶劍，授人以柄。此指兵權所授非人。

㉔鯨鬣：此用以指安禄山、史思明等叛將。鬣，魚頷旁小鬐。

㉕胡牙句：天寶十四載十一月，安禄山反，十二月，攻佔洛陽。胡牙，指安禄山叛軍牙旗。揭，舉。上陽，宫名，在洛陽。《新唐書·地理志二·東都》：東都上陽宫，「在禁苑之東，東接皇城之西南隅，上元中置，高宗之季常居以聽政。宫城之西南隅。」

㉖喧呼句：馬嵬，在今陕西興平西。天寶十五載元月，安史叛軍攻下潼關，玄宗倉惶幸蜀。途經馬嵬驛，六軍嘩變，誅楊國忠等。又逼殺楊貴妃，玄宗不得已將楊貴妃賜死。事見《舊唐書》卷五一、《新唐書》卷七六《唐玄宗楊貴妃傳》。又夾注引《翰府名談·玄宗遺録》：「翌日，漁陽叛書至。帝及御前殿詔高力士護六宫，意留貴妃守宫。力士奏曰：『陛下留貴妃消患乎？天下謂之如何也！』帝許貴妃從駕，由承天門西去。至馬嵬，前鋒不進，六師迴合，侍衛周旋。帝欲攬轡，近侍奏曰：『帝且待之，恐生不測。』力士前曰：『外議籍籍，皆曰楊國忠久盜天機，持國柄，結患邊臣，幾傾神器，致天步西遊，蒙塵萬里，皆國忠一門之所致也。是以六軍不進，請圖之。』俄頃，有持國忠首奏曰：『國忠謀叛，以軍法誅之。』帝曰：『國忠非叛也。』力士遽躡帝足曰：『軍情萬變，不可有此言。』帝悟，顧左右曰：『國忠族矣。』不久，國忠弟妹少長皆爲所殺。帝曰：『一門死

矣，軍尚不進，何爲也？』力士奏曰：『軍中皆言禍胎尚在行宫。』帝曰：『朕不惜一人以謝天下，但恐後世之切譏後宫也。』神衛軍揮使侯元吉前奏：『願斬貴妃首懸之于大白旗，以令諸軍。』帝怒叱元吉曰：『妃子後宫之貴人，位亞元后之尊。古者投鼠尚忌器，何必懸首而軍中方知也。但令之死則可矣！』力士曰：『此西有古佛廟，諸軍之所由路也。願令妃子死其中，貴諸軍知也。』『汝引妃子從他路去，無使我見而悲戚也。』力士曰：『陛下不見，左右不知，未爲便也。願陛下面賜妃子死，貴左右知而慰衆軍之心也。』帝可其奏。貴妃泣曰：『吾一門富貴傾天下，今以死謝，又何恨也！』遽索朝服見帝曰：『夫上帝之尊，其勢豈不能庇一婦人使之生乎？一門俱族而及臣妾，得無甚乎？且妾居處深宫，事陛下未嘗有過失，外家事妾則不知也。』帝曰：『萬口一辭，牢不可破。國忠等雖死，軍師猶未發，備子死以塞天下之謗。』妃子曰：『願得帝送妾數步，妾死無憾。』左右引妃子去，帝起立送之，如不可步而九反顧。帝涕下交頤，左右擁妃子行，速由軍中過。至古寺，妃子取擁項羅掩面大慟，以其羅付力士曰：『將此進帝。』左右以帛縊之，陳其屍於寺門，乃解其帛。俄而，氣復來，其喘綿綿。遽用帛縊之，乃絶。揮使侯元吉大呼於軍中曰：『賊本以死，吾屬無患矣！』於是鳴鼓揮旗，大軍以進。力士回奏，以妃子擁項羅上進。視其淚痕，皆若淡血。帝不勝其悲曰：『古者情恨之感悉有所應，舜妃泣竹而爲斑，妃子擁羅而成血，異矣夫！』前軍作樂，帝不樂，欲止之。力士曰：『不可，今日之理，且順人情。』

㉗羽林：指唐宫城之禁衛軍，有左、右羽林軍。馮注：「《唐六典》：左右羽林軍，掌統領北衙禁兵之法令，而督攝左右廂飛騎之儀仗，以統諸曹之職。若大駕行幸，則夾馳道以爲内仗。」

㉘傾國句：謂楊貴妃被處死事。傾國，喻美人，此指楊貴妃。漢李延年歌曰：「北方有佳人，絶世而獨立。一顧傾人城，再顧傾人國。」

㉙還魂句：香，即返生香。據《述異記》：「聚窟洲有神鳥山，山上有返魂樹。伐其木根心，於玉釜中煮成汁，煎成丸，名曰驚精香，或名震靈丸、返生香、却死香。死者在地，聞香氣即活。」又夾注引《漢武内傳》：「有返魂樹，采其根於釜中，以水煮，候成汁，方去滓，重火煉之如漆，候凝，則香成也。西國使云，其香名有六，一名返魂，……一名節死香，燒之，一豆許，凡有疫死者，聞香再活。故曰返魂香也。」

㉚鼎重句：鼎，宝鼎，象徵國家政權。馮注：「《後漢書·獻帝紀論》：傳稱鼎之爲器，雖小而重，故神之所寶，不可奪移。」

㉛天扶句：謂收復京師，唐玄宗返回長安，肅宗立之事。馮注：「《肅宗紀》：至德二年九月癸卯，復京師，十月壬子，復東京，遣太子太師韋見素迎上皇天帝於蜀郡。十二月丙子，上皇天帝至自蜀郡，乾元元年正月戊寅，上皇天帝御宣政殿，授皇帝傳國受命寶符，號曰：光天文武大聖孝感皇帝。」

㉜望賢句：望賢，宫名，在今陝西咸陽东。據《舊唐書·玄宗紀下》所載，天寶十五載（七五六）六月，玄宗幸蜀，乙未辰時，「至咸陽望賢驛置頓，官吏駭散，無復儲供。上憩於宫門之樹下，亭午未進食。俄有父老獻麨，上謂之曰：『如何得飯？』於是百姓獻食相繼。」馮注：「《長安志》：咸陽縣望賢宫，縣東數里開遠門外。」

㉝花萼句：花萼，指唐玄宗時所建之花萼相輝樓。在興慶宫内。《新唐書·讓皇帝憲傳》：玄宗曾「時時登之，聞諸王作樂，必亟召升樓，與同榻坐，或就幸第，賦詩燕嬉，賜金帛侑歡。」《唐會要》卷三〇《興慶宫》：「開元二年七月二十九日，以興慶里舊邸爲興慶宫。初，上在藩邸，與宋王等同居於興慶里，時人號曰五王子宅。至景龍末，宅内有龍池湧出，日以浸廣。……後于西南置樓，西面題曰花萼相輝之樓，南題曰勤政務本之樓。」

㉞羯鼓：古代羯族樂器。其形如漆桶，下以小牙床承之。打擊時用二杖，聲音急促高烈。玄宗好羯鼓。見《羯鼓録》。《新唐書·禮樂志》：「玄宗既知音律，好羯鼓，而寧王善吹横笛，達官大臣慕之，皆喜言音律，帝常稱羯鼓八音之領袖，諸樂不可方也。」

㉟片段句：《新唐書·楊貴妃傳》：「妃嗜荔枝，必欲生致之，乃置騎傳送，走數千里，味未變，已至京師。」

㊱泰陵：唐玄宗陵墓。在唐京兆府奉先縣，即今陝西蒲城東北金粟山。

【集　評】

小杜作《華清宮》詩云：「雨露偏金穴，乾坤入醉鄉。」如此天下，焉得不亂？（許顗《彦周詩話》）

子瞻愛杜牧之《華清宮》詩，自言凡爲人寫了三四十本矣。（王□《道山清話》）

義山詩……詠物似瑣屑，用事似僻，而意則甚遠，世但見其詩喜説婦人，而不知爲世鑒戒。「玉桃偷得憐方朔，金屋妝成貯阿嬌。誰料蘇卿老歸國，茂陵松柏雨蕭蕭。」此詩非夸王母玉桃，阿嬌金屋，乃譏漢武也。「景陽宫井剩堪悲，不盡龍鸞誓死期。腸斷吴王宫外水，濁泥猶得葬西施。」此詩非痛恨張麗華，乃譏陳後主也。其爲世鑒戒，豈不至深至切。「内殿張絃管，中原絶鼓鼙。舞成青海馬，鬭殺汝南雞。不睹華胥夢，空聞下蔡迷。宸襟他日淚，薄暮望賢西。」夫雞至於鬭殺，馬至于舞成，其窮歡極樂不待言而可知也；「不睹華胥夢，空聞下蔡迷」，志欲神仙而反爲所惑亂也。其言近而旨遠，其稱名也小，其取類也大。杜牧之《華清宮三十韻》，鏗鏘飛動，極叙事之工，然意則不及此也。（張戒《歲寒堂詩話》卷上）

往年過華清宮，見杜牧之、温庭筠二詩，俱刻石于浴殿之側，必欲較其優劣而不能。近偶讀庭筠詩，乃知牧之之工，庭筠小子，無禮甚矣。劉夢得《扶風歌》、白樂天《長恨歌》及庭筠此詩，皆無禮于其君者。庭筠語皆新巧，初似可喜，而其意無禮，其格至卑，其筋骨淺露，與牧之詩不可同年而語也。其首叙開元勝遊，固已無稽，其末乃云「豔笑雙飛斷，香魂一哭休」，此語豈可以瀆至尊耶？人才氣格，自有高下，雖欲强學不能，如庭筠豈識《風》、《雅》之旨也。牧之才豪華，此詩初叙事甚可喜，而其中乃云：「泉暖涵窗鏡，雲嬌惹粉囊。嫩嵐滋翠葆，清渭照紅妝。」是亦庭筠語耳。（張戒《歲寒堂詩話》卷上）

杜牧之《華清宫三十韻》，無一字不可人意。其叙開元一事，意直而詞隱，曄然有《騷》、《雅》之風。至「一千年際會，三萬里農桑」之語，置在此詩中，如使伶優與嵇、阮輩並席而談，豈不敗人意哉。（周紫芝《竹坡詩話》）

杜牧之《華清宫》詩云：「雨露偏金穴，乾坤入醉鄉。」許彦周謂「如此天下焉得不亂」。蓋以明皇寵幸妃族，賞賚無極，君臣終日酣宴，所以兆漁陽之變耳。（闕名《碧湖雜記》）

【數目】駱賓王好用數目作對，人呼爲「算博士」。杜牧之《華清宫》詩：「一千年際會，八百里農桑。」《洛中送人東遊》詩：「四百年炎漢，三十代宗周。二三里遺堵，八九所高丘。」又有「漢宫一百四十五」，「南朝四百八十寺」，「三十六宫秋夜深」，「二十四橋明月夜」，「故鄉七十五長亭」諸句，殆踵義烏而起者歟。（宋長白《柳亭詩話》卷三）

長安雜題長句六首①

其一

觚稜金碧照山高②，萬國珪璋捧赭袍③。舐筆和鉛欺賈、馬④，贊功論道鄙蕭、曹⑤。東南樓日珠簾卷⑥，西北天宛玉厄豪⑦。詩曰「鞗革金厄」，蓋小環。四海一家無一事，將軍攜鏡泣霜毛。

【注　釋】

①《杜牧年譜》謂「詩有『誰識大君謙讓德』句。原注：『聖主不受徽號。』馮集梧《樊川詩集注》曰：『《唐會要》：文宗大和七年十二月，宰臣王涯等請册徽號，不許；開成二年二月，宰臣鄭覃等頻表請，上固謙抑，不允；宣宗大中三年十二月，群臣以河湟既復，請加徽號，上深執謙讓，三表不許。此云不受徽號，未知是文是宣，然六詩以「四海一家無一事」起，而以「一毫名利鬬蠹蟆」結之，其爲收復河湟後作歟？』按馮説是也。大和七年、開成二年，杜牧均不在京都，大中三、四年

間則在京都，四年秋始出守湖州，觀詩中語似春日所作，故定爲大中四年」。據此，此六詩作於大中四年（八五〇）春。

②觚稜：殿堂屋角成方角稜瓣形瓦脊。此處代指宫殿。

③萬國句：珪璋，玉製禮器，朝聘所執。周朝諸侯朝王執珪，朝后執璋。珪上圓或尖，下方。璋形制如珪之上端斜削去一角。赭袍，皇帝所穿紅袍。

④舐筆和鉛句：鉛，用來寫字之鉛粉。賈馬，賈誼、司馬相如，皆爲漢代著名辭賦家。賈誼，傳見《史記》卷八四、《漢書》卷四八。司馬相如，傳見《史記》卷一一七、《漢書》卷五七。

⑤蕭曹：蕭何、曹參，兩人均爲西漢名相。蕭何，傳見《史記》卷五三、《漢書》卷三九。曹參，傳見《史記》卷五四、《漢書》卷三九。

⑥東南樓日句：《陌上桑》：「日出東南隅，照我秦氏樓。秦氏有好女，自名爲羅敷。」此句化用其意。

⑦西北句：天宛，指西域大宛國所産天馬。《史記·大宛列傳》：「大宛在匈奴西南，……多善馬，馬汗血，其先天馬子也。」厄，車轅前端駕在馬頸上之横木。

【集　評】

高古奥逸主：……入室六人：李賀……，杜牧：「煙着樹姿嬌，雨餘山態活。」「四海一家無一事，將軍攜劍泣霜毛。」「山密斜陽多，人稀芳草遠。」「仙掌月明孤影過，長門燈暗幾聲來。」（張爲《詩人主客圖》）

其二

晴雲似絮惹低空〔一〕，紫陌微微弄袖風。韓嫣金丸莎覆緑①，許公韉汗杏黏紅②。煙生窈窕深東第③，輪撼流蘇下北宮④。自笑苦無樓護智⑤，可憐鉛槧竟何功⑥。

【校勘記】

〔一〕「似」，《全唐詩》卷五二一校：「一作如。」

【注　釋】

①韓嫣句：韓嫣，漢代人，爲漢武帝幸臣。傳見《史記》卷一二五、《漢書》卷九三。《西京雜記》卷四記：「韓嫣好彈，常以金爲丸，所失者，日有十餘，長安爲之語曰：『苦饑寒，逐金丸。』」

②許公韉汗句：許公，北周宇文述，封許國公。傳見《隋書》卷六一、《北史》卷七九。韉，馬鞍。馮注：「原注：《北史》：宇文述封許國公，製馬韉，于後角上缺方三寸，以露白色，時謂許公缺勢。」

③煙生窈窕句：窈窕，幽遠深邃貌。東第，帝城東之府第，指王侯府第。《史記·司馬相如傳》：「位爲通侯，居列東第。」《索隱》：「列甲第在帝城東，故云東第也。」

④輪撼流蘇句：流蘇，五彩絲條。爲車馬、帷帳等之垂飾。馮注：「《海録碎事》：盤綫繪繡之毬，五綵錯爲之，同心而下垂者曰流蘇。」北宫，又名桂宫，因在未央宫之北，故稱。乃貴族王公遊玩之所。舊址在今西安西北。馮注：「《後漢書·劉盆子傳》：赤眉復入長安，止桂宫。《注》：《長安記》曰：桂宫在未央宫北，亦曰北宫。」

⑤自笑句：《漢書·樓護傳》：「樓護字君卿，齊人。……是時王氏方盛，賓客滿門，五侯兄弟爭名，其客各有所厚，不得左右，唯護盡入其門，咸得其驩心。結士大夫，無所不傾，其交長者，尤見親而敬，衆以是服。爲人短小精辯，論議常依名節，聽之者皆竦。與谷永俱爲五侯上客。長安號曰『谷子雲筆札，樓君卿脣舌』。言其見信用也。」

⑥可憐鉛槧句：鉛槧，鉛粉筆和木牘，古人書寫用工具。漢代揚雄不善逢迎巴結，唯喜研究學問，「常懷鉛提槧，從諸計吏訪殊方絶域四方之語，以爲裨補」，後撰成《方言》一書。事見《西京雜記》卷三。

【集　評】

《長安雜題》（晴雲如絮惹低空）：一、二言長安「晴雲」、「紫陌」，景色美麗，正可爲富貴家行樂之場。三、四皆承寫行樂處也。五寫第宅之盛，六寫輪輿之美，自足動人之爭趨奔赴。七、八一結，言外有矯然獨立，不爲風染之意。（朱三錫《東喦草堂評訂唐詩鼓吹》卷六）

《長安雜題六首選三》（晴雲似絮惹低空）：琢者難爲高，此得不卑。（王夫之《唐詩評選》卷三）

《長安雜題》（晴雲如絮惹低空）：「樓護」謂不能從容于牛李之間也。（何焯《評注唐詩鼓吹》卷六）

【長安雜題長句第二首】「韓嫣」四句，言勳戚豪家之盛。末二句，言不遊權貴之門也。（曾國藩《求闕齋讀書録》卷九）

其三

雨晴九陌鋪江練①，嵐嫩千峰疊海濤。南苑草芳眠錦雉②，夾城雲暖下霓旄③。少年羈絡青紋玉〔一〕④，遊女花簪紫蔕桃⑤。江碧柳深人盡醉⑥，一瓢顔巷日空高⑦。

【校勘記】

〔一〕「紋」，《全唐詩》卷五二一校：「一作文。」夾注本作「青文玉」。

【注　釋】

①雨晴九陌句：九陌，指京師大路。鋪江練，謝朓詩有「澄江静如練」句。此句化用其意。

②南苑：見《杜秋娘詩》注⑳。

③夾城句：夾城，見《杜秋娘詩》注⑲。霓旍，即霓旌，皇帝儀仗。將羽毛染成五彩，綴縷爲旌，形似虹霓。

④羈絡：馬籠頭。

⑤紫蔕桃：馮注：「《西京雜記》：漢武初，修上林苑，群臣各獻果，有紫文桃。」

⑥江碧柳深句：江，指長安城東南之曲江池。《劇談録》卷下《曲江》：「曲江池，……其南有紫雲樓、芙蓉苑，其西有杏園、慈恩寺。……入夏，則菰蒲蔥翠，柳陰四合，碧波紅蕖，湛然可愛。好事者賞芳辰，玩清景，聯騎攜觴，亹亹不絶。」

⑦一瓢顔巷：顔巷，顔回所居之窮巷。孔子稱讚其弟子顔回云：「一簞食，一瓢飲，在陋巷，人不堪其憂，回也不改其樂。賢哉回也！」事見《論語·雍也》。

【集　評】

《長安雜題》（雨晴九陌鋪江練）：一、二言長安何等勝地。三、四言長安何等良辰。五寫及少

年，六又寫及遊女，深譏如此都會之地，風俗淫亂，却渾而不露。七、八即人醉我醒之意。（朱三錫《東嵒草堂評訂唐詩鼓吹》卷六）

雨晴九陌鋪江練：琢處見情，率處見真。（王夫之《唐詩評選》卷三）

杜長律亦極有佳句，如「深秋簾幕千家雨，落日樓臺一笛風」、「蒲根水暖雁初浴，梅徑香寒蜂未知」、「千里暮山重疊翠，一溪寒水淺深清」。又「江碧柳青人盡醉，一瓢顏巷日空高」，俱灑落可誦。至《西江懷古》「千秋釣艇歌明月，萬里沙鷗弄夕陽」，尤有江天浩蕩之景。（賀裳《載酒園詩話又編·杜牧》）

【長安雜題長句第三首】此首言方春景物之麗，士女冶游之盛，而已甘陋巷寂寞也。（曾國藩《求闕齋讀書録》卷九）

其四

束帶謬趨文石陛①，有章曾拜皂囊封②。期嚴無奈睡留癖，勢窘猶爲酒泥慵③。偷釣侯家池上雨，醉吟隋寺日沉鐘④。九原可作吾誰與⑤？師友琅琊邴曼容⑥。

【注　釋】

① 束帶句：文石陛，宫殿中用文石砌成之臺階。夾注：「《論語》：子曰：赤也，束帶立於朝，可使

與賓客言也。」

②皂囊：黑色袋子。漢制，群臣所上章表，如事涉秘密，則封以皂囊。夾注：「《後漢・蔡邕傳》：詔曰：其對經術以皂囊封上。《注》：《漢官儀》曰：凡章表皆啓封，其言密事，得皂囊也。」

③酒泥慵：酒醉慵懶。

④隋寺：見《獨酌》詩注②。

⑤九原句：九原，山名。在山西新絳縣北，晉卿大夫墓地多在此，後以泛指墓地。作，起，復生。《禮記・檀弓下》：「趙文子與叔譽遊觀乎九原。文子曰：『死者如可作也，吾誰與歸？』叔譽曰：『其陽處父乎！』」

⑥邴曼容：漢琅玡（治所在今山東諸城）人，邴漢兄子。養志自修，爲官俸禄超過六百石，即自行去職。傳見《漢書》卷七二。《漢書・龔勝傳》：「琅邪邴漢亦以清行徵用，……漢兄子曼容亦養志自修，爲官不肯過六百石，輒自免去，其名過出於漢。」

【集　評】

【長安雜題長句第四首】「期嚴」四句，自言疏慵不宜於從公，有嵇康七不堪之意。（曾國藩《求闕齋讀書録》卷九）

其五

洪河清渭天池濬①，太白、終南地軸横②。祥雲輝映漢宫紫③，春光繡畫秦川明④。草妬佳人鈿朵色，風迴公子玉銜聲。六飛南幸芙蓉苑⑤，十里飄香入夾城⑥。

【注釋】

①洪河清渭句：洪河，大河，指黄河。清渭，指渭水。濬，水深。馮注：「《唐六典》：渭水出渭州，歷秦、隴、岐、京兆、同、華六州，入於河。《後漢書·班固傳》：帶以洪河、涇、渭之川。《梁書·元帝紀》：濁河清渭，佳氣猶存。《列子》：終髮北之北，有溟海者，天池也。」

②太白終南句：太白，山名，即陝西秦嶺（南山）主峰，在今太白縣東南。峰險陡峭，常年積雪，望之皓然而名。《水經·渭水注》：太白山「在武功縣南，去長安二百里。不知其高幾何。俗云：武功太白，去天三百。」終南，山名，又名南山、中南山、太一山，在陝西西安市南。屬秦嶺山脈，東西走向。地軸横，夾注：「《海賦》：又似地軸挺拔而爭迴。《注》：《河圖括地象》曰：地下有四柱，廣十萬里，有三千六百軸。」

③祥雲輝映句：《舊唐書·宣宗紀》：「（大中三年）六月癸未，五色雲見于京師。」

④秦川：自大散關以北至岐雍，夾渭川南北岸，因秦之故國，故稱秦川。約包括今陝西、甘肅兩省之地。

⑤六飛句：六飛，六馬，指皇帝車駕。芙蓉苑，即芙蓉園，唐長安名勝地，在長安曲江西南，園内有芙蓉池。

⑥十里飄香句：馮注：「《長安志圖》：夾城，玄宗以隆慶坊爲興慶宫，附外郭爲複道，自大明宫潛通此宫及曲江芙蓉園；又十宅皇子，令中官押之于夾城起居西外郭廡後。宣宗于夾城南頭開便門，自芙蓉園北入青龍寺，俗號新開門。杜牧之詩：六飛南幸芙蓉苑，十里飄香入夾城，謂此。」

【集　評】

《長安雜題》（洪河清渭天地濬）：詩人於四方風土，皆能言之。至於長安、洛陽、鄴都、金陵帝王建都之地，則多見於懷古之作，而述今者少。牧之長安六詩，於五詩之末各寓閑中自靜之意。獨此詩前誇形勢，後叙侈麗，亦足以形容天府之盛，故取之。五詩内，如「韓嫣金丸莎覆緑，許公韉汗杏粧紅」、「投釣謝家池正雨，醉吟隋寺日沉鐘」、「白鹿原頭回獵騎，紫雲樓下醉江花」。又《街西長句》云：「遊騎偶同人鬭酒，名園相倚杏交花」，皆豔冶而不流。當其時，郊、島、元、白下世之後，張祜、趙嘏諸人皆不及牧之，蓋頗能用老杜句律自爲翹楚，不卑卑於晚唐之酸楚湊砌也。（方回《瀛奎律髓》卷四「風土類」）

《長安雜題》（洪河清渭天地濬）：一寫長安如此水，二寫長安如此山，三、四寫長安如此宮闕，五寫長安之佳麗，六寫長安之遊俠，七、八直寫到御苑、夾城。「六飛南幸」、「十里聞香」，如此流風遺俗，誰實倡之？言外有托諷意。（朱三錫《東喦草堂評訂唐詩鼓吹》卷六）

（洪河清渭天地濬）：岱岳披雲，洞庭侵月，末章偏不及感遇意，《國風》往往有此。（王夫之《唐詩評選》卷四）

其六

豐貂長組金、張輩①，駟馬文衣許、史家②。白鹿原頭迴獵騎③，紫雲樓下醉江花④。九重樹影連清漢，萬壽山光學翠華⑤。誰識大君謙讓德⑥，聖上不受徽號。一毫名利鬬蠅蟆。

【注　釋】

① 豐貂句：豐貂，寬大之貂鼠皮衣。組，綬帶。金、張，指漢代金日磾、張安世。金日磾家自武帝至平帝，其家七世爲内侍。《漢書·張安世傳》：「功臣之世，唯有金氏、張氏，親近寵貴，比于外戚。」

②駙馬文衣句：駙馬，駙馬高車，高官顯貴所乘坐。文衣，彩色繡衣。許史，指漢宣帝許皇后父許伯及漢宣帝外家史高，均爲漢代著名貴戚。馮注：「《漢書・王商等傳贊》：自宣元成哀，外戚興者，許史三王丁傅之家，皆重侯累將，窮貴極富。」

③白鹿原：地名，即霸上，在陝西藍田縣西，灞水行經原上。相傳周平王時有白鹿出此，故名。馮注：「《元和郡縣志》：萬年縣白鹿原，在縣東二十里。」

④紫雲樓：唐代長安曲江畔樓名。據《舊唐書・鄭注傳》，樓乃唐文宗時左右神策軍所建。

⑤萬壽山光句：萬壽山，山名，在長安。翠華，用翠羽飾於旗杆頂上之旗，乃皇帝儀仗。夾注：「《南都賦》：望翠華之葳。《注》：翠華，蓋也。」

⑥大君句：大君，謂天子，此指宣宗。大中三年十二月，以河湟收復，百官請加徽號，宣宗謙讓不許。事見《舊唐書・宣宗紀》。

河　湟①

元載相公曾借箸②，憲宗皇帝亦留神③。旋見衣冠就東市④，忽遺弓劍不西巡⑤。牧羊驅馬雖戎服⑥，白髮丹心盡漢臣⑦。唯有《涼州》歌舞曲⑧，流傳天下樂閑人。

【注　釋】

①河湟：今甘肅、青海湟水、黄河流域，即河西、隴右一帶地區稱河湟。當時爲吐蕃所侵佔。

②元載句：借箸，借用筷子代爲籌畫。漢謀臣張良曾借箸爲劉邦籌畫。《史記·留侯世家》：「漢王方食，……張良對曰：『臣請藉前箸爲大王籌之。』」元載，唐代宗時宰相，曾任西州刺史，熟悉河西、隴右山川形勢。大曆八年曾向代宗獻策防禦吐蕃，並獻上地圖，但爲田神功所阻，終未實行。事見《舊唐書》卷一一八、《新唐書》卷一四五《元載傳》。

③憲宗皇帝句：唐憲宗曾看天下地圖，見河湟爲吐蕃所據，想收復它，但終未實現。馮注：「《唐書·吐蕃傳》：憲宗常覽天下圖，見河湟舊封，赫然思經略之，未暇也。」

③旋見衣冠句：東市，漢長安市名，亦爲處決犯人之處。漢景帝時，「吴楚七國果反，以誅錯爲名。……上令鼂錯衣朝衣，斬東市。」事見《漢書》卷四九《鼂錯傳》。此借指元載於大曆十二年因罪入獄，下詔賜自盡事。馮注：「《唐書·元載傳》：大曆十二年三月，帝遣左金吾大將軍吴湊，收載下獄，下詔賜自盡。」

⑤遺弓劍：婉言帝王之死。傳説黄帝乘龍上天，墮其弓；又云黄帝橋山墓中，惟存劍履。見《史記·封禪書》及《五帝本紀·正義》。又《水經注·河水篇》：「陽周縣橋山上有黄帝塚，帝崩，惟弓劍存焉，故世稱黄帝仙矣。」此指憲宗去世。

⑥牧羊驅馬句：牧羊驅馬，指河湟地區牧羊放馬之百姓。戎服，異族服裝。

⑦白髮丹心句：蘇武出使匈奴，被留十九年，杖漢節牧羊，「及還，鬚髮盡白」。事見《漢書》卷五四本傳。此句謂河湟百姓仍忠於李唐皇朝。馮注：「《唐書·吐蕃傳》：沙州人皆胡服臣虜，每歲時祀父祖，衣中國之服，號慟而藏之。《沈下賢集》：自翰海以東凡五十六郡、六鎮、十五軍，皆唐人子孫，生爲戎服奴婢者，田牧耕作，或叢居城落之間，或散處野澤之中。及霜露既降，以爲歲時，必東望啼噓，其感故國之思如此。」

⑧《涼州》：涼州，本爲州名，州治在今甘肅武威。開元、天寶間樂曲有《涼州》、《涼州破》等，均因地爲名。此指《涼州曲》。《新唐書·禮樂志》：「天寶樂曲皆以邊地名，若《涼州》、《伊州》、《甘州》之類。」

【集評】

杜牧之《河湟》詩云：「元載相公曾借箸，憲宗皇帝亦留神。」一聯甚陋。唐人多如此。或作云：「唯老杜詩不類此格。」僕云：「『還轉五州防禦使，起居八座太夫人。』不免如小杜。」子蒼云：「此語不佳。杜律詩中雖有一律驚人，人不能到，亦有可到者。」僕云：「如《蜀相》詩第二聯，人亦能到。」子蒼云：「第三聯最佳。『四更山吐夜，殘月水明樓』，此一聯後，餘者便到了。」又舉「三峽星河影動摇」一聯，僕云：「下句勝上句。」子蒼云：「如此者極多。小杜《河湟》一篇第二聯『旋見衣冠就東市，忽遺弓劍不西巡』，極佳，爲『借箸』一聯累耳。」（吴可《藏海詩話》）

【元載韓侂胄】杜牧之《河湟》詩曰：「元載相公曾下筯，憲宗皇帝亦留神。旋見衣冠就東市，忽遺弓劍不西巡。」觀此，則載曾謀復河湟，史亦不言其事。愚謂元載欲復河湟，韓侂胄欲伐金虜，近日夏言欲取河套，其事則是，其時則非，其人尤非也。力小任重，鮮不仆，信哉！況三人者，取死之罪多矣，一節烏足掩之。（楊慎《升菴詩話》卷二）

許七侍御棄官東歸瀟灑江南頗聞自適高秋企望題詩寄贈十韻①

天子繡衣吏②，東吴美退居③。有園同庾信④，避事學相如⑤。蘭畹晴香嫩〔一〕，筠溪翠影疎。江山九秋後〔二〕⑥，風月六朝餘⑦。錦肆開詩軸〔三〕，青囊結道書⑧。霜巖紅薜荔⑨，露沼白芙蕖⑩。睡雨高梧密，棋燈小閣虚。凍醪元亮秫⑪，寒鱠季鷹魚⑫。塵意迷今古，雲情識卷舒⑬。他年雪中棹⑭，陽羨訪吾廬⑮。於義興縣，近有水榭。

【校勘記】

〔一〕「晴香」，夾注本作「清香」。

〔二〕「山」，《文苑英華》卷二六一作「上」。馮注本校：「一作上。」

〔三〕「肆」，《全唐詩》卷五二一作「帙」，下校：「一作笥，一作肆。」馮注本校：「一作帙，又作笥。」

【注釋】

①許七侍御：即許渾，字用晦，一作仲晦，行七。祖籍安州安陸（今屬湖北），寓居潤州丹陽（今屬江蘇），遂爲丹陽人。大和六年登進士第，後任當塗、太平縣令，轉監察御史。大中三年辭官東歸，起爲潤州司馬。歷虞部員外郎，睦、郢二州刺史。事跡見胡宗愈《唐許用晦先生傳》、辛文房《唐才子傳》卷七、清刊《潤州許氏宗譜》等。侍御，即監察御史之别稱。許渾《烏絲欄》詩題記云：「大中三年，守監察御史，抱疾不任朝謁，堅乞東歸。明年少閑，端居多暇，……聊用自適。」又其《梁秀才以早春旅次大梁，將歸郊扉，言懷兼别示，亦蒙見贈，凡二十韻，走筆依韻》詩於「京口接漳濱」句下自注：「某自監察御史謝病歸家，蒙除潤州司馬。」據此，大中三年許渾東歸潤州後至四年尚自適於潤州，不久即除潤州司馬。任司馬即不能有此詩之「東吴美退居。有園同庾信，避事學相如。……睡雨高梧密，棋燈小閣虚。凍醪元亮秫，寒鱠季鷹魚」矣，且詩有「江山九秋後，

風月六朝餘」句，詩乃深秋作。故此詩乃作於大中三年（八四九）深秋。

②繡衣吏：指監察御史許渾。《漢書·百官公卿表》：「侍御史有繡衣直指，出討奸猾，治大獄。」漢武帝時，民間起事者衆，御史中丞督捕猶不能平息，因派光禄大夫范昆諸輔都尉及故九卿張德等衣繡衣，持斧仗節，興兵鎮壓，號直指使者。繡衣直指本由侍御使擔任，故又稱繡衣御史。

③東吳句：此指許渾潤州丹陽隱居之處。因地屬三國東吳，故稱。

④庾信：庾信撰《小園賦》云：「余有數畝敝廬，寂寞人外。」庾信，字子山，南陽新野（今屬河南）人。初仕南朝梁，奉使西魏，被留。西魏亡，仕北周，官至驃騎大將軍，開府儀同三司。有《庾子山集》。傳見《周書》卷四一、《北史》卷八三。

⑤避事句：相如，即漢代辭賦家司馬相如。傳見《史記》卷一一七、《漢書》卷五七。《漢書·嚴助傳》：「（司馬）相如常稱疾避事。」

⑥九秋：秋季九十天。此指深秋。《初學記》三梁元帝《纂要》：「秋……亦曰三秋、九秋。」馮注：「《太平御覽》：《陰陽五行曆》曰：一時爲三月，一月爲一秋，三月爲三秋；又一月爲三秋，故三月有九秋之名也。」張衡《南都賦》：「結九秋之增傷。」

⑦六朝：三國吳、東晉、宋、齊、梁、陳均建都於金陵，史稱南朝，亦稱六朝。

⑧青囊：方士盛書之囊。《晉書·郭璞傳》：「好古文奇字，妙於陰陽曆算。有郭公者，客居河東，

精于卜筮。璞從之受業。公以青囊中書九卷與之，由是遂洞五行、天文、卜筮之術。」

⑨薜荔：馮注：「《楚辭・注》：薜荔，香草也，緣木而生。《本草拾遺》：薜荔，枝葉繁茂，葉長二三寸。」

⑩白芙蕖：芙蕖，荷花之别稱。《爾雅・釋草》：「荷，芙蕖，……其華菡萏。」夾注：「《爾雅》：荷，芙蕖。《注》：江東呼荷華爲芙蕖。」馮注：「《本草綱目》：花有紅白粉紅三色。」

⑪凍醪句：醪，濁酒。凍醪，冬天釀造，春天飲用之酒。元亮，晉陶淵明字元亮。秫，稷之黏者。蕭統《陶淵明傳》謂其爲彭澤令，「公田悉令吏種秫」，以釀酒。

⑫寒鱠句：季鷹，晉張翰字，曾任齊王東曹掾。在洛陽爲官，「因見秋風起，乃思吴中菰菜、蓴羹、鱸魚膾，曰：『人生貴得適志，何能羈宦數千里以要名爵乎！』遂命駕而歸。」事見《晉書》卷九二本傳。

⑬雲情句：馮注：「《關尹子》：雲之卷舒，禽之飛翔，皆在虚空中，所以變化不窮，聖人之道則然。」

⑭雪中棹：棹，划船用具，此代指船。晉「王子猷居山陰，夜大雪，……忽憶戴安道。時戴在剡，即便夜乘小船就之。經宿方至，造門不前而返。人問其故，王曰：『吾本乘興而行，興盡而返，何必見戴！』」事見《世説新語・任誕》。

⑮陽羡：秦縣名，唐爲常州義興縣，治所在今江蘇宜興。倪瓚《荆谿圖序》：「蘇子瞻曰：唐杜牧之

構水榭於谿旁，至今歷歷可考。」

【集評】

【唐人句法·懷古】江山九秋後，風月六朝餘。杜牧《企望》。（魏慶之《詩人玉屑》卷三）

李給事二首〔一〕①

一章緘拜皂囊中〔二〕②，慄慄朝廷有古風〔三〕。元禮去歸緱氏學〔四〕③，李膺退罷，歸緱氏教授生徒，給事論鄭注，告滿歸潁陽。江充來見犬臺宮④。鄭注對於浴室。紛紜白晝驚千古，鈇鑕朱殷幾一空〔五〕⑤。曲突徙薪人不會⑥，海邊今作釣魚翁⑦。

【校勘記】

〔一〕夾注本「李給事」下有「詩」字。

〔二〕「拜」，《全唐詩》卷五二一、馮注本校：「一作報。」「中」，《文苑英華》卷二六一作「封」，又校：「集作中。」

〔三〕「慄慄」，《文苑英華》卷二六一作「懍懍」，下校：「集作慄慄。」

〔四〕「緱」，《文苑英華》卷二六一作「綸」，注中「緱」字亦作「綸」。《全唐詩》卷五二一、馮注本校：「一作綸。」

〔五〕「鈇鑕」，《文苑英華》卷二六一作「鐵鎖」。《全唐詩》卷五二一、馮注本校：「一作鐵鎖。」

【注　釋】

①李給事：給事，給事中，唐門下省官，正五品上。掌陪侍左右，分判門下省事。李給事，即李中敏，字藏之。元和中擢進士第，曾任沈傳師江西幕府判官，與杜牧、李甘友善。遷侍御史、司門員外郎。大和六年大旱，曾上言請斬鄭注，文宗不納，遂以病告歸潁陽。後遷給事中，又痛恨宦官仇士良專權，復棄官。傳見《舊唐書》卷一七一、《新唐書》卷一一八。郭文鎬《杜牧詩文小札》（《人文雜誌》一九八九年第五期）考本詩作年謂「裴夷直有《寄婺州李給事二首》贈中敏，其二云：『瘴鬼翻能念直心，五年相遇不相侵。目前唯有思君病，無底滄海未是深。』據《舊紀》，開成五年八月，夷直貶杭州刺史，與中敏先後離朝；會昌元年三月，夷直再貶驩州司户，驩州屬安南，故詩中有瘴鬼之謂。詩言其至驩州五年未受瘴氣侵害，則詩作於會昌五年。詩其一：『心盡王皇恩已遠，跡留江郡宦應孤。不知壯氣今如何，猶得凌雲貫日無。』婺州境有東陽江，故詩稱『江郡』，又謂中敏

『跡留』、『宦應孤』，可證會昌五年中敏守婺。」又謂「牧《李給事二首》謂中敏『海邊今作釣魚翁』，婺州在浙東，近海，詩作於中敏刺婺時。」亦即作於會昌五年（八四五）時。

② 一章句：指李中敏大和六年大旱時，上言請斬鄭注，以快被冤屈致死之宰相宋申錫之魂事。《舊唐書·李中敏傳》：「大和中，爲司門員外郎。六年夏旱。……上以久旱，詔求致雨之方。中敏上言曰：『仍歲大旱，非聖德不至，直以宋申錫之冤濫，鄭注之姦弊。今致雨之方，莫若斬鄭注而雪申錫。』士大夫皆危之，疏留中不下。明年，中敏謝病歸洛陽。」皂囊，見《長安雜題長句六首》之四注②。

③ 元禮句：元禮，東漢李膺字，潁川綸氏人。傳見《後漢書》卷六七。緱氏，應作綸氏。馮集梧注：「按：緱氏，《英華》作綸氏，彭叔夏《辨正》云：李膺本潁川人，綸氏屬潁川，膺免官歸潁川，教授常千人，而集誤作緱氏。」

④ 江充句：江充，西漢人，字次倩，趙國邯鄲人。「初，充召見犬臺宮，自請願以所常被服冠見上。」後得武帝寵倖，謂武帝疾乃巫蠱作祟，爲使窮治之，坐死者數萬人，太子劉據亦爲所誣。事見《漢書》卷四五本傳。此處指鄭注。據《舊唐書·鄭注傳》，注始以藥術遊長安，進藥方一卷，文宗召鄭注對於浴堂門，賜錦采。犬臺宮，西漢長安上林苑中宮名。《三輔黃圖校證》：「在上林苑中，長安城西二十八里。」

⑤紛紜二句：鈇鑕，斧頭與砧板，行刑之具。朱殷，指血。幾一空，指朝中大臣幾乎被殺盡。此二句謂唐文宗大和九年十一月，文宗和鄭注、李訓等人以觀看左金吾舍後石榴樹上之「甘露」爲名，設謀剷除仇士良等宦官。事敗，仇士良挾持文宗，大肆誅殺朝官，宰相王涯、賈餗、舒元輿以及鄭注、李訓等人均被殺，朝堂幾爲一空，史稱「甘露之變」。事見《資治通鑑》卷二四五。

⑥曲突徙薪句：突，煙囱。《漢書·霍光傳》：「人爲徐生上書曰：『臣聞客有過主人者，見其竈直突，傍有積薪，客謂主人，更爲曲突，遠徙其薪，不者且有火患。主人嘿然不應。俄而家果失火，鄰里共救之，幸而得息。於是殺牛置酒，謝其鄰人，灼爛者在於上行，餘各以功次坐，而不録言曲突者。人謂主人曰：「鄉使聽客之言，不費牛酒，終亡火患。今論功而請賓，曲突徙薪亡恩澤，燋頭爛額爲上客耶？」主人乃寤而請之。』」

⑦海邊句：指李中敏上言斬鄭注，「帝不省。中敏以病告滿，歸潁陽」之事。事見《新唐書》卷一一八《李中敏傳》。

【集評】

杜牧之集有《李給事》詩二首，其中有「紛紛白晝驚千古，鐵鑕朱殷幾一空」之句，謂鄭注「甘露」之事也。又有「可憐劉校尉，曾訟石中書」之句，牧之自注云：給事曾忤仇士良。人遂以爲給事者，李石也。余嘗考之，李石雖嘗爲給事，然劾鄭注之事，史所不載。雖載語言忤仇士良，然亦在石拜相之後。石既拜相，則牧之詩題，不應以給事爲稱，其非李石明矣。當時惟有李中敏與牧之厚善，嘗因旱欲乞斬注，以申宋申錫之冤，帝不省，遂以病告歸潁陽。今牧之詩有「元禮去歸緱氏學」之句，牧之自注云：因論鄭注告歸潁陽。又史云：注誅，遷給事。其後仇士良以開府蔭其子，中敏曰：「内謁者安得有子。」士良慚恚，由是復棄官去。由是論之，則是中敏無疑矣。（葛立方《韻語陽秋》卷九）

杜牧《李給事》詩：「元禮退歸綸氏學。」按李膺本潁川人，綸氏屬潁州，膺免官歸綸氏，教授常千人，而集本誤作「緱氏」。（彭叔夏《文苑英華辯證》卷二「事證」）

《樊川集》中有《李給事》詩云：「元禮去歸緱氏學，江充來見犬臺宫。」又云：「可憐劉校尉，曾訟石中書。」李名中敏，嘗論鄭注免歸，又忤仇軍容棄官。二聯可謂善用事。（劉克莊《後村詩話》前集卷一）

余舊喜杜牧《憶李給事》詩云：「元禮去歸緱氏學，江充來見犬臺宫。」妙於用事，緱、犬借對尤工。後讀膺傳，居綸氏，教授千人，非緱氏也。牧豈别有所本耶？（劉克莊《後村詩話》後集卷一）

用事不可着跡，只使影子可也。雖死事亦當活用。楊仲弘：如杜牧《贈李中敏》「元禮退歸綸氏學，江充來見犬臺宫。」中敏嘗論鄭注，以注比江充，以中敏之歸潁陽，比李膺之歸綸氏教授，可謂極切。只爲綸氏恰屬潁陽，反覺死相，必易他地才活。又如趙嘏《雙鶴寄兄》詩：「茅固枕前秋對舞，陸雲溪上夜同鳴。」用三茅君兄弟並乘白鶴，人見鶴在帳中，及機、雲兄弟同遊郊墅聞鶴唳二事也，豈不

的切，然正厭其切耳。（胡震亨《唐音癸籤》卷四「法微」三）

其二

晚髮悶還梳，憶君秋醉餘〔一〕。可憐劉校尉①，曾訟石中書。給事因忤仇軍容，棄官東歸。消長雖殊事，仁賢每見如。因看魯褒論②，何處是吾廬？

【校勘記】

〔一〕「憶」，文津閣本作「意」。

【注釋】

① 可憐句：劉校尉，指漢中壘校尉劉向。此用以指李中敏。石中書，指漢代中書宦官石顯。劉向等「患苦外戚許、史在位放縱，而中書宦官弘恭、石顯弄權」，欲白罷退之。語泄，反爲所譖訴，下獄。事見《漢書》卷三六《劉向傳》。開成五年十一月，宦官仇士良請以開府蔭其子爲千牛，李中敏時爲給事中，判曰：「開府階誠宜蔭子，謁者監何由有兒。」仇惡之，出爲婺州刺史。事見《資治通鑑》卷二一四六。

②因看句：魯褒，字元道，西晉南陽人。傳見《晉書》卷九四。魯褒論，即指其所撰《錢神論》。《晉書》本傳謂褒「好學多聞，以貧素自立。元康之後，綱紀大壞，褒傷時之貪鄙，乃隱姓名，而著《錢神論》以刺之。其略曰：錢之爲體，有乾坤之象，内則其方，外則其圓。其積如山，其流如川。動靜有時，行藏有節，市井便易，不患耗折。難折象壽，不匱象道，故能長久，爲世神寶。……諺曰：『錢無耳，可使鬼。』凡今之人，惟錢而已。」

【集評】

《李給事》：題曰《李給事》，必是贈李給事之作。篇中所引，俱切李給事。但純用賦體，另是一格。（朱三錫《東喦草堂評訂唐詩鼓吹》卷六）

題永崇西平王宅太尉愬院六韻①

天下無雙將，關西第一雄②。授符黄石老③，學劍白猿翁④。矯矯雲長勇⑤，恂恂郤縠風⑥。家呼小太尉，國號大梁公⑦。太尉季弟司徒聽〔一〕，亦封梁國公。半夜龍驤去⑧，中原虎穴空⑨。隴山兵十萬⑩，嗣子握琱弓⑪。今鳳翔李尚書，太尉長子。

【校勘記】

〔一〕「司徒聽」，原作「司徒德」，夾注本作「司徒聽」，且據兩《唐書》所載，李愬弟無名「德」者，而有李聽。今據改。

【注釋】

①永崇：唐長安里坊名，在朱雀街東第三街。此處有李晟住宅。馮注：「《長安志》：朱雀街東第三街永崇坊，司徒兼中書令李晟宅。」西平王，指李晟。德宗時，以平朱泚功，封西平郡王。傳見《舊唐書》卷一三三、《新唐書》卷一五四。太尉，官名，三公之一，正一品。愬，即李愬，李晟之子。憲宗時，以平蔡州吳元濟叛亂功，封涼國公，死後贈太尉。嗣子指李愬之子，即鳳翔李尚書李玭。傳見兩《唐書·李晟傳》附。據馮集梧注，詩中嗣子指李玭。又據吳廷燮《唐方鎮年表》卷一，李玭鎮鳳翔在大中三至四年。故此詩約作於大中三、四年（八四九—八五〇）間。

②關西：函谷關以西。漢代有「關西出將，關東出相」之說。李愬爲洮州（今屬甘肅）人。

③授符：符，兵符、兵書。黄石老，即黄石公。漢代張良在下邳圯上遇見一老父，授其《太公兵法》，並云：「讀此則爲王者師矣。後十年興。十三年孺子見我濟北，穀城山下黄石即我矣。」事見《史記》卷五五《留侯世家》。此句藉以稱讚李愬擅長兵法。

④學劍句：趙曄《吳越春秋》卷九《勾踐陰謀外傳》：「越有處女，出於南林，國人稱善。……越王乃使使聘之，問以劍戟之術。處女將北見於王，道逢一翁，自稱曰袁公。問於處女：『吾聞子善劍，願一見之。』……於是袁公即杖箖箊竹，竹枝上頡橋末墮地。女即捷末，袁公則飛上樹，變爲白猿。」

⑤矯矯句：矯矯，勇武强健貌。《詩·魯頌·泮水》：「矯矯虎臣，在泮獻馘。」雲長，三國時蜀關羽之字。「本字長生，河東解人也。」傳見《三國志》卷三六。《三國志·張飛傳》：「初，飛雄壯威猛，亞于關羽，魏謀臣程昱等咸稱羽、飛萬人之敵也。」馮注：「《華陽國志》：關、張勇冠三軍，俱萬人之敵。」

⑥恂恂句：恂恂，恭順貌。《漢書·李廣傳贊》：「李將軍恂恂如鄙人，口不能出辭。」郤縠，春秋晉人。趙衰推薦郤縠爲元帥，稱其「説（悦）禮樂而敦詩書」。事見《左傳·僖公二十七年》。馮注：「《國語》：公問元帥于趙衰，對曰：郤縠可，行年五十矣，守學彌惇。」

⑦國號句：梁公，當乃涼公之誤。李愬於元和十二年十一月，因平蔡州吳元濟叛亂封涼國公。注中「司徒聽」，原作「司徒德」，當作「司徒聽」；「梁」當作「涼」。李晟十五子，無名德者，僅李聽亦封涼國公。見《新唐書·宰相世系表》。又夾注亦云：李愬「季弟听（慶按，「听」即「聽」之俗字。），字正思，以功封涼國公。卒年六十一，贈司徒。」

⑧半夜句：龍驤，晉朝大將王濬拜龍驤將軍。此借指李愬。去，去世。馮注：《晉書》「《王濬傳》：拜龍驤將軍，平吳後，勳高位重，卒謚曰武。葬柏谷山，大營塋域。杜甫詩：悵望龍驤塋。按，此言愬之薨也。半夜去，暗用《莊子》藏舟於壑，謂之固矣，然而夜半有力者負之而走語。」

⑨虎穴空：虎穴，喻指李晟、李愬宅院。馮注：「按：此言西平宅愬院也。愬真虎將，宅即虎穴。愬薨則似宅空，此醒出題中宅院字，結美其子控邊宣力，世濟厥勳也。」

⑩隴山：山名，在鳳翔節度使所轄隴州境，今陝西隴縣西北。馮注：「《通典》：天水郡有大坂名曰隴坻，亦曰隴山。」

⑪嗣子句：嗣子，指李愬之子，即鳳翔李尚書李玭。琱弓，刻鏤文采之弓。據馮注：「按，新舊《唐書·李愬傳》及《宰相世系表》，俱不言李愬有子。考《舊唐書·宣宗紀》：大中三年，有鳳翔節度使李玭奏收復秦州。李商隱《樊南乙集序》，亦有李玭得秦州之語，牧之又有《寄唐州李玭尚書》詩『累代功勳照世光』云云，其名與西平王諸孫同連玉旁，其時其地其語又皆相合，知玭當即爲愬子也。」

【集評】

【黄白石猿】庾信《宇文盛墓誌銘》云：「受圖黄石，不無師表之心；學劍白猿，遂得風雲之志。」

牧之《題李西平宅》詩云：「受圖黃石老，學劍白猿翁。」亦即舊爲新之一端也。（潘淳《潘子真詩話》）

庾信《馬射賦序》：「落花與芝蓋齊飛，楊柳共春旗一色。」此乃王勃之所祖述也。庾信《宇文盛墓誌》云：「受圖黃石，不無師表之心；學劍白猿，遂得風雲之志。」此乃杜牧之所模仿也。（孔平仲《珩璜新論》卷二）

【授圖黃石老學劍白猿翁】《潘子真詩話》云：「杜牧之《題李西平宅》云：『授圖黃石老，學劍白猿翁。』庾信作《宇文盛墓誌》所謂：『授圖黃石，不無師表；學劍白猿，遂傳風旨。』」然予讀李太白《贈宋中丞》詩云：「白猿懸劍術，黃石借兵符。」則太白亦嘗用之矣。（吳幵《優古堂詩話》）

東兵長句十韻①

上黨爭爲天下脊②，邯鄲四十萬秦坑③。狂童何者欲專地④，聖主無私豈玩兵。玄象森羅搖北落⑤，詩人章句詠東征⑥。雄如馬武皆彈劍⑦，少似終軍亦請纓⑧。屈指廟堂無失策⑨，垂衣堯、舜待昇平⑩。羽林東下雷霆怒⑪，楚甲南來組練明⑫。即墨龍文光照曜⑬，常山蛇陣勢縱横⑭。落鵰都尉萬人敵⑮，黑矟將軍一鳥輕⑯。漸見長圍雲欲合⑰，可憐窮壘帶猶縈⑱。凱歌應是新年唱，便逐春風浩浩聲。

【注　釋】

①東兵：指東征澤潞之兵。長句，七言律詩。《杜牧年譜》謂「此詠討澤潞事也。據《新唐書·武宗紀》，澤潞平在會昌四年八月，此詩有『凱歌應是新年唱，便逐春風浩浩聲』之句，蓋作於會昌三年歲暮，望次年春初澤潞可平也」。此詩作於會昌三年（八四三）冬。是年四月昭義節度使劉從諫卒，其侄劉稹爲留後，抗拒朝命。八月，朝廷徵河中、河陽、太原等五道兵討劉稹，詩即詠此事。

②上黨句：上黨，郡名，即潞州，治所在今山西長治。境内太行山有「天下之脊」之稱，言其形勢險要。馮注：「《河圖括地象》：太行，天下之脊。」

③邯鄲句：邯鄲，戰國趙國國都。趙孝成王四年，趙發兵攻取上黨，駐軍於長平。七年，趙括代廉頗爲將，爲秦兵所圍，括降，趙軍四十餘萬皆爲秦坑殺。事見《史記》卷四三《趙世家》。

④狂童句：狂童，狂妄小子，此指劉稹。專地，意爲獨霸一方。《公羊傳》：「有天子存，則諸侯不得專地也。」《舊唐書·武宗紀》：會昌三年「四月，昭義節度使劉從諫卒，三軍以從諫侄稹爲兵馬留後，上表請授節鉞。尋遣使齎詔潞府，令稹護從諫之喪歸洛陽。稹拒朝旨。」

⑤玄象句：玄象，日月星辰等天象。森羅，森然羅列。北落，星名，在此爲藩落，主非常以候兵。《晉書·天文志上》：「北落師門一星，在羽林西南。北者，宿在北方也；落，天之藩落也；師，衆也；師門，猶軍門也。長安城北門曰北落門，以象此也。主非常以候兵。有星守之，虜入塞中，

兵起。」

⑥詩人章句句：章句，指《詩・東山》。據詩序，此詩詠周公東征。此用以讚頌唐軍征討劉稹。

⑦雄如馬武句：馬武，東漢光武帝時人，勇猛善戰，以功封鄃侯。傳見《後漢書》卷二二。《後漢書・吳漢等傳論》：「臧宫、馬武之徒，撫鳴劍而抵掌，志馳於伊吾之北。」《晉書・張重華傳》：「瞻雲望日，孤憤義傷，彈劍慷慨，中情蘊結。」

⑧少似終軍句：終軍，漢人。《漢書》本傳載：「南越與漢和親，乃遣軍使南越，説其王，欲令入朝，比内諸侯。軍自請：『願受長纓，必羈南越王而致之闕下。』軍遂往説越王，越王聽許，請舉國内屬。」

⑨廟堂：朝廷。其時李德裕爲首相。

⑩垂衣：衣裳下垂，無爲而治。《易・繫辭下》：「黄帝堯舜，垂衣裳而天下治。」

⑪羽林東下句：羽林，羽林軍，禁軍名。此句指武宗派朝廷軍隊征討劉稹事。《舊唐書・武宗紀》：會昌三年五月載：「獨李德裕以爲澤潞内地，前時從諫許襲，已是失斷，自後跋扈難制，規脅朝廷。以稹豎子，不可復踐前車，討之必殄。武宗性雄俊，曰：『吾與德裕同之，保無後悔。』」此後，朝廷即出兵討伐劉稹。

⑫楚甲句：楚甲，楚國軍士。此指討伐劉稹之諸道士兵。《左傳・襄公三年》：「（楚子重）使鄧廖

帥組甲三百、被練三千以侵吳。」組練，即組甲、被練，皆戰士衣甲裝備。夾注：「組甲、被練，皆戰備也。組甲，漆甲成組文，被練，被練之袍。」

⑬即墨龍文句：即墨，戰國時齊邑，在今山東平度縣東南。齊國田單在即墨抵禦燕兵。將千餘頭牛披上畫有龍文之彩衣，束兵刃於其角，而灌脂束葦於尾，點著火，使牛衝擊燕軍。「燕軍夜大驚，牛尾炬火，光明炫耀，燕軍視之皆龍文，所觸盡死傷。」事見《史記》卷八二《田單傳》。

⑭常山蛇陣：古代一種用兵陣法，能使兵陣之首、尾、中互相策應。馮注：「《孫子》：善用兵者，譬如率然，率然者，常山之蛇也。擊其首，則尾至，擊其尾，則首至，擊其中，則首尾俱至。」《晉書·桓温傳》：「初，諸葛亮造八陣圖於魚復平沙之上，壘石爲八行，行相去二丈。温見之，謂『此常山蛇勢也』。文武皆莫能識之。」

⑮落鵰都尉：北齊斛律光打獵時，射下一大雕，人稱「落鵰都尉」。《北齊書·斛律光傳》：「嘗從世宗於洹橋校獵，見一大鳥，雲表飛颺，光引弓射之，正中其頸。此鳥形如車輪，旋轉而下，至地，乃大雕也。世宗取而觀之，深壯異焉。丞相屬邢子高見而歎曰：『此射雕手也。』當時傳號落雕都督。」《三國志·張飛傳》：「初，飛雄壯威猛，亞于關羽，魏謀臣程昱等咸稱羽、飛萬人之敵也。」

⑯黑矟將軍句：矟，即槊。黑矟將軍，北魏于栗磾武藝超群，好用黑矟，魏明帝遂授予其「黑矟將軍」名號。《魏書·于栗磾傳》：「及趙魏平定，太祖置酒高會，謂栗磾曰：『卿即吾之黥彭。』大賜

金帛，進假新安公。……劉裕之伐姚泓也，粟磾慮其北擾，遂築壘於河上，親自守焉。……裕遺粟磾書，……題書曰：『黑矛公麾下。』粟磾以狀表聞，太宗許之，因授黑矛將軍。粟磾好持黑矛以自標，裕望而異之，故有是語。」杜甫《送蔡希魯都尉還隴右》：「身輕一鳥過，槍急萬人呼。」

⑰漸見長圍句：馮注：「《宋書・臧質傳》：築長圍，一夜便合。《北齊書・安德王延宗傳》：周軍圍晉陽，望之如黑雲四合。」

⑱可憐窮壘句：壘，軍營牆壁或防守工事。《禮・曲禮上》：「四郊多壘，此卿大夫之辱也。」《後漢書・張衡傳》：「弦高以牛餼退敵，墨翟以縈帶全城。」

過勤政樓①

千秋佳節名空在〔一〕②，承露絲囊世已無③。唯有紫苔偏稱意〔二〕，年年因雨上金鋪〔三〕④。

【校勘記】

〔一〕「佳」，《文苑英華》卷三一二、《全唐詩》卷五二一作「令」，《文苑英華》下校：「集作佳。」《全唐詩》校：「一作佳。」馮注本校：「一作令。」

〔二〕「稱」，《文苑英華》卷三一二、《全唐詩》卷五二一作「得」，《文苑英華》下校：「集作稱。」《全唐詩》校：「一作稱。」馮注本校：「一作得。」

〔三〕「上」，《文苑英華》卷三一二作「灑」，下校：「集作上。」《全唐詩》卷五二一校：「一作灑。」

【注釋】

①勤政樓：唐長安興慶宫中樓名，開元年間建，全名爲「勤政務本之樓」。爲唐玄宗與群臣商議政事之處。

②千秋節：唐玄宗生日爲八月五日，開元十七年將此日定爲千秋節。

③承露絲囊：以彩絲織成之囊袋，爲唐時節日相贈之禮品。《舊唐書·玄宗紀》：開元十七年八月載：「上以降誕日，讌百僚于花萼樓下。百僚表請以每年八月五日爲千秋節，王公已下獻鏡及承露囊，天下諸州咸令讌樂，休暇三日，仍編爲令，從之。」又《唐會要》卷二九《節日》：「開元十七年八月五日，左丞相源乾曜、右丞相張説等上表，請以是日爲千秋節，著之甲令，布於天下，咸令休假。群臣當以是日進萬壽酒，王公戚里，進金鏡綬帶，士庶以絲結承露囊，更相遺問。」

④年年句：金鋪，門上獸面形銅造環鈕，可以銜環。夾注：「《長門賦》：『擠玉户以撼金鋪。』注：撼，搖也。金鋪，扉上有金花，花中作鈕環以貫鏁。」馮注：「《唐書·禮樂志》：千秋節者，玄宗以

八月五日生，因以其日名節，而君臣共爲荒樂，當時流俗，多傳其事以爲勝，其後巨盜起，陷兩京，自此天下用兵不息，而離宫苑囿，遂爲荒湮。」

【集評】

杜牧之《華萼樓》詩云：「千秋佳節名空在，承露絲囊世已無。唯有紫苔偏稱意，年年因得上金鋪。」「金鋪」出《甘泉賦》，云：「排玉户而颺金鋪。」注云：「金鋪，門首也。言風所至，排門颺鋪，擊鼓鍰鈕。」蓋此樓久無人登，而苔蘚生其門上矣。漢以金盤承露，而唐以絲囊。絲囊可以承露乎？此不可解。（馬永卿《嬾真子》卷二）

【承露絲囊】《嬾真子》：讀杜牧之詩：「千秋佳節名空在，承露絲囊世已無。」謂漢以金盤承露，而唐以絲囊，絲囊可以承露乎？此不可解。僕謂《嬾真子》是未深考。按《華山記》，弘農鄧紹，八月曉入華山，見童子執五綵囊盛柏葉露食之。此事在漢武帝之前，是以武帝于其地造望仙等宫觀。又觀梁文帝《眼明囊賦》序曰：俗之婦人，八月旦多以錦翠珠寶爲眼明囊，因凌晨拭目。唐人千秋節以絲囊承露，亦襲其舊，正八月初故事。（王楙《野客叢書》卷七）

【承露囊】《嬾真子》曰：杜牧之《華萼樓》詩：「千秋佳節名空在，承露絲囊世已無。」漢以金盤承露，而唐以絲囊，絲囊可以承乎？此不可解。（馬永卿《嬾真子》卷二）

吴旦生曰：《述征記》：八月一日作眼明囊，盛取百草頭露洗眼，令眼明也。《續齊諧記》云：弘農鄧紹，嘗以八月旦入華山采藥，見一童子執五綵囊，承柏葉上露，皆如珠滿囊。紹問：「用此何爲？」答曰：「赤松先生取以明目。」言終，便失所在。荆楚歲時至八月十四日，以錦綵爲眼明囊，遞相餉遺。余因考《隋唐嘉話》云：源乾曜、張説以八月初五日明皇生辰，請爲千秋節，百姓祭皆就此日，名爲賽白帝，群臣上萬歲壽，王公戚里進金鏡綬帶，士庶結絲承露囊，更相問遺。則牧之詩蓋紀實也。楊仲弘《早朝》詩：「絲囊已進千秋録，黼座還稱萬壽杯。」用此。（吴景旭《歷代詩話》卷五十二庚集七）

《過勤政樓》：此亦魚藻之意，不爲明皇感歎也。（何焯《唐三體詩》卷二）

題魏文貞〔一〕①

螻蛄寧與雪霜期〔二〕②，賢哲難教俗士知〔三〕。可憐貞觀太平後，天且不留封德彝③。

【校勘記】

〔一〕《文苑英華》卷三〇七、《全唐詩》卷五二一詩題作《過魏文貞公宅》，《全唐詩》又校：「一作題魏文貞。」馮注本校：「一作過魏文貞宅。」

〔二〕「期」，《文苑英華》卷三〇七作「欺」。

〔三〕「賢哲」，《文苑英華》卷三〇七作「賢士」。

【注　釋】

① 魏文貞：即魏徵，字玄成，魏州曲城人。唐太宗時封爲鄭國公，拜太子太師。卒謚文貞。傳見《舊唐書》卷七一、《新唐書》卷九七。

② 蟪蛄：蟬類，生於夏日，生命短暫。《莊子·逍遥遊》：「蟪蛄不知春秋。」

③ 封德彝：唐太宗時宰相，名倫，以字行。傳見《舊唐書》卷六三、《新唐書》卷一〇〇。唐太宗即位之初，與群臣商議國政事，魏徵主張聖哲之治，而封德彝則認爲魏徵施仁政之主張乃書生「好虚論，徒亂國家」。後太宗採用魏徵意見，天下大治。時封德彝已卒，太宗云：「此徵勸我行仁義，即效矣。惜不令封德彝見之！」事見《新唐書》卷九七《魏徵傳》。

早春閣下寓直蕭九舍人亦直内署因寄書懷四韻①

御水初銷凍②，宫花尚怯寒。千峰横紫翠，雙闕凴欄干。玉漏輕風順③，金莖淡日殘④。

王喬在何處？清漢正驂鸞⑤。

【注　釋】

①寓直：值班。蕭九舍人，即蕭寘，時任駕部郎中、知制誥，充翰林學士。舍人，中書舍人，以他官而兼知制誥者亦可稱舍人。蕭寘其時以駕部郎中知制誥，故稱其舍人。內署，指翰林院。據《杜牧年譜》，此詩作於大中六年，蓋此年早春杜牧亦在宮中任考功郎中、知制誥。且詩云「早春」，則作於大中六年（八五二）初春。

②御水：宮中之流水，即御溝。

③玉漏：玉製漏刻計時器。

④金莖：指承露盤之銅柱。夾注：「《三輔故事》：漢武以銅作承露盤，高二十丈。上有仙人掌承露，和玉屑飲之，將以求仙。《西都賦》：抗仙掌與承露，推雙立之金莖。《注》：金莖，銅柱也。」

⑤王喬二句：《列仙传》卷上：「王子喬者，周靈王太子晉也。好吹笙作鳳凰鳴，遊伊洛之間，道士浮丘公接以上嵩高山。三十餘年後，求之於山上，見栢良曰：告我家，七月七日待我於緱氏山巔。至時，果乘白鶴駐山頭，望之不得到，舉手謝時人，數日而去。亦立祠於緱氏山下及嵩高首焉。」驂鸞，乘著鸞鳥遨遊。馮注：「江總詩：謁帝升清漢。江淹《别賦》：駕鶴上漢，驂鸞騰天。」

秋晚與沈十七舍人期遊樊川不至①

邀侶以官解〔一〕②，泛然成獨遊。川光初媚日③，山色正矜秋。野竹疎還密，巖泉咽復流。杜村連潏水④，晚步見垂鉤。

【校勘記】

〔一〕「解」，《全唐詩》卷五二一作「絆」。

【注　釋】

① 沈十七舍人：即沈詢，字誠之，行十七，吳興武康人，吏部侍郎沈傳師之子。會昌元年登進士第，授渭南尉。約大中五年任中書舍人，出爲浙東節度使，仕至户部侍郎、判度支、昭義節度使，後爲家奴與叛將所害。傳見《舊唐書》卷一四九、《新唐書》卷一三二。樊川，水名，在今陝西長安縣南。其地本杜縣之樊鄉。漢樊噲食邑於此，川因以得名。杜牧家有別墅在此。《杜牧年譜》於大中六年謂「杜牧於大中五年冬到京，修治樊川別墅，此詩應是本年作」。今據此訂此詩於大中六

年(八五二)晚秋。

②以官解：因公務而失約。馮注：「《史記·淮南王安傳》：召相，相至，内史以出官爲解。」

③川光句：馮注：「謝脁詩：日華川上動。岑參詩：落日摇川光。」

④杜村：指杜曲一帶村落。潏水，即泬水，發源於西安南秦嶺，分爲二支，一流入渭水，一注入泮水。馮注：「《水經注·渭水篇》：泬水上承皇子陂于樊川，其地即杜之樊鄉也。其水西北流，徑杜縣之杜京西，西北流徑杜伯冢南，又西北徑下杜城，即杜伯國。泬水亦謂爲潏水也。故吕沈曰：潏水出杜陵縣。」

【集　評】

《秋晚與沈十七舍人期遊樊川不至》：「邀侣以官解，泛然成獨遊。」譚云：千古遊山通病。「邀侣」二字，誠不易言。「川光初媚日，山色正矜秋。」鍾云：「矜」字異想無窮。（鍾惺譚元春《唐詩歸》卷三十三「晚唐」一）

【獨往】何遜《示同僚》詩：「在昔愛名山，自知懽獨往。」杜牧《期沈舍人遊樊川不至》詩：「邀侣以官解，泛然成獨遊。」「獨」字妙甚。王季重所謂「滿臉舊選君氣，足未行而肚先走，山水之間着不得」者，即此故也。（宋長白《柳亭詩話》卷二十三）

念昔遊三首〔一〕①

其一

十載飄然繩檢外②，樽前自獻自爲酬。秋山春雨閑吟處，倚遍江南寺寺樓。

【校勘記】

〔一〕詩題原作「念昔遊」，今據夾注本改。

【注釋】

① 王西平、張田《杜牧詩文繫年考辨》（見其《杜牧評傳》）謂「杜牧入仕後的十年，大部分時間是在江南作幕吏，而以宣州時間最長。故三首之二、之三均爲思念宣州遊覽之事。」且詩第三首有「『李白題詩水西寺』，水西寺在宣州涇縣」，故《念昔遊三首》乃作於杜牧開成二年第二次到宣州後。詩有「十載飄然繩檢外」等句，「杜牧於大和二年（公元八二八）入仕，後推十年，恰好是開成

三年（公元八三八），此年，杜牧正在宣州，詩應爲杜牧此年在宣州所作。」所説可參考，故姑訂此詩於開成三年。

②十載句：飄然，悠然自得貌。繩檢，指禮教約束。

其二

雲門寺越州外逢猛雨①，林黑山高雨脚長。曾奉郊宫爲近侍②，分明擭擭先勇切羽林槍③。

【注釋】

①雲門寺：据原注，雲門寺在越州。《輿地紀勝·紹興府》：「雲門山，在會稽南三十一里，……昔王子晉居此，有五色祥雲，詔建寺，號雲門。」馮注：「《梁書·何胤傳》：胤以會稽山多靈異，往游焉，居若邪山雲門寺。《水經注·漸江水篇》：山陰縣南有玉笥、竹林、雲門、天柱精舍，盡泉石之好。」

②曾奉句：奉，侍奉。郊宫，郊廟。近侍，指侍奉於皇帝身邊之官吏。

③擭擭：挺立、直立貌。杜甫《畫鷹》：「擭身思狡兔，側目似愁胡。」

【集　評】

牧又多以竹雨比羽林，《栽竹》詩云：「歷歷羽林影。」又：「竹岡森羽林。」《大雨行》：「萬里横亘羽林槍。」又：「雲林寺外逢猛雨，林黑山高雨脚長。曾奉郊宫爲近侍，分明擭擭羽林槍。」（吴聿《觀林詩話》）

詩人比雨，如絲如膏之類甚多，至爲此恐未盡其形似。《念昔遊》云：「雲門寺外逢猛雨，林黑山高雨脚長。曾奉郊宫爲近侍，分明擭擭羽林槍。」《大雨行》云：「四面崩騰玉京仗，萬里横亘羽林槍。」豈去國淒斷之情，不能忘雞翹豹尾中邪？（葛立方《韻語陽秋》卷三）

其三

李白題詩水西寺①，宣州涇縣。〔一〕古木廻巖樓閣風。半醒半醉遊三日，紅白花開山雨中〔二〕。

【校勘記】

〔一〕「宣州涇縣」，夾注本作「南宣州涇縣」。

〔二〕「山」，《全唐詩》卷五二一、馮注本校：「一作煙。」

【注釋】

①水西寺：在安徽涇縣水西山，即南齊永明中所建崇慶寺。馮注：「李白游水西寄鄭明府詩：天宫水西寺。《輿地紀勝》：涇縣水西寺，去縣三里，下臨賞谿，即涇谿也。林壑深邃，有南齊永明中崇慶寺，俗名水西寺。」又王琦注李白「天宫水西寺」句引《江南通志》云：「有水西寺、水西首寺、天宫水西寺，皆在涇縣西五里之水西山中。天宫水西寺者，本名凌巖寺，南齊永平元年淳于棼舍宅建，上元初改天宫水西寺，大中時重建。宋太平興國間賜名崇慶寺，凡十四院，其最勝者曰華巖院，横跨兩山，廊廡皆閣道，泉流其下。」

【集評】

杜牧之嘗爲宣城幕，遊涇溪水西寺，留二小詩，其一云：「李白題詩水西寺，古木回嵒樓閣風。半醒半醉遊三日，紅白花開山雨中。」此詩今載集中。其一云：「三日去還住，一生焉再遊。含情碧溪水，重上粲公樓。」此詩今榜壁間，而集中不載，乃知前人好句零落多矣。（周紫芝《竹坡詩話》）

今皇帝陛下一詔徵兵不日功集河湟諸郡次第歸降臣獲睹聖功輒獻歌詠〔一〕①

捷書皆應睿謀期〔二〕②，十萬曾無一鏃遺③。漢武慚誇朔方地④，宣王休道太原師〔三〕⑤。
威加塞外寒來早，恩入河源凍合遲⑥。聽取滿城歌舞曲，《涼州》聲韻喜參差〔四〕⑦。

【校勘記】

〔一〕「諸郡」，《文苑英華》卷一六七、夾注本作「關郡」。

〔二〕「睿」，《全唐詩》卷五二一校：「一作運。」

〔三〕「宣王」，《文苑英華》卷一六七、《全唐詩》卷五二一作「周宣」，《全唐詩》又校：「一作宣王。」

〔四〕「喜」，《文苑英華》卷一六七作「遠」，《全唐詩》卷五二一校：「一作遠。」

【注釋】

① 按據《資治通鑑》卷二四八等載：大中三年二月，吐蕃内亂，爲吐蕃所佔之秦、原、安樂三州及石

門等七關人民起義歸唐。六月，涇原節度使康季榮等取原州及石門等六關。七月，安樂州、蕭關、秦州皆爲唐所收復。八月，河隴百姓一千餘人來長安，宣宗登延喜樓接見。百姓歡呼雀躍，脱去胡服，换上漢裝，歡者皆呼「萬歲」。此詩「聽取滿城歌舞曲，《涼州》聲韻喜參差」等與上述情勢合，故《杜牧年譜》即據此編此詩於大中三年（八四九）。

②睿謀：指皇帝明智之謀略。

③無一鏃遺：鏃，箭頭。此句謂毫無損失。

④漢武句：朔方，漢郡名，漢武帝收復爲匈奴所佔河套地區而置。《漢書·武帝紀》載：元朔二年，「匈奴入上谷、漁陽，殺略吏民千餘人。（漢武帝）遣將軍衛青、李息出雲中，至高闕，遂西至符離，獲首虜數千級。收河南地，置朔方、五原郡。」

⑤宣王句：宣王，即周宣王。曾北伐玁狁（即匈奴），至於太原。《詩·小雅·六月》：「薄伐玁狁，至於大原。」玁狁，秦漢時西北部匈奴族。大原，即太原，在今寧夏、甘肅平涼一帶。

⑥河源：指河源軍。置於湟水東，治所在今青海西寧東南。此泛指河湟地區。馮注：「《唐書·地理志》：鄯州鄯城有河源軍。《唐會要》：河源軍置在湟水東，本趙充國亭堠也。」

⑦《涼州》聲韻：《涼州》，見《河湟》詩注⑧。

奉和白相公聖德和平致兹休運歲終功就合詠盛明呈上三相公長句四韻〔一〕①

行看臘破好年光②，萬壽南山對未央③。黠戛可汗脩職貢④，文思天子復河湟⑤。應須日御西巡狩〔二〕，不假星弧北射狼⑥。吉甫裁詩歌盛業⑦，一篇《江漢》美宣王〔三〕⑧。

【校勘記】

〔一〕《文苑英華》卷一六七題無「長句四韻」四字。

〔二〕「御」，《文苑英華》卷一六七、《全唐詩》卷五二一作「馭」。

〔三〕「美」，馮注本校：「一作羨。」

【注　釋】

① 白相公：即宰相白敏中。字用晦，白居易從父弟。大中三年在宰相位。傳見《舊唐書》卷一六六、《新唐書》卷一一九。休，美善，美好。三相公，謂馬植、魏扶、崔鉉，時均在相位。馮注：「《劇

乃當時傳信語也。世人但見唐史所載，遽以傳聞而疑傳信，最不可也。（程大昌《考古編》卷八）

【物産不常】又如荔支，明皇時所謂「一騎紅塵妃子笑」者，謂瀘戎産也，故杜子美有「憶向瀘戎摘荔枝」之句。是時閩品絶未有聞，至今則閩品奇妙香味皆可僕視瀘戎。（羅大經《鶴林玉露》卷四）

《過華清宮》：明皇天寶間，涪州貢荔枝到長安，色香不變，貴妃乃喜。州縣以郵傳疾走稱上意，人馬僵斃，相望於道。「一騎紅塵妃子笑，無人知是荔枝來」，形容走傳之神速如飛，人不見其爲何物也。又見明皇致遠物以悦婦人，窮人之力，絶人之命，有所不顧，如之何不亡。（謝枋得《疊山先生注解章泉澗泉二先生選唐詩》卷三）

《華清宮》：《天寶遺事》云：「貴妃嗜荔枝，當時涪州致貢，以馬遞馳載，七日七夜至京。人馬多斃於路，百姓苦之。」……《疊山詩話》云：「明皇致遠物以悦婦人，窮人力，有所不顧，如之何不亡！」（《詩林廣記》前集卷六「杜牧之」）

《華清宮》（酒幔高樓一百家）蓋譏明皇違時取物，求口體奇巧之奉，以悦婦人。杜牧《華清宮》「一騎紅塵妃子笑，無人知道荔枝來」，亦譏以口腹勞人也。（釋圓至《唐三體詩》卷一）

【荔支詩讖】徽宗於禁苑植荔支，結實以賜燕帥王安中。《御製》詩云：「葆和殿下荔支丹，文武衣冠被百蠻。思與近臣同此味，紅塵飛鞚過燕山。」蓋用樊川「一騎紅塵妃子笑，無人知是荔支來」句意，竟成語讖。（瞿佑《歸田詩話》卷中）

鮑防《雜感》詩曰：「五月荔枝初破顔，朝離象郡夕函關。」此作託諷不露。杜牧之《華清宮》詩

曰：「一騎紅塵妃子笑，無人知是荔枝來。」二絶皆指一事，淺深自見。（謝榛《四溟詩話》卷二）

《題華清宮絶句》（長安廻望繡成堆）：鍾云：可見可想。（鍾惺譚元春《唐詩歸》卷三十三「晚唐」一）

《遯齋閑覽》曰：「杜牧《華清宮》詩：『長安回望繡成堆，山頂千門次第開。一騎紅塵妃子笑，無人知是荔枝來。』尤膾炙人口。據《唐紀》，明皇以十月幸驪山，至春即還宮，是未嘗六月在驪山也。然荔枝盛暑方熟，詞意雖美，而失事實。」此辨甚正。按陳鴻《長恨傳》叙玉妃授方士語曰：「昔天寶十載，侍輦避暑驪山宮。秋七月，牽牛織女相見之夕，秦人風俗，夜張錦繡，陳飲食，樹瓜花，焚香于庭，號爲乞巧，宮掖間尤尚之。時夜殆半，休侍衛于東西廂，獨侍上。上憑肩而立，因仰天感牛女事，密相誓心，願世世爲之夫婦。言畢，執手各嗚咽。」白詩曰：「七月七日長生殿，夜半無人私語時」，正詠其事。長生殿在驪山頂，則暑月未嘗不至華清，牧語未爲無據也。然細推詩意，亦止形容楊氏之專寵，固不沾沾求覈。正如義山「夜來江令醉，别詔宿臨春」，致堯則曰：「密旨不教江令醉，麗華含笑認皇慈」，蓋總以寫倖臣狎客之態，惟在得其神情，原不拘于醉不醉，真所謂「淡妝濃抹總相宜」也，無容膠執耳。（賀裳《載酒園詩話》卷一考證）

【荔枝來】《遯齋閑覽》曰：杜牧《華清宮》詩：「長安廻望繡成堆，山頂千門次第開。一騎紅塵妃子笑，無人知是荔枝來。」明皇以十月幸驪山，至春即還宮，荔枝六月方熟，詞雖美而非實事。……余謂長至元旦，諸大朝會俱在正衙，必無行宮度歲之理。况有春寒賜浴華清池之事，安知六月不復遊

驪山乎。程大昌《雍録》云：「十月往歲盡還宫。」此亦一證。（宋長白《柳亭詩話》卷二十六）

詩乃一念所得，于一念中，唐、宋體有相參處，何況初、盛、中、晚而能必無相似耶？如杜牧之《華清宫》詩「霓裳一曲千峰上，舞破中原始下來」。語無含蓄，即同宋詩。又云：「一騎紅塵妃子笑，無人知是荔枝來。」語有含蓄，却是唐詩。宋人乃曰：「明皇常以十月幸驪山，至春還宫，未曾過夏。」此與譏薛王、壽王同席者，一等村夫子。（吴喬《圍爐詩話》卷三）

《新唐書·楊貴妃傳》：「妃嗜荔枝，必欲生致之。乃置騎傳送，走數千里，味未變，已至京師。」杜牧之詩所云：「一騎紅塵妃子笑，無人知是荔枝來」者也。人遂傳貢荔枝自此始，不知非也。《後漢書·和帝紀》云：臨武長汝南唐羌上書云：「舊南海獻龍眼荔枝，十里一置，五里一候，奔騰阻險，死者繼路」云云，帝遂下詔敕大官勿復受獻，由是遂省焉。謝承《後漢書》所載亦同。是荔枝之貢，東漢初已然，不自唐始，亦不自貴妃始也。（洪亮吉《北江詩話》卷二）

其二

新豐緑樹起黄埃①，數騎漁陽探使迴②。帝使中使輔璆琳探禄山反否，璆琳受禄山金，言禄山不反。《霓裳》一曲千峰上，舞破中原始下來。

【注　釋】

①新豐：漢縣名，在唐京兆府昭應縣，即今陝西臨潼東北。馮注：「《元和郡縣志》：新豐故城在縣東十八里，漢新豐縣城也。按《志》云：在縣東，謂昭應縣也。」

②數騎漁陽句：漁陽，郡名，即薊州，治所在今天津薊縣。安禄山即自此地發動叛亂。亂前，玄宗遣輔璆琳探視禄山虚實。事見《新唐書》卷二二五上《安禄山傳》。

【集　評】

【霓裳羽衣曲】明皇以聲色而敗度，後之文士，咸指《霓裳羽衣曲》爲亡國之音，故唐人詩曰：「《霓裳》一曲千峰上，舞破中原始下來。」亦如陳後主之《玉樹後庭花》也。（王觀國《學林》卷第五）

唐史諸家小説：楊太真進見之日，奏此曲導之，妃亦善此舞。帝嘗以趙飛燕身輕，成帝爲置七寶避風台，偶戲妃曰：「爾則任吹多少。」妃曰：「《霓裳》一曲，足掩前古。」而宫妓佩七寶瓔珞舞此曲，曲終珠翠可掃。故詩人云：「貴妃宛轉侍君側，體弱不勝珠翠繁。冬雪飄飄錦袍暖，春風蕩漾《霓裳》翻。」又云：「朱閣沉沉夜未央，碧雲仙曲舞《霓裳》。一聲玉笛向空盡，月滿驪山宫漏長。」又云：「《霓裳》一曲千峰上，舞破中原始下來。」又云：「世人莫重《霓裳》曲，曾致干戈是此中。」又云：「雲雨馬嵬飛散後，驪宫無復聽《霓裳》。」又云：「《霓裳》滿天月，粉骨幾春風。」（王灼《碧雞漫志》）

《後庭花》，陳後主之所作也。主與倖臣各製歌詞，極於輕蕩。男女倡和，其音甚哀，故杜牧之詩云：「煙籠寒水月籠沙，夜泊秦淮近酒家。商女不知亡國恨，隔江猶唱《後庭花》。」《阿濫堆》，唐明皇之所作也。驪山有禽名阿濫堆，明皇御玉笛，將其聲翻爲曲，左右皆能傳唱，故張祜詩云：「紅葉蕭蕭閣半開，玉皇曾幸此宮來。至今風俗驪山下，村笛猶吹《阿濫堆》。」二君驕淫侈靡，躭嗜歌曲，以至於亡亂。時代雖異，聲音猶存，故詩人懷古，皆有「猶唱」、「猶吹」之句。嗚呼！聲音之入人深矣。
（葛立方《韻語陽秋》卷十五）

傀儡之戲舊矣，自周穆王與盛姬觀偃師造倡於崑崙之道，其藝已能奪造化、通神明矣。晏元獻公嘗爲《傀儡賦》云「外眩刻琱，内牽纏索，朱紫坌並，銀黄煜爚，生殺自口，榮枯在握」者，可謂曲盡其態。李義山作《宮妓》一絶云：「朱箔輕明拂玉墀，披香新殿鬥腰肢。不須更看魚龍戲，終恐君王怒偃師。」是以觀倡不如觀舞也。然唐明皇好舞《霓裳》，以至於亂，杜牧所謂「《霓裳》一曲千峰上，舞破中原始下來」是也。漢高祖白登之圍，以刻木爲美人而解圍，《樂録》謂即今之傀儡。則是舞或亂唐，而刻木或可以興漢。義山之詩異矣。（葛立方《韻語陽秋》卷十七）

詩乃一念所得，于一念中，唐、宋體有相參處，何況初、盛、中、晚而能必無相似耶？如杜牧之《華清宮》詩「霓裳一曲千峰上，舞破中原始下來。」語無含蓄，即同宋詩。又云：「一騎紅塵妃子笑，無人知是荔枝來。」語有含蓄，却是唐詩。宋人乃曰：「明皇常以十月幸驪山，至春還宮，未曾過夏。」

此與譏薛王、壽王同席者，一等村夫子。（吴喬《圍爐詩話》卷三）

其三

萬國笙歌醉太平，倚天樓殿月分明。雲中亂拍禄山舞①，風過重巒下笑聲。

【注　釋】

① 禄山舞：安禄山肥壯，但於玄宗前跳胡旋舞，迅疾如風焉。《舊唐書·安禄山傳》：禄山「晚年益肥壯，腹垂過膝，重三百三十斤，每行以肩膊左右抬挽其身，方能移步。至玄宗前，作胡旋舞，疾如風焉。爲置第宇，窮極壯麗，以金銀爲簁筐笊籬等。上御勤政樓，於御坐東爲設一大金雞障，前置一榻坐之，卷去其簾。」

【集　評】

【幸驪山】《遯齋閑覽》曰：杜牧《華清宫》詩：「長安回望繡成堆，山頂千門次第開。一騎紅塵妃子笑，無人知是荔枝來。」據《唐紀》，明皇以十月幸驪山，至春即還宫，未嘗六月在驪山也，然荔支盛暑方熟，詞意雖美，而失事實。

吳旦生曰：《東城老父傳》云：玄宗元會與清明節，率皆在驪山，每至是日，萬樂具舉，六宮畢從。則其幸驪山不止十月也。《長恨傳》云：天寶十年，避暑驪山宮。《太真外傳》云：妃子生於蜀，嗜荔支，南海荔支勝於蜀者，每歲馳驛以進。然方暑熱而熟，經宿則無味，後人不能知也。又云：天寶十四載六月一日，上幸華清宮，乃貴妃生日，於長生殿奏新曲，未有名，會南海進荔支，因以曲名《荔枝香》。則其幸驪山正在荔支熟時也。牧之詩正合此事實，遯齋未及考耳。

如王建《華清宮》詩：「二月中旬已進瓜。」注云：唐置温湯監，監丞稱瓜蔬，隨時供奉。瓜，夏熟者，二月而進瓜，蓋譏明皇違時及物，求口體奇巧之奉，以悦婦人。觀此則臨事而嗟，先時而諷，皆詩人微旨，安可以故常論也。（吳景旭《歷代詩話》卷五十二庚集七）

登樂遊原①

長空澹澹孤鳥没②，萬古銷沉向此中。看取漢家何事業〔一〕③，五陵無樹起秋風④。

【校勘記】

〔一〕「事」，原作「似」。文津閣本作「事」。《全唐詩》卷五二二作「事」，下校：「一作似。」馮注本校：「一作事。《唐音戊籤》云：作事非。按：此當作事。」今即據馮校改。

【注釋】

① 樂遊原：在唐長安東南，地勢高曠，爲登臨遊覽勝地。西漢宣帝時，在此建樂遊廟，故名。馮注：「《長安志》：萬年縣樂游廟，在縣南八里。《漢書》：宣帝起樂游廟，在曲江北，亦曰樂游原。」

② 澹澹：廣漠貌。

③ 漢家：漢朝，此有以漢喻唐之意。

④ 五陵：指漢代五座皇帝陵墓，即高帝長陵、惠帝安陵、景帝陽陵、武帝茂陵、昭帝平陵。漢末三國時，五陵因兵亂均被盜掘。

【集評】

《登樂遊原》：漢家基業之廣大爲何如，今日登樂遊原一望，五陵變爲荒田野草，無樹木可以起秋風矣。盛衰無常，興廢有時，有天下者，觀此亦可以慄慄危懼矣。「看取」二字最妙，其意欲人主觀之而動心也。後唐楊珍詩：「昨日含元基上望，秋風秋草正離離。」亦言興廢之可畏。「長空澹澹孤鳥没」有兩説，一説是當時所見景物之淒慘，一説是計前代帝王陵墓在宇宙間如長空一孤鳥耳。（謝枋

得《疊山先生注解章泉澗泉二先生選唐詩》卷三）

【杜牧登樂遊原】「長空澹澹没孤鴻，萬古消沉在此中。看取漢家何事業，五陵無樹起秋風。」此詩諸家皆選，而首句誤作「孤鳥没」，不成句，今據善本正之。（楊慎《升菴詩話》卷五）

【書貴舊本】觀樂生愛收古書，嘗言古書有一種古香可愛。余謂此言未矣，古書無訛字，轉刻轉訛，莫可考證。……先太師收唐百家詩，皆全集，近蘇州刻則每本減去十之一，……此其大關係者。若一句一字之誤尤多。略舉數條，如……杜牧詩「長空澹澹没孤鴻」，今妄改作「孤鳥没」，平仄亦拗矣。……書所以貴舊本者，可以訂訛，不獨古香可愛而已。（楊慎《升菴詩話》卷八）

《將赴吴興登樂遊原》：唐之曲江池，漢宣帝樂遊廟地也，歎時無中興之主能用牧之，致治如貞觀時。唐時有冤者，許哭昭陵。（何焯《唐三體詩》卷二）

《登樂遊原》：樹樹起秋風已不堪回首，況於無樹耶！（沈德潛《説詩晬語》卷二十）

唐喻鳧以詩謁杜牧之不遇，曰：「我詩無綺羅鉛粉，安得售？」然牧之非徒以「綺羅鉛粉」擅長者，史稱其剛直有大節，余觀其詩，亦伉爽有逸氣，實出李義山、温飛卿、許丁卯諸公上。如：「樓倚霜樹外，鏡天無一毫。南山與秋色，氣勢兩相高。」「長空碧杳杳，萬古一飛鳥。生前酒伴閑，愁醉閑多少？煙深隋家寺，殷葉暗相照。獨佩一壺遊，秋毫泰山小。」「寒空動高吹，月色滿清砧。殘夢夜魂斷，美人邊思深。孤鴻秋出塞，一葉暗辭林。又寄征衣去，迢迢天外心。」「長空澹澹孤鳥没，萬古銷沉向此中。看取漢家何事業，五陵無樹起秋風。」皆竟體超拔，俯視一切。又如《雪中書懷》云：「北虜壞亭障，聞屯千里師。牽連久不解，他盜恐旁窺。臣實有長策，彼可徐鞭笞。如蒙一召議，食肉寢其皮。」骨沉氣勁，頗欲追步少陵。牧之與趙倚樓詩云：「少陵鯨海闊，太白鶴天寒。」是其志氣可想也。烏可以「玉筯凝時紅粉和」、「滿街含笑綺羅春」等句，盡其生平耶？喻鳧今存詩六十三首，誠無綺羅鉛粉語，然皆近體，無古風。其近體格頗不高，警句亦罕，惟「鐘沉殘月鴻，鳥去夕陽村」、「雁天霞脚雨，漁夜葦條風」、「風雪坐閑夜，鄉關來舊心」兩三聯可喜耳，欲以此傲牧之，未可得也。人可不量己力，妄持論薄人哉？（潘德輿《養一齋詩話》卷十）

小杜「看取漢家何事業，五陵無樹起秋風」，是加一倍寫法。陵樹秋風，已覺淒慘，況無樹耶？用意用筆甚曲。（施補華《峴傭説詩》）

聞慶州趙縱使君與党項戰中箭身死長句〔一〕①

將軍獨乘鐵驄馬②，榆溪戰中金僕姑③。死綏却是古來有④，驕將自驚今日無〔二〕。青史文章爭點筆⑤，朱門歌舞笑捐軀〔三〕。誰知我亦輕生者，不得君王丈二殳⑥。

【校勘記】

〔一〕《文苑英華》卷三〇四題作《聞慶州趙縱使君祭酒與党項戰中箭而死輒書哀句》。《全唐詩》卷五二一題中在「長句」字前有「輒書」二字。

〔二〕「驕將」，馮注本、《全唐詩》卷五二一作「驍將」。

〔三〕「捐軀」，原作「捐驅」，據《文苑英華》卷三〇四、《全唐詩》卷五二一、馮注本改。

【注　釋】

① 慶州：唐州治在安化（今甘肅慶陽县）。《元和郡縣圖志》卷三《慶州》：「（隋）割寧州歸德縣置慶州，立嘉名也。」轄境相當今甘肅西峰、慶陽、環縣、合水、華池等市縣及陝西志丹縣西部。党項，唐代西北少數民族，屬羌族。《資治通鑑》卷二四九：大中四年九月，「党項爲邊患，發諸道兵討之，連年無功」。詩當作於此數年中。馮注：《舊唐書·党項傳》：吐蕃强盛，拓拔氏漸爲所逼，「請内徙，始移其部落于慶州，置靜邊等州以處之。太和開成之際，藩鎮統領無緒，或强市羊馬，不酬其值，以是部落苦之，遂相率爲盜，靈鹽之路小梗。」

② 鐵驄馬：披著鐵甲衣之驄馬。驄，青白雜毛之馬。

③ 榆溪句：榆溪，榆溪塞，又名榆林塞，在今内蒙黄河北岸。《元和郡縣圖志》卷四《關内道·勝

州》：「榆林縣，……隋開皇七年置榆林縣，地北近榆林，即漢之榆溪塞，因名，屬雲州，二十年改屬勝州，皇朝因之。」馮注：「《水經注·河水篇》：諸次之水，東徑榆林塞，世又謂之榆林山，即《漢書》所謂榆谿舊塞者也。」金僕姑，矢名。泛指利箭。馮注：「《鄉嬛記》：魯人有僕忽不見，旬日而返，曰：臣之姑得道，白日上升，昨降于泰山，召臣飲極歡，不覺旬日。臨别，贈臣以金矢一乘，曰：此矢不必善射，宛轉射人而後歸箙。試之果然，因以金僕姑名之。自後魯之良矢，皆以此名。」

④死綏：古代稱退軍爲綏。兵法有「將軍死綏」之説，謂軍隊敗退時將軍當死。夾注：「《司馬法》：將軍死綏。《注》：綏，却也。有前一尺，無却一寸。《左傳·注》：古名退軍爲綏。」

⑤青史：古以竹簡記事，故稱史籍爲青史。《文選》江淹《上建平王書》：「俱啓丹册，并圖青史。」

⑥殳：古代一種竹木製兵器，長一丈二，無刃。《詩·衛風·伯兮》：「伯也執殳，爲王前驅。」《傳》：「殳長丈二而無刃。」《淮南子·齊俗》：「昔武王執戈秉鉞以伐紂勝殷，搢笏杖殳以臨朝。」《注》：「殳，木杖也。」

【集評】

杜牧之《聞慶州趙縱使君與党項戰死》詩云：「將軍獨乘鐵驄馬，榆溪戰中金僕姑。死綏却是古來有，驕將自驚今日無。青史文章爭點筆，朱門歌舞笑捐軀。誰知我亦輕生者，不得君王丈二殳。」皇祐中，儂賊犯康州，合郡潰去，惟守臣趙師旦死之。妻方産子，棄之草間，亂後訪之，尚呱呱然。諸公哀詞惟元厚之云：「轉戰譙門日欲晡，空拳猶自把戈鈇。身垂虎口方安坐，命在鴻毛更疾呼。柱下杲卿存斷節，袴中杵臼得遺孤。空餘三尺英雄氣，不愧山西士大夫。」欲與牧詩並驅。（劉克莊《後村詩話》前集卷二）

杜牧之《聞慶州趙縱使君與党項戰死》詩云：「將軍獨乘鐵驄馬，榆溪戰中金僕姑。死綏却是古來有，驕將自驚今日無。青史文章爭點筆，朱門歌舞笑捐軀。誰知我亦輕生者，不得君王丈二殳。」儂智高陷康州，守臣曹覲死之，元厚之哀詩云：「轉戰譙門日欲晡，空拳獨自把戈鈇。身垂虎口方安坐，命在鴻毛更疾呼。柱下杲卿存斷節，袴中杵臼得遺孤。空餘三尺英雄氣，不愧山西士大夫。」劉後村謂二詩可並驅。（吳師道《吳禮部詩話》）

《聞慶州趙縱使君與党項戰中箭身死》：前四句寫使君，後四句誌感也。一、二先點明題目，已盡題意矣。三、四文章深一步法。夫死綏之臣當今所無，勇敢之將從古所有，却用反筆倒换。頓令趙公勇悍之氣奕奕生動，雖死猶生也。五「青史文章」偏將「朱門歌舞」作對，深感當日驕縱偷生之輩不能效力疆場耳，豈真有「笑捐軀」者乎？觀「我亦輕生」一結，自知其感慨之意矣。通篇只首二句叙題，餘俱以議論成詩，另出手眼。（朱三錫《東喦草堂評訂唐詩鼓吹》卷六）

《聞慶州趙縱使君與党項戰中箭身死》：當知其藴藉浹洽處。此等題于丹心碧血、日月山河、衰草夕陽外，自有無限。劣者置彼不用，則更無下筆處，如優人作老態，但賴白髯。（王夫之《唐詩評選》卷四）

史稱杜牧之自負才略，喜論兵事，擬致位公輔，以時無右援者，怏怏不平而終。爲人疎雋，不拘細行；其詩情致豪邁，人號爲小杜，以别于少陵。後村劉氏謂杜牧、許渾同時，牧于唐律中，嘗寓拗峭，以矯時弊，渾律切麗密或過牧，而抑揚頓挫不及也。讀其《冬至日寄小姪阿宜》詩云：「經書刮根本，史書閱興亡。高摘屈宋豔，濃熏班馬香。李杜泛浩浩，韓柳摩蒼蒼。近者四君子，與古爭强梁。」可以知其用功之深醇。讀其「平生五色綫，願補舜衣裳」、「誰知我亦輕生者，不得君王丈二殳」諸詩，可以知其立志之遠大。若但賞其「高人以飲爲忙事，浮世除詩盡强名」諸句，則猶是詩人而已。（余成教《石園詩話》卷二）

送容州中丞赴鎮〔一〕①

交阯同星座②，龍泉似斗文〔二〕③。燒香翠羽帳④，看舞鬱金裙⑤。鷁首衝瀧浪⑥，犀渠拂嶺雲⑦。莫教銅柱北⑧，空説馬將軍〔三〕⑨。

【校勘記】

〔一〕《文苑英華》卷二八〇、《全唐詩》卷五二一題作《送容州唐中丞赴鎮》。馮注本在「容州」下校：「一本有唐字。」

〔二〕「似」，《文苑英華》卷二八〇、夾注本、《全唐詩》卷五二一作「佩」，《全唐詩》下校：「一作似。」馮注本校：「一作佩。」

〔三〕「空」，《文苑英華》卷二八〇作「長」，下校：「集作空。」馮注本校：「一作長。」

【注　釋】

①容州：唐州名，州治在北流縣（今屬廣西）。以轄境有容山得名。唐中丞，即唐持，字德守，元和十五年登進士第。大中三年，由工部郎中出爲容州刺史、御史中丞、容管經略招討使。傳見《舊唐書》卷一九〇下、《新唐書》卷八九。此詩《全唐詩》卷七四二又作張泌詩。佟培基《全唐詩重出誤收考》云：「唐中丞爲唐持，《方鎮年表》七載，大中三年唐持出任容州刺史，引《舊唐·文苑傳》：『大中中，自工部郎中出爲容州刺史、御史中丞、容管經略招討使，入爲給事中。』繆鉞《杜牧年譜》繫此詩於大中三年。張泌南唐後主時登進士第，見馬令《南唐書》五，無由送唐持。《英華》二八〇作杜牧詩。」則此詩重收作張泌詩，誤。詩乃大中三年（八四九）作。

②交阯句：交阯，亦作交趾，郡名，即交州，時爲安南都護府治所。在今越南河内。據《新唐書・地理志》，容州、安南均爲嶺南五府之一，於天文均爲鶉尾分野，故云同星座。

③龍泉句：龍泉，寶劍名，此泛指良劍。斗文，古代寶劍有七星圖文。夾注：「《吴越春秋》：伍子胥過江，解劍與漁父曰：此劍中有七星北斗文，其直百金。」

④翠羽帳：用翠羽裝飾之帷帳。

⑤欝金：芳草名，即鬱金香，可染婦人衣裙。

⑥鷁首句：鷁，水鳥名。古代畫鷁首於船頭，故稱船爲鷁首。夾注：瀧，「水名，在嶺南。《淮南子》：龍舟鷁首。《注》：鷁，大鳥也。畫其象著舡首。揚雄《方言》：江東呼舡頭爲飛閭，或曰鷁首，今舟前所作青雀是也。」馮注：「《水經注・溱水篇》：武谿水南入重山，懸湍廻注，崩浪震山，名之瀧水。」

⑦犀渠：以犀皮製成之盾牌。《國語・吴》：「建肥胡，奉文犀之渠。」《注》：「肥胡，幡也；文犀之渠，謂楯也。文犀，犀之有文理者。」左思《吴都賦》：「户有犀渠。」嶺，指五嶺。馮注：「《晉書・地理志》：「自北徂南，入越之道，必由嶺嶠，時有五處，故曰五嶺。」

⑧銅柱：銅製之柱。《後漢書・馬援傳》「嶠南悉平」，唐李賢注引《廣州記》：「（馬）援到交趾，立銅柱，爲漢之極界也。」

⑨ 馬將軍：東漢馬援，曾拜伏波將軍。馬援南征交阯，立銅柱，作爲邊界標誌。《後漢書·馬援傳》：「又交阯女子徵側及女弟徵貳反，攻没其郡，九真、日南、合浦蠻夷皆應之，寇略嶺外六十餘城，側自立爲王。於是璽書拜援伏波將軍。」

夏州崔常侍自少常亞列出領麾幢十韻①

帝命詩書將②，壇登禮樂卿③。三邊要高枕④，萬里得長城⑤。對客猶褒博⑥，填門已旆旌。腰間五綬貴⑦，天下一家榮。野水差新燕，芳郊哢夏鶯。別風嘶玉勒，殘日望金莖⑧。榆塞孤煙媚⑨，銀川緑草明⑩。戈矛虓虎士⑪，弓箭落鵰兵⑫。魏絳言堪採⑬，陳湯事偶成⑭。若須垂竹帛，靜勝是功名⑮。

【注釋】

① 夏州：唐州名，州治在今陝西横山縣西。唐時爲夏州節度使治所。常侍，散騎常侍，分左右，正三品下，掌規諷過失，侍從顧問。此「常侍」當是崔出鎮時所授檢校官。少常亞列，即太常少卿，太常寺副長官，正四品上，掌禮樂郊廟社稷之事。詳見《新唐書·百官志》。出領麾幢，出爲節度

使。麾幢，旌旗之類節度使儀仗。《杜牧年譜》謂「《唐方鎮年表》，夏綏節度使，大中元、二年闕，大中三年下引此詩爲證，崔常侍出爲夏綏節度使」，故編此詩於大中三年（八四九）。

② 詩書將：指郤縠，春秋晉人。趙衰推薦郤縠爲元帥，稱讚他「説禮樂而敦詩書」。事見《左傳・僖公二十七年》。

③ 壇登句：壇登，登壇拜將。禮樂卿，指太常少卿。因其掌朝廷禮樂郊廟社稷之事，故稱。

④ 三邊句：三邊，漢代幽、并、涼三州地在邊疆，稱三邊。後泛指北方邊疆。馮注：「《漢書・匈奴傳》：北國不服，中國未得高枕安寢也。」

⑤ 萬里句：長城，喻可倚爲屏障之大將。《宋書・檀道濟传》：「檀道濟被收，脱幘投地曰：乃復壞汝之萬里長城。」

⑥ 褒博：褒衣博帶，即寬衣長帶，乃儒者服飾。夾注：「《漢書・雋不疑傳》：褒衣博帶，盛服至門。師古曰：褒，大裙也，言著褒大之衣，廣博之帶也。」

⑦ 五綬：綬，絲帶，用以繫帷幕或印環。此處指繫印環之帶。古代常用不同顔色之絲帶，標識官吏身份與等級。《禮・玉藻》：「天子佩白玉而玄組綬。」《注》：「綬者，所以貫佩玉相承受者也。」

⑧ 金莖：擎承露盤之銅柱。此處代指長安宫闕。

⑨ 榆塞：榆溪塞，又名榆林塞，在今内蒙黄河北岸。

⑩銀川：地名，指銀川郡，唐時亦曾改爲銀州。治所在儒林縣，即今陝西横山縣東黨岔鎮大寨梁。

⑪虓虎：咆哮之虎。此處形容兵士勇猛。

⑫落鵰：北齊斛律光打獵時，射下一大雕，人稱「落鵰都尉」。事見《北齊書》卷一七《斛律光傳》。

⑬魏絳句：魏絳，春秋晉大夫。晉侯欲伐戎狄，魏絳認爲「獲戎失華」，並陳説「和戎五利」。《國語·晉語七》：「五年，無終子嘉父使孟樂因魏莊子納虎豹之皮以和諸戎。公曰：『戎、狄無親而好得，不若伐之。』魏絳曰：『勞師於戎，而失諸華，雖有功，猶得獸而失人也，安用之？……戎、狄事晉，四鄰莫不震動，其利三也。君其圖之！』公説，故使魏絳撫諸戎，於是乎遂伯。」

⑭陳湯：西漢人。時郅支單于叛，陳湯擅興師征之，僥倖獲勝，遂不治其罪。《漢書·陳湯傳》：「於是天子下詔曰：『匈奴郅支單于背畔禮義，留殺漢使者、吏士，甚逆道理，朕豈忘之哉！……今延壽、湯睹便宜，乘時利，結城郭諸國，擅興師矯制而征之。……雖踰義干法，内不煩一夫之役，不開府庫之臧，因敵之糧以贍軍用，立功萬里之外，威震百蠻，名顯四海。爲國除殘，兵革之原息，邊竟得以安。然猶不免死亡之患，罪當在於奉憲，朕甚閔之！其赦延壽、湯罪，勿治。』詔公卿議封焉。……乃封延壽爲義成侯，賜湯爵關内侯，食邑各三百户，加賜黄金百斤。」

⑮靜勝：不戰而勝。《尉繚子》：「兵以靜勝，國以專勝。」

街西長句①

碧池新漲浴嬌鴉，分鎖長安富貴家〔一〕。游騎偶同人鬭酒〔二〕，名園相倚杏交花。銀鞦騕褭嘶宛馬②，繡鞅璁瓏走鈿車〔三〕③。一曲將軍何處笛④，連雲芳樹日初斜〔四〕。

【校勘記】

〔一〕「分」，《才調集》卷四作「深」，《全唐詩》卷五二一校：「一作深。」

〔二〕「同」，《才調集》卷四作「逢」。文津閣本則作「同」。

〔三〕「鈿車」，原作「細車」，據《才調集》卷四、夾注本、文津閣本、《全唐詩》卷五二一、馮注本改。

〔四〕「樹」，《才調集》卷四、夾注本、馮注本作「樹」，馮注本下校：「一作草。」《全唐詩》卷五二一校：「一作樹。」

【注釋】

① 街西：唐代長安以朱雀門大街爲界，街東屬萬年縣，街西屬長安縣，有五十四坊。

②銀鞦句：鞦，絡於牛馬股後之革帶。騕嫋，良馬名，此泛指駿馬。宛馬，大宛國良馬。

③繡鞅璁瓏句：鞅，套在馬頸用以負軛之皮帶。璁瓏，明潔貌。鈿車，飾以金花之車子，婦女所乘。

④一曲將軍句：將軍，指晉右軍將軍桓伊。王徽之泊舟於青溪側，時伊從岸邊經過。徽之使人謂桓伊云：「聞君善吹笛，試爲我一奏。」伊素聞其名，「便下車，踞胡床，爲作三調，弄畢，便上車去，客主不交一言」。事見《晉書》卷八一《桓伊傳》。

【集評】

《長安雜題》（洪河清渭天地濬）：詩人於四方風土，皆能言之。至於長安、洛陽、鄴都、金陵帝王建都之地，則多見於懷古之作，而述今者少。牧之長安六詩，於五詩之末各寓閑中自靜之意。獨此詩前誇形勢，後叙侈麗，亦足以形容天府之盛，故取之。五詩内，如「韓嫣金丸莎覆緑，許公韉汗杏粧紅」、「投釣謝家池正雨，醉吟隋寺日沉鐘」、「白鹿原頭回獵騎，紫雲樓下醉江花」。又《街西長句》云：「遊騎偶同人鬬酒，名園相倚杏交花」，皆豔冶而不流。當其時，郊、島、元、白下世之後，張祜、趙嘏諸人皆不及牧之，蓋頗能用老杜句律自爲翹楚，不卑卑於晚唐之酸楚湊砌也。（方回《瀛奎律髓》卷四「風土類」）

《街西》：前四句寫街西池沼園亭之盛，後四句寫街西流連荒亡之戒。結句「日初斜」三字，妙！妙！曰「初斜」者，正未斜也，然終有必斜之日。當馬嘶車走之時，彼富貴人心中眼中殊未覺其將斜耳。前四句不過寫池上大家疊山疎沼，種竹栽花，樓臺歌舞，各自爭奇競勝已耳。首句先寫出「新漲浴嬌鵶」五字，襯起「碧池」，文章點染，鮮妍可喜。（朱三錫《東喦草堂評訂唐詩鼓吹》卷六）

《街西》：隋《三禮圖》：長安領街西五十四坊及西市，多王侯貴戚之第。「名園」句，比「緑楊宜作西家春」尤妙。（沈德潛《唐詩別裁集》卷十五）

春申君①

烈士思酬國士恩②，春申誰與快冤魂？三千賓客總珠履③，欲使何人殺李園〔一〕④？

【校勘記】

〔一〕「殺」，馮注本校：「一作報。」

【注　釋】

① 春申君：即戰國楚國黄歇。楚考烈王元年爲相，其封地介於蘄春、申息之間，故封爲春申君。與其時齊國孟嘗君、趙國平原君、魏國信陵君爲戰國著名四公子。傳見《史記》卷七八。

② 烈士：指堅貞不屈之士。國士恩，指以國士之禮相待之恩。

③ 三千句：《史記·春申君列傳》記春申君家賓客三千，其上客皆著珠履。

④ 欲使何人句：李園，春申君屬下門客，獻其妹於春申君。知其妹有孕，又獻其妹於楚王。王召幸之，遂生男，立爲太子。其妹爲王后，李園因而顯貴。朱英向春申君獻計殺李園，不爲採用。楚考烈王死後，李園懼事泄，遂派刺客刺殺春申君滅口。事見《史記》卷七八《春申君列傳》。

【集評】

杜牧、張祜皆有《春申君》絶句。杜云：「烈士思酬國士恩，春申誰與快冤魂。三千賓客總珠履，欲使何人殺李園？」張云：「薄俗何心議感恩，諂容卑跡賴君門。春申還道三千客，寂寞無人殺李園。」二詩語意太相犯。嗚呼！朱英之言盡矣，而春申不能必用；李園之計巧矣，而春申不能預防；春申之客衆矣，而無一人爲春申殺李園者，所以起二子之論也。余亦嘗有二絶云：「朱英若在强黄歇，黄歇如何弱李園。一旦棘門奇禍作，自詒伊戚向誰論。」又：「先秦豈謂嬴爲吕，東晉那知馬作牛。不悟春申亦如許，敢憑宫掖妻邪謀。」（葛立方《韻語陽秋》卷七）

春申君因李園，而進園妹於楚王，竟爲園所殺。唐張祜詩云：「薄俗何人議感恩，諂容卑跡賴君門。春申還道三千客，寂寞無人殺李園。」杜牧詩：「烈士思酬國士恩，春申誰與快冤魂？三千賓客皆珠履，欲使何人殺李園？」近吳郡林若撫詩云：「豫讓心銜國士恩，斬衣猶可快冤魂。春申亦有三千客，至竟何人死棘門？」皆未足以定三千客之罪也。園既進妹生子，時朱英勸春申殺園，不聽，且曰：「李園，弱人也，僕又善之。」未幾死於棘門，是春申之計失矣，客何成爲！徐興公有詩云：「食客三千盡在門，各穿珠履耀平原。冤魂地下多遺恨，不許朱英殺李園。」庶幾爲三千客卸罪。（周亮工《書影》卷二）

奉陵宫人〔一〕①

相如死後無詞客②，延壽亡來絶畫工〔二〕③。玉顔不是黄金少，淚滴秋山入壽宫④。

【校勘記】

〔一〕夾注本題下有「本注之任黄州日作」八字。

〔二〕「畫工」，原作「盡工」，據夾注本、文津閣本、馮注本、《全唐詩》卷五二一改。

【注釋】

①奉陵宫人：供奉於皇帝陵墓之宫人。馮注：「《通鑑·唐紀·注》：唐制，凡諸帝升遐，宫人無子者，悉遣詣山陵，供奉朝夕，具盥櫛，治衾枕，事死如事生。」本詩夾注本題下有「本注之任黄州日作」八字，今據此繫於杜牧之任黄州之會昌二年（八四二）晚春。

②相如死後句：用司馬相如作《長門賦》事。漢武帝陳皇后失寵，居長門宫，遂使人奉黄金百斤請司馬相如爲作《長門賦》，因復得親幸。事見司馬相如《長門賦·序》。

③延壽亡來句：延壽，毛延壽，漢元帝宫中畫工。《西京雜記》卷二《畫工棄市》：「元帝後宫既多，不得常見，乃使畫工圖形，案圖召幸之。諸宫人皆賂畫工，多者十萬，少者亦不減五萬。獨王嬙不肯，遂不得見。匈奴入朝，求美人爲閼氏，於是上案圖，以昭君行。及去，召見，貌爲後宫第一，善應對，舉止閒雅。帝悔之，而名籍已定，帝重信於外國，故不復更人。乃窮案其事，畫工皆棄市。籍其家，資皆巨萬。畫工有杜陵毛延壽，爲人形，醜好老少，必得其真。安陵陳敞，新豐劉白、龔寬，並工爲牛馬飛鳥衆勢，人形好醜，不逮延壽。……同日棄市。京師畫工，於是差稀。」

④壽宫：墓祠。此指陵園。

讀韓杜集

杜詩韓集愁來讀〔一〕①，似倩麻姑癢處抓〔二〕②。天外鳳凰誰得髓〔三〕，無人解合續弦膠③。

【校勘記】

〔一〕「集」，馮注本校：「一作筆。」

〔二〕「抓」，馮注本作「搔」。

〔三〕「天外」，文津閣本作「天上」。

【注釋】

① 杜詩韓集：指唐代韓愈與杜甫之詩文集。

② 似倩句：麻姑，傳説中女仙，其手爪形如鳥爪。《神仙傳》卷二《王遠》載：「麻姑手爪似鳥，（蔡）經見之，心中念曰：『背大癢時，得此爪以爬背當佳也。』遠已知經心中所言，即使人牽經鞭之，謂曰：『麻姑神人也，汝何忽謂其爪可爬背耶！』但見鞭著經背，亦莫見有人持鞭者。」

③ 天外鳳凰二句：《海内十洲記》載，西海之中鳳麟洲上有鳳麟數萬，「煮鳳喙及麟角，合煎作膏，名之續弦膠，或名連金泥。此膠能續弓弩已斷之弦、刀劍斷折之金，更以膠連續之，使力士掣之，他處乃斷，所續之際終無斷也。」

【集 評】

《送王性之序》：譬如杜詩韓筆，誰不經目，惟小杜爲能「愁來讀」之也。苟不上自虞歌、周、魯、商詩，下逮楚騷、建業七子、陶、謝、顔、鮑、陰、何，以觀杜詩，則莫知斯人平生之所用心也。或不極六藝九流之華實，而縱之以屈原、宋玉、司馬遷、相如、仲舒、賈誼、劉向，而自謂真知韓者，亦未可信也。（晁説之《嵩山文集》卷十七）

謝玄暉善爲詩，任顔昇工於筆，又云「任筆沈詩」。劉孝綽稱弟儀與威云「三筆六詩」。故牧之云：「杜詩韓筆愁來讀，似倩麻姑癢處抓。」近人兼用之。臨川云：「閑中用意歸詩筆，静定安身比泰山。」坡云：「水洗禪心都眼淨，山供詩筆總眉愁。」（黄徹《䂬溪詩話》卷三）

【續絃膠】老杜詩云：「麟角鳳嘴世莫識，煎膠續絃奇自見。」又杜牧之詩云：「天上鳳凰難得髓，世上那有續絃膠。」嘗見李商老云：「事載《太平廣記》。」後讀東方朔《十洲記》：「鳳麟洲，其洲多鳳麟，亦多仙家，煮鳳喙及麟角，合煎作膠，爲集絃膠，或名連金泥，以能續連弓弩斷絃也。劍折，以此膠粘之。」（闕名《漫叟詩話》）

【牧之詩誤】《十洲記》載，鳳麟洲上多麟鳳，人取鳳喙及麟角合煎爲膠，號集弦膠，又名連金泥。漢武帝時，西國王使至，獻膠四兩，嘗於上林續弦者是也。而杜牧之詩有「天上鳳凰難得髓，何人解合續弦膠」，恐「髓」字誤。然髓亦安可爲膠也。（何薳《春渚紀聞》卷七）

杜甫、李白以詩齊名，韓退之云：「李杜文章在，光焰萬丈長。」似未易優劣也。然杜詩思苦而語奇，李詩思疾而語豪。杜集中言李白詩處甚少，如「李白一斗詩百篇」，如「清新庾開府，俊逸鮑參軍」、「何時一尊酒，重與細論文」之句，似譏其太俊快。李白論杜甫，則曰：「飯顆山頭逢杜甫，頭戴笠子日卓午。爲問因何太瘦生，只爲從來作詩苦。」似譏其太愁肝腎也。杜牧云：「杜詩韓筆愁來讀，似倩麻姑癢處搔。天外鳳凰誰得髓，何人解合續弦膠。」則杜甫詩，唐朝以來一人而已，豈白所能望耶！（葛立方《韻語陽秋》卷一）

牧之云：「杜詩韓筆愁來讀，似倩麻姑癢處搔。天外鳳凰誰得髓，無人解合續弦膠。」《十洲記》云：「麟鳳洲上，仙家煮鳳喙及麟角作膠，名集弦膠，或名連金泥，能連弓弩弦、折刃劍。」見《御覽》。（朱翌《猗覺寮雜記》卷二）

劉夢得氣高不服人，《祭退之文》極言稱讚：「鸞鳳一鳴，蜩螗革音。手持文炳，高視寰海；權衡低昂，瞻吾所在。三十餘年，聲名塞天。」牧之云：「杜詩韓筆愁來讀，似倩麻姑癢處搔。天外鳳凰誰得髓，無人解合續弦膠。」皆實録也。（朱翌《猗覺寮雜記》卷二）

南朝詞人謂文爲筆，故《沈約傳》云：「謝玄暉善爲詩，任彥升工于筆，約兼而有之。」又《庾肩吾傳》，梁簡文帝《與湘東王書》，論文章之弊曰：「詩既若此，筆又如之。」又曰：「謝朓、沈約之詩，任昉、陸倕之筆。」《任昉傳》又有「沈詩」、「任筆」之語。老杜《寄賈至嚴武》詩云：「賈筆論孤憤，嚴詩賦幾篇。」杜牧之亦云：「杜詩韓筆愁來讀，似倩麻姑癢處抓。」亦襲南朝語爾。往時諸晁謂詩爲詩筆，亦非也。（陸游《老學庵筆記》卷九）

【杜牧】有絶句云：「杜詩韓筆愁來讀，似倩麻姑癢處搔。」稱文爲筆，始六朝人。《沈約傳》云：「謝玄暉善爲詩，任彥昇工於筆，約兼而有之。」又梁簡文帝《與湘東王書》論文章之弊，亦分詩與筆爲言。牧所本也。（胡震亨《唐音癸籤》卷二十三「詁箋」八）

紫微嘗有句曰：「杜詩韓集愁來讀，似倩麻姑癢處搔」，此正一生所得力處，故其詩文俱帶豪健。「天外鳳凰誰得髓，無人解合續弦膠」，雖隱然自負，未之敢許也。（賀裳《載酒園詩話又編·杜牧》）

古人用字之法極妙。曾見善本《樊川集》「杜詩韓筆愁來讀」，「筆」字何靈妙！俗本刻作「杜詩韓集愁來讀」，神韻頓損。（薛雪《一瓢詩話》）

春日言懷寄虢州李常侍十韻①

岸蘚生紅藥〔一〕②，巖泉漲碧塘。地分蓮嶽秀③，草接鼎原芳④。雨派潨音叢漴崢江反

急〔二〕⑤，風畦芷若香。織蓬眠舴艋⑥，驚夢起鴛鴦。論吐開冰室⑦，詩陳曝錦張⑧。貂簪荆玉潤⑨，丹穴鳳毛光⑩。子弟新登甲科。今日還珠守⑪，何年執戟郎⑫？且嫌遊晝短⑬，莫問積薪場〔三〕⑭。無計披清裁⑮，唯持祝壽觴。願公如衛武，百歲尚康强⑯。

【校勘記】

〔一〕「岸」，《全唐詩》卷五二二校：「一作崖。」

〔二〕「雨派」，原作「南派」，據夾注本、《全唐詩》卷五二二、馮注本改。

〔三〕「場」，《全唐詩》卷五二二作「長」。馮注本校：「一作長。」

【注　釋】

① 虢州：州名，唐州治在河南靈寶（今屬河南）。李常侍，李景讓，字後己，太原文水人。元和中登進士第，累遷商州刺史。開成二年，入爲中書舍人，出爲華、虢二州刺史。會昌中，遷右散騎常侍、浙西觀察使。傳見《舊唐書》卷一八七下、《新唐書》卷一七七。郁賢皓《唐刺史考全編》考李景讓會昌二年始任虢州刺史。則此詩約作於會昌二年（八四二）或稍後。

② 紅藥：即芍藥。

③ 蓮嶽：即西嶽華山，有蓮花峰，故稱。馮注：「《華嶽志》：嶽頂中峰曰蓮花峰。《名山記》：華嶽有三峰，直上數千仞，基廣而峰峻疊秀，迄於嶺表，有如削成。」

④ 鼎原：即鑄鼎原，相傳爲黄帝鑄鼎處，在虢州湖城（今河南靈寶縣西北）。《元豐九域志》卷三《湖城》：「有荆山、鑄鼎原、鳳林泉、鼎湖。」

⑤ 潨潀：水流聲。

⑥ 織蓬句：馮注：「《廣韻》：織蓬，竹夾箬覆舟也。」舴艋，小船。

⑦ 冰室：藏冰之室。此喻指清明純潔之心胸。

⑧ 曝錦張：此處比喻詩歌美如陽光下之錦繡。

⑨ 貂簪：簪金蟬珥貂，爲散騎常侍冠飾。馮注：「《唐書·百官志》：散騎常侍分左右，隸門下中書省，皆金蟬珥貂。」

⑩ 丹穴鳳毛句：《山海經·南山經》載，丹穴之山，「有鳥焉，其狀如雞，五采而文，名曰鳳皇」。《世説新語》卷下之上《容止》：「王敬倫風姿似父，作侍中，加授。桓公公服從大門入，桓公望之曰：『大奴固自有鳳毛。』」

⑪ 還珠守：用東漢孟嘗故事。此借指李常侍。《後漢書·孟嘗傳》：孟嘗「遷合浦太守。郡不産穀實，而海出珠寶，與交阯比境，常通商販，貿糴粮食。先時宰守並多貪穢，詭人採求，不知紀極，珠

遂漸徙於交阯郡界。於是行旅不至，人物無資，貧者餓死於道。嘗到官，革易前敝，求民病利。曾未踰歲，去珠復還，百姓皆反其業，商貨流通，稱爲神明。」

⑫執戟郎：馮注：「《史記・淮陰侯傳》：臣事項王，官不過郎中，位不過執戟。《通典》：凡郎皆主更直執戟，宿衛諸殿門。」

⑬且嫌句：夾注：「古詩曰：晝短苦夜長，何不秉燭遊。」

⑭莫問句：漢代汲黯不滿以前小吏公孫弘、張湯位在己上，遂謂漢武帝曰：「陛下用群臣如積薪耳，後來者居上。」事見《漢書》卷五〇《汲黯傳》。

⑮清裁：猶清鑒，高明識見或裁斷。披清裁，謂見面。

⑯愿公二句：衛武，春秋時衛武公。年九十五，謂人云：「苟在朝者，無謂我老耄而舍我，必恭恪於朝，朝夕以交戒我。」事見《國語・楚語上》。馮注：「《魏書・李修傳》：咸陽公高允，雖年且百，而氣力尚康。《後漢書・和帝紀》：故太尉鄧彪，聰明康强，可謂老成黄耇矣。」

【集評】

梅聖俞詩「莫打鴨，打鴨驚鴛鴦」之語，譏宣守笞官奴也。陳無己《戲楊理曹》詩云：「從來相戒莫打鴨，可打鴛鴦最後孫。」又與宣守詩云：「一爲文俗事，打鴨起鴛鴦。」皆用此也。然「起鴛鴦」三

字亦有來處，杜牧之云：「織篷眠舴艋，驚夢起鴛鴦。」（吳聿《觀林詩話》）

李侍郎於陽羨里富有泉石牧亦於陽羨粗有薄産叙舊述懷因獻長句四韻〔一〕①

冥鴻不下非無意②，塞馬歸來是偶然③。紫綬公卿今放曠④，白頭郎吏尚留連⑤。終南山下抛泉洞⑥，陽羨溪中買釣舡⑦。欲與明公操履杖⑧，願聞休去是何年〔二〕。

【校勘記】

〔一〕「牧亦於」，「牧」，夾注本作「某」。

〔二〕「願聞」，原作「頭聞」，據景蘇園本、夾注本、文津閣本、《全唐詩》卷五二一、馮注本改。

【注　釋】

① 李侍郎：陶敏《樊川詩人名箋補》（《徐州師範學院學報》一九八七年第二期）據《唐語林》卷七「大中三年，李褒侍郎知貢舉，試《堯仁如天賦》」。《唐語林》卷四「李尚書褒晚年修道，居陽羨川石

山後，長子召爲吳興，次子昭爲常州，當時榮之」，以及李褒乃虔誠道教徒等以爲李侍郎乃李褒，詩作於大中三年（八四九）。李褒大中三年在京任吏部侍郎知貢舉，晚年修道，居陽羨川石山後。陽羨，古縣名，即今江蘇省宜興縣。馮注：「《名勝志》：倪瓚《荆溪圖序》曰：唐杜牧之構水榭於谿旁，至今歷歷可考。《一統志》：水榭在荆谿縣北，唐杜牧嘗寓此，有詩。又：杜橋在宜興城東門外，一名上橋，俗呼蝦蟇橋，相傳爲杜牧水榭故址。」

② 冥鴻：高飛之鴻雁。此喻離世隱居。揚雄《法言·問明》：「鴻飛冥冥，弋人何篡焉？」

③ 塞馬歸來句：《淮南子·人間訓》：「近塞上之人有善術者，馬無故亡而入胡，人皆吊之。其父曰：『此何遽不能爲福乎？』居數月，其馬將胡駿馬而歸，人皆賀之。」

④ 紫綬句：紫綬，紫色之綬帶。據《舊唐書·輿服志》，唐代二、三品官吏佩紫綬。放曠，曠達不拘禮俗。此句指李侍郎。

⑤ 白頭郎吏：郎吏，尚書省郎官。時杜牧任司勳員外郎，故稱。

⑥ 終南山下句：杜牧《上知己文章啓》：「上都有舊第，唯書萬卷，終南山下有舊廬，頗有水樹，當以耒耜筆硯歸其間。」

⑦ 陽羨：古縣名，即今江蘇省宜興縣。

⑧ 欲與明公句：明公，古人相尊美之稱。《禮記·曲禮上》：「謀於長者，必操几杖以從之。」

贈李處士長句四韻

玉函怪牒鎖靈篆①，紫洞香風吹碧桃②。老翁四目牙爪利〔一〕③，擲火萬里精神高④。靄靄祥雲隨步武⑤，纍纍秋塚歎蓬蒿〔二〕。三山朝去應非久⑥，姹女當窗繡羽袍〔三〕⑦。

【校勘記】

〔一〕「目」，《文苑英華》卷二六一作「百」，馮注本校：「一作百。」

〔二〕「歎蓬蒿」，夾注本作「没蓬蒿」。

〔三〕「繡」，《文苑英華》卷二六一、夾注本作「織」。

【注　釋】

① 玉函句：玉函，玉製之書套。怪牒，指神秘之道書。篆，篆書。《拾遺記》：浮提之國，獻神通善書二人，佐老子撰《道德經》，「寫以玉牒，編以金繩，貯以玉函」。馮注：「《後漢書·方術傳》：神經怪牒，玉策金繩，關扃于明靈之府。」

②紫洞：仙人所居之處所。馮注：「王勃《遊廟山賦》：見丹房之晚晦，知紫洞之宵寒。《尹喜内傳》：老子西遊，省太真之母，共食碧桃于紫洞。」碧桃，重瓣之桃花。即千葉桃。又名碧桃花。

③老翁四目句：馮注：「《雲笈七籤》：天篷咒：緑齒蒼舌，四目老翁。」

④擲火萬里：馮注：「《度人經》：擲火萬里，流鈴八衝。」

⑤靄靄句：靄靄，盛貌。此處喻祥雲密聚貌。步武，脚步。

⑥三山：指傳説中海上三仙山蓬萊、方丈、瀛洲。

⑦姹女句：姹女，少女、美女。此處指仙女。《後漢書·五行志一》：桓帝時童謡：「車班班，入河間，河間姹女工數錢，以錢爲室金爲堂。」羽袍，指方士或神仙之羽衣。

【集　評】

【擲火萬里流鈴八衝四目】杜牧之詩：「老翁四目牙爪利，擲火萬里精神高。」蓋用《天蓬咒》「蒼舌緑齒，四目老翁」。而今本誤以「目」爲「面」爾。「擲火萬里」，亦用《度人經》「擲火萬里，流鈴八衝」之語，而東坡亦用之於《芙蓉城》詩，云：「仙風鏘然韻流鈴」也。（龔頤正《芥隱筆記》）

送國棊王逢

玉子紋楸一路饒①，最宜簷雨竹蕭蕭。羸形暗去春泉長〔一〕，拔勢橫來野火燒〔二〕。守道還如周伏柱〔三〕②，鏖兵不羨霍嫖姚③。得年七十更萬日〔四〕④，與子期於局上銷〔五〕。

【校勘記】

〔一〕「羸形」，原作「嬴形」，據《文苑英華》卷二八〇、夾注本、文津閣本、《全唐詩》卷五二一、馮注本改。「春泉長」，夾注本作「春泉漲」。

〔二〕「拔勢」，《文苑英華》卷二八〇、夾注本作「猛勢」。「拔」，《全唐詩》卷五二一、馮注本校：「一作猛。」

〔三〕「伏柱」，《文苑英華》卷二八〇、文津閣本、《全唐詩》五二一作「柱史」，《全唐詩》下校：「一作伏柱。」馮注本校：「伏柱，一云柱史。」

〔四〕「得年」，《文苑英華》卷二八〇、《全唐詩》卷五二一作「浮生」，《全唐詩》下校：「一作得年。」馮注本校：「一云浮生。」

〔五〕「子」，《文苑英華》卷二八〇作「爾」，馮注本校：「一作爾。」

【注　釋】

①玉子句：玉子，玉棋子。紋楸，圍棋棋盤。饒，益也，讓也。《杜陽雜編》卷下：「大中中，日本國王子來朝，獻寶器音樂，上設百戲珍饌以禮焉。王子善圍棋，上勅顧師言待詔爲對手。王子出楸玉局，冷暖玉棋子。」

②周伏柱：指老子李耳，曾爲周柱下史。

③霍嫖姚：即漢代名將霍去病，曾任嫖姚校尉，故稱。傳見《史記》卷一一一、《漢書》卷五五。

④得年七十句：《嬾真子》以爲「七十更萬日」，指杜牧作詩時年四十二三，倘活至七十，猶有萬日。

【集　評】

「玉子紋楸一路饒，最宜簷雨竹蕭蕭。羸形暗去春泉長，拔勢横來野火燒。守道還如周伏柱，鏖兵不羨霍嫖姚。得年七十更萬日，與子期於局上銷。」右杜牧之《贈國棋王逢》詩。或云此真贈國手詩也。棋貪必敗，怯又無功。「羸形暗去」，則不貪也；「猛勢横來」，則不怯也。「周伏柱」以喻不貪，「霍嫖姚」以喻不怯。故曰高棋詩也。魏收嘗云：「棋於貪功之際所得多矣。」「七十更萬日」者，

牧之是時年四十二三，得至七十猶有萬日。（馬永卿《嬾真子》卷五）

棋，至難事也，而詠棋爲尤難。嘗觀杜牧之詩云：「贏形暗去春泉長，猛勢橫來野火燒。」劉夢得詩云：「雁行佈陣衆未曉，虎穴得子人方驚。」黄太史詩云：「心似蛛絲遊碧落，身如蜩殼化枯枝。」觀此三詩，皆道盡棋中妙處，殆不容優劣矣。至王荆公、蘇東坡則不然。荆公之詩云：「戰罷兩奩收黑白，一枰何處有虧盈。」東坡之詩云：「勝固忻然，敗亦可喜。優哉游哉，聊復爾爾。」二詩理趣尤奇，其見又高於前三公也。（袁文《甕牖詩話》卷六）

《送國棋王逢》：饒，多也。言止事于弈，亦兼言技高而一路饒人也。手談之際，正宜煙雨而竹瀟瀟之所。三四言其得勝連延而去，如春泉之暗長，猛力開張，似野火之遍燒。而且守老子之道，以退爲進，全不事于征戰，有遠大深謀，足以致勝。我年已長，更萬日爲七十矣，棄此餘年，要與子消此局也。大約此老非老王敵手，詩中皆修降表語。玉子，棋子；楸木爲枰，有花文。贏形，言被侵之家，因侵分而致瘦。（胡以梅《唐詩貫珠箋》卷五十九）

【送國棋王逢】「浮生七十更萬日」，牧之是時年四十二三，若得至七十，猶有萬日。（曾國藩《求闕齋讀書録》卷九）

【票姚】《漢書·霍去病傳》：爲票姚校尉。《史記》作「剽姚」。《漢紀》作「票鷂」。《康熙字典》云：唐人詩用票姚，率作平聲。且改「票」作「嫖」，尤屬舛謬。《正字通》因李杜詩文改入平聲，非。

近陳補勤《詩存》卷十八《蔣竹雲從戎秦隴就婚汴梁贈行》云：「聽説封侯渾不悔，阿兄原是霍驃姚。」自注：票姚之「票」，本去聲，唐人作「嫖」，從平音。按霍官驃騎尉，不如竟作「驃」爲妥。庸按：《漢書·武帝紀》：驃騎將軍霍去病，出隴西。本傳仍作「票騎」。則「驃」上聲，非平音。陳説不知何本。鄙意不如仍從服作「票」，讀平聲。或從李杜作「嫖」爲妥。杜牧《贈國手王逢》詩：「鏖兵不愧霍嫖姚。」（平步青《霞外捃屑》卷八上《眠雲舸釀説上》）

重送絶句①

絶藝如君天下少，閑人似我世間無〔一〕。别後竹窗風雪夜，一燈明暗覆吴圖〔二〕②。

【校勘記】

〔一〕「似我」，文津閣本作「是我」。

〔二〕此句文津閣本作「燈明暗覆伐吴圖」。

【注　釋】

①此詩乃重送國棋王逢詩。

②覆吳圖：《南史·蕭思話傳附蕭惠基傳》：「當時能棋人琅邪王抗第一品，吳郡褚思莊、會稽夏赤松第二品……宋文帝時，羊玄保爲會稽，帝遣思莊入東，與玄保戲，因置局圖，還於帝前覆之。」此謂別後，只能重演與王逢對弈所覆之棋局。

少年行①

連環羈玉聲光碎②，緑錦蔽泥虯卷高③。春風細雨走馬去，珠落璀璀白罽袍〔一〕④。

【校勘記】

〔一〕「落」，《全唐詩》卷五二一、馮注本校：「一作絡。」

【注　釋】

①少年行：樂府雜曲歌辭。本出於《結客少年場行》，内容多歌詠少年輕生重義、任俠遊樂之事。

②連環句：連環，玉連環。聲，馮集梧《樊川詩集注》疑爲星字之誤，可參。

③蔽泥，即障泥，將它垂於馬腹兩側，用以遮擋塵土。蚪卷，像蚪龍般地捲曲起來。《西京雜記》卷二《武帝馬飾之盛》：「武帝時，身毒國獻連環羈，皆以白玉作之，馬瑙石爲勒，白光琉璃爲鞍。鞍在暗室中，常照十餘丈，如晝日。自是長安始盛飾鞍馬，競加雕鏤。或一馬之飾直百金，皆以南海白蜃爲珂，紫金爲華，以飾其上。……後得貳師天馬，帝以玟瑰石爲鞍，鏤以金銀鍮石，以緑地五色錦爲蔽泥，後稍以熊羆皮爲之。」

④珠落璀璀句：璀璀，鮮明貌。白罽，一種白色毛織品。

奉和門下相公送西川相公兼領相印出鎮全蜀詩十八韻〔一〕①

盛業冠伊唐②，台階翊戴光③。無私天雨露，有截舜衣裳④。蜀輟新衡鏡⑤，池留舊鳳凰⑥。同心真石友⑦，寫恨蔑河梁〔二〕⑧。虎騎摇風旆，貂冠韻水蒼⑨。彤弓隨武庫⑩，金印逐文房⑪。棧壓嘉陵咽⑫，峰横劍閣長⑬。前驅二星去⑭，開險五丁忙⑮。廻首崢嶸盡，連天草樹芳。丹心懸魏闕，往事愴甘棠⑯。治化輕諸葛⑰，威聲懾夜郎⑱。君平教説卦⑲，犬子召升堂〔三〕⑳。塞接西山雪〔四〕㉑，橋維萬里檣㉒。奪霞紅錦爛，撲地酒壚香㉓。忝逐三千客㉔，曾依數仞牆㉕。滯頑堪白屋〔五〕㉖，攀附亦周行㉗。肉管伶倫曲㉘，《簫韶》清廟章㉙。唱高知和寡〔六〕㉚，小子斐然狂㉛。

【校勘記】

〔一〕夾注本無「詩十八韻」四字。

〔二〕「寫恨」，夾注本作「瀉恨」。「蔑」，《文苑英華》卷二四六、《全唐詩》卷五二一、馮注本校：「一作夢。」

〔三〕「犬」，《文苑英華》卷二四六作「大」，景蘇園本作「太」，文津閣本、《全唐詩》卷五二一作「夫」。夾注本作「犬」。馮注本校：「一作夫，又作天，又作大，皆誤。」

〔四〕「山」，《文苑英華》卷二四六作「川」，下校：「一作山。」馮注本校：「一作川。」

〔五〕「屋」，《文苑英華》卷二四六作「首」，下校：「集作屋。」

〔六〕「和寡」，《文苑英華》卷二四六作「寡和」。

【注釋】

① 門下相公：即李德裕。德裕開成五年九月，以淮南節度使、檢校尚書左僕射爲吏部尚書、同中書

門下平章事，尋兼門下侍郎。傳見《舊唐書》卷一七四、《新唐書》卷一八〇。西川相公，即崔鄲。崔鄲登進士第，累遷監察御史。文宗朝，官至翰林學士、中書舍人、吏部侍郎。開成四年拜相，會昌元年十一月爲劍南西川節度使。傳見《舊唐書》卷一五五、《新唐書》卷一六三。《杜牧年譜》謂：「馮集梧《樊川詩集注》：『《唐書・宰相表》，開成四年七月，太常卿崔鄲同中書門下平章事，劍南西川節度使。……據此詩云：「盛業冠伊唐，台階翊戴光。」當爲武宗以弟繼兄初立時事；鄲嘗副杜元穎西川節度使，故有「往時甘棠」之語；且鄲以中書侍郎出鎮，亦合所云「池留舊鳳凰」者；……至此時爲門下侍郎者，李德裕及陳夷行二人，據《舊唐書・鄲傳》云，會昌初，李德裕用事，與鄲弟兄素善云云，茲詩有「石友」、「河梁」等語，知門下相公之爲德裕無疑也。』」並據而繫此詩於會昌元年（八四一）。崔鄲會昌元年十一月爲劍南西川節度使，則詩乃是年十一月作。

② 伊唐：指堯，此處代指唐代。據説堯姓伊者，在位時，國號唐。

③ 台階：即三台星。古人以爲三公、宰相上應三台。此指李德裕、崔鄲二人。

④ 有截句：截，整齊，整治。《詩・商頌・殷武》：「有截其所，湯孫之緒。」《箋》：「更自勑整，截然齊壹。」舜衣裳，喻賢君之治。《太平御覽》卷八〇引《譙子法訓》：「唐虞之衣裳文法，……人至今被之。」

⑤ 衡鏡：衡用以量輕重，鏡可以照美醜。衡鏡指衡量鑒別人才。此句言崔鄲罷相鎮蜀。

【集評】

【文房】飛卿《醉歌》曰：「洛陽盧仝稱文房，妻子脚秃舂黄粱。阿耋光頭不識字，指麾豪俊如驅羊。」按元微之《東南行》有「文房長遣閉，經肆未曾鋪」之句。……杜牧《送西川相公》詩：「彤弓隨武庫，金印逐文房。」或唐時有此成語，飛卿乃用之也。（宋長白《柳亭詩話》卷七）

朱坡①

下杜鄉園古②，泉聲繞舍啼。靜思長慘切，薄宦與乖睽。北闕千門外③，南山午谷西④。倚川紅葉嶺，連寺緑楊堤。迴野翹霜鶴，澄潭舞錦雞。濤驚堆萬岫，舸急轉千溪。眉點萱牙嫩⑤，風條柳幄迷⑥。岸藤梢虺尾⑦，沙渚印麑蹄。火燎湘桃塢，波光碧繡畦。日痕絙（胡官切）翠巘⑧，陂影墮晴霓。蝸壁斕斑蘚，銀延苙蔻泥（一）⑨。洞雲生片段，苔徑繚高低。偃蹇松公老⑩，森嚴竹陣齊。小蓮娃欲語，幽筍稚相攜⑪。漢館留餘趾，周臺接故蹊⑫。蟠蛟岡隱隱，斑雉草萋萋⑬。樹老蘿紆組，巖深石啓閨⑭。侵窗紫桂茂，拂面翠禽棲。有計冠終挂，無才筆謾提。自塵何太甚，休笑觸藩羝⑮。

【校勘記】

〔一〕「銀延」，夾注本作「銀涎」，《全唐詩》卷五二一、馮注本作「銀筵」。

【注　釋】

①朱坡：地名。在唐長安城南，杜牧有别墅在此。北宋張禮《遊城南記》注云：「朱坡在御史莊東，華嚴寺西。」《新唐書·杜佑傳》：「朱坡樊川，頗治亭觀林芿，鑿山股泉，與賓客置酒爲樂。子弟皆奉朝請，貴盛爲一時冠。」馮注：「《雍大記》：朱坡在陝城南四十里，與華嚴寺相近，瞰南山之勝。故少保杜公池亭在焉。」

②下杜：即杜縣，治所在今陝西西安市東南。馮注：「《長安志》：漢宣帝以杜東原上爲初陵，置縣曰杜陵，而改杜縣爲下杜城。《史記·秦本紀·正義》：《括地志》云：下杜故城在雍州長安縣東南九里。」

③北闕：漢長安未央宫闕名。此處代指宫闕。馮注：「《長安志》：《關中記》曰：未央宫東有蒼龍闕，北有玄武闕，所謂北闕也。《元和郡縣志》：長安縣建章宫在縣西二十里長安故城西。太初元年，作建章宫，爲千門萬户。」

④午谷：即子午谷，在陝西長安縣南秦嶺山中。馮注：「《漢書·王莽傳》：通子午道，從杜陵直絶

南山，經漢中。《注》：師古曰：今京城直南山，有谷通梁漢道，名子午谷。南北相當，則北山者是子，南山者是午，共爲子午道。」

⑤萱牙：萱，萱草。又名鹿葱、忘憂、宜男、金針花。馮注：「《本草圖經》：萱草俗名鹿葱，五月采花，八月采根，今人多采其嫩苗及花跗作葅食。」牙，通芽。

⑥柳幄：柳樹繁茂有如帷幄。

⑦虺：小蛇。

⑧日痕句：日痕，日光、日影。絙，馮注：「《楚辭·九歌·注》：絙，急張弦也。」

⑨荳蔻：多年生常緑草本植物。又名草果。分肉荳蔻、紅荳蔻、白荳蔻等種，均可入藥。

⑩偃蹇句：偃蹇，夭矯貌。松公，即老松。

⑪小蓮娃二句：娃，少女。稚，小孩。此將小蓮比喻爲少女，將嫩筍比喻爲稚子。

⑫漢館二句：漢館、周臺，此處均泛指周、漢時所建臺館。

⑬斑雉：有花紋之野雞。

⑭樹老二句：蘿紆組，藤蘿像組綬般纏繞。闉，小門。

⑮觸藩羝：觸撞籬笆之公羊，因角陷入籬中而進退兩難。《周易·大壯》：「九三，……羝羊觸藩，羸其角。」「上六，羝羊觸藩，不能退，不能遂，無攸利。」《文選》卷二一郭景純《遊仙詩七首》之

一：「進則保龍見，退爲觸藩羝。」李善注：「退，謂處俗也。」

【集評】

杜牧之《朱坡》詩云：「小蓮娃欲語，幽筍穉相攜。」言筍如穉子，與杜甫「竹根穉子無人見」同意。（姚寬《西溪叢語》卷下）

杜云：「竹根稚子無人見。」稚子即筍。……牧之云：「幽筍相攜小，蓮娃欲語嬌。」以蓮比娃，以筍比稚子，與子美同意。（朱翌《猗覺寮雜記》卷三）

【風騷句法·月浸梨梢·明白】蘿月掛明鏡，松風鳴夜弦。小蓮娃欲語，幽筍稚相攜。（魏慶之《詩人玉屑》卷四）

煙景迷離，足縈懷抱。（鄭郲評本詩）

【稚子】《冷齋夜話》曰：「筍根稚子無人見」，世不解稚子爲何等語。唐人有《食筍》詩：「稚子脱錦繃，駢頭玉香滑」，則稚子爲筍明矣。《桐江詩話》曰：唐時蓋謂筍之脱籜，如小兒子解繃，《冷齋》以稚子便作筍，則非也。

吳旦生曰：或引《交州記》，以爲竹鼠；或引《爾雅》，以爲野雉；舊注以爲宗文，字稚子，種種可笑。余觀杜牧之詩：「小蓮娃欲語，幽筍稚相攜。」此言筍如稚子，即以小杜作大杜注脚可也。（吳景旭《歷代詩話》卷三十七己集四）

【纖巧句】初唐有極纖巧句，如盧照鄰「竹嬾偏宜水，花狂不待風」，上官昭容「石畫裝苔色，風梭織水紋」，張曲江「簷風落鳥毳，窗葉挂蟲絲」，張燕公「尋山屐費齒，書石筆無鋒」，使掩其姓名示人，未有不信口雌黄者。如王勃「鷹風凋晚葉，蟬露泣秋枝」，祖咏「稻涼初吠蛤，柳老半書蟲」，常袞「蛾口冰紋繭，香銷蠹字魚」，郎士元「蟲絲粘户網，鼠跡印米塵」，賈島「螢從枯樹出，蛩入破階藏」，杜牧「小蓮娃欲語，幽筍稚相攜」，又莫不羨其精思冥合，着意臨摹。然由前觀之，尚爲拙速；由後觀之，是曰巧遲。兩兩勘校，以悟其微，始覺運用之妙。存乎一心之語，古人不我欺也。（宋長白《柳亭詩話》卷十五）

早春寄岳州李使君李善棋愛酒情地閑雅〔一〕①

城高倚峭巘，地勝足樓臺。朔漠暖鴻去，瀟湘春水來②。縈盈幾多思③，掩抑若爲裁④。返照三聲角，寒香一樹梅。烏林芳草遠⑤，赤壁健帆開。往事空遺恨，東流豈不廻。分符潁川政⑥，弔屈洛陽才⑦。拂匣調珠柱⑧，磨鉛勘《玉杯》⑨。棋翻小窟勢⑩，爐撥凍醪醅⑪。詩云：爲此春酒，以介眉壽。注云：凍醪。此興予非薄，何時得奉陪？

【校勘記】

〔一〕「情地」，原作「倩地」，據夾注本、《全唐詩》卷五二一、馮注本改。

【注　釋】

①岳州：州名，唐州治在今湖南岳陽。李使君，即李遠，字求古（一説承古），夔州雲陽人。大和五年登進士第。會昌間，曾爲福州從事。入爲御史、司門員外郎。大中時爲岳州刺史，後又任杭州刺史。與許渾齊名，時號「渾詩遠賦」。有《李遠詩集》，今存詩一卷。生平見《唐詩紀事》卷五六、《唐才子傳》卷七。李遠善棋愛酒事，見《幽閒鼓吹》、《北夢瑣言》等書。吴在慶、傅璇琮《唐五代文學編年史·晚唐卷》以爲「據《唐尚書郎官石柱題名》，李遠任司勳員外郎在杜牧後四人。杜牧任司勳員外郎在大中二年八月，則李遠之任當在大中三四年間。如是其守岳州蓋在大中四五年間。」又杜牧此詩乃早春作，則詩約作於大中五年（八五一）春。

②瀟湘：夾注：「《零陵記》：瀟水、湘水在永州，二水合流謂之瀟湘。」

③縈盈：縈繞充滿。

④掩抑句：掩抑，低沉。若爲裁，如何節制、控制呢。

⑤烏林：地名。在湖北嘉魚縣西，長江北岸，對岸有赤壁山。其地爲三國時赤壁之戰戰場。

⑥分符句：符，信符。分符指任州郡長官。馮注：「《漢書·文帝紀》：初與郡守爲銅虎符，竹使符。《注》：師古曰：與郡守爲符者，謂各分其半，右留京師，左以與之。」潁川，漢郡名，治所在今安徽阜陽。漢代黄霸爲潁川太守，得吏民心，治爲天下第一。事見《漢書》卷八九《黄霸傳》。

⑦洛陽才：指西漢賈誼。潘岳《西征賦》：「賈生洛陽之才子。」賈誼謫爲長沙王太傅，過湘水，爲文以弔屈原。事見《漢書》卷四八本傳。

⑧珠柱：琴上以珠玉爲飾之枕絃木。此處代指琴。

⑨磨鉛句：鉛，鉛粉。勘，校勘。《玉杯》，漢代董仲舒《春秋繁露》一書篇名。馮注：「庾信《小園賦》：琴號珠柱，書名《玉杯》。」

⑩小窟勢：夾注：「棋譜有大兔窟勢、小兔窟勢。」

⑪壚撥句：湅醪，冬天釀造、春天飲用之酒。馮注：「《詩·七月·傳》：春酒，湅醪也。」醅，未濾之酒。

【集　評】

余在都下，嘗對客語古人詩集中可採而不見傳記者甚多。如杜牧之一絶句，題下注云：「李鄂州愛酒，性地閒雅。」一作「情地閒雅」，此亦可用。坐有新第者，問予「情地閒雅」可對甚，予答云：

「可對『性天高明』。」旁坐有解其意者，爲之絶倒。（吳聿《觀林詩話》）

《管城碩記》卷十九云：《續明道雜誌》：「周瑜破曹公於赤壁，云陳於江北，而黄州江東西流，無江北。至漢陽江西北流，復有赤壁。疑漢陽本瑜戰處。東坡賦以孟德之困於周郎爲在黄州，誤也。」……《元和志》：「赤壁山在鄂州蒲圻縣西一百二十里，北岸烏林，與赤壁相對。杜牧詩：『烏林芳草合，赤壁飽帆開』，是也。」《柳亭詩話》卷八，杜牧之《寄李岳州詩》，「合」作「遠」，「飽」作「健」，在今嘉魚縣，非黄州赤嶼也，與徐異。而《齊安晚秋詩》，有「可憐赤壁爭雄渡」之句，郝注，赤壁屬黄州，隋黄州本南齊齊安郡。是誤始於牧，坡賦又以牧誤也。位山亦未檢文忠全集，故以爲誤於牧詩耳。（平步青《霞外捃屑》卷七上《縹錦廛文築上》論文）

送王侍御赴夏口座主幕①

君爲珠履三千客②，我是青衿七十徒③。禮數全優知隗始〔一〕④，討論常見念回愚⑤。黄鶴樓前春水闊⑥，一杯還憶故人無？

【校勘記】

〔一〕「全」，馮注本校：「一作今。」

【注　釋】

①侍御：唐監察御史、殿中侍御史均稱侍御。此當是幕職所帶憲官銜。夏口，古城名。在今湖北武漢市武昌，唐時爲鄂州州城，鄂岳觀察使治所。座主，唐代進士對其主司之稱呼。杜牧之座主爲崔郾。據《唐方鎮年表》，崔郾大和五年八月至九年七月爲鄂岳觀察使，詩有「春水濶」語，則當作於大和六年至九年（八三二—八三五）春間。

②珠履：鞋面上綴有珠子之鞋子。據《史記·春申君列傳》，春申君家賓客三千，其上客均著珠履。

③我是青衿句：青衿，青領，學子之所服。七十徒，孔子最優秀之弟子七十二人，舉成數謂七十人。杜牧爲崔郾門生，故云。

④禮數全優句：隗，郭隗，戰國燕人。燕昭王欲得賢士，郭隗云：「王必欲致士，先從隗始。況賢於隗者，豈遠千里哉！」事見《史記》卷三四《燕召公世家》。此處以郭隗比王侍御。

⑤討論句：回，孔子弟子顔回。《論語·爲政》：「子曰：『吾與回言終日，不違，如愚。退而省其私，亦足以發，回也不愚。』」此處以顔回自比。

⑥黄鶴樓：樓名。在今武漢長江大橋武昌橋頭蛇山上。

自貽

杜陵蕭次君〔一〕①，遷少去官頻。寂寞憐吾道，依稀似古人。飾心無彩繢，到骨是風塵〔二〕。自嫌如匹素，刀尺不由身②。

【校勘記】

〔一〕「杜陵」，原作「社陵」，據夾注本、《全唐詩》卷五二一、馮注本改。

〔二〕「到」，《全唐詩》卷五二一、馮注本校：「一作剉。」文津閣本作「刻」。

【注釋】

①蕭次君：漢代蕭育，字次君，杜陵人。傳見《漢書》卷七八。據其本傳，「少以父任爲太子庶子。元帝即位，爲郎，病免，後爲御史。……育爲人嚴猛尚威，居官數免，稀遷」。遷，指升遷。

②自嫌二句：素：白色生絹。刀尺，剪刀和尺子，裁剪之工具。郭泰機《答傅咸詩》：「皦皦白素

絲，織爲寒女衣。寒女雖巧妙，不得秉杼機。天寒知運速，況復雁南飛。衣工秉刀尺，棄我忽若遺。」

自遺①

四十已云老，況逢憂窘餘。且抽持板手②，却展小年書③。嗜酒狂嫌阮④，知非晚笑蘧⑤。聞流寧歎吒⑥，待俗不親踈。遇事知裁剪⑦，操心識卷舒。還稱二千石⑧，於我意何如？

【注釋】

①按，夾注本於此詩題下注：「黄州」。據《杜牧年譜》，此詩作於會昌二年（八四二），時杜牧年四十，任黄州刺史。

②板：笏，手板。官吏謁見上司時所持。

③小年書：謂《莊子》之類。《莊子·逍遥遊》有「小年不及大年」語。

④嗜酒句：阮，指魏晉之際之阮籍。其時司馬氏正陰謀奪取曹魏政權，局勢險惡，名士少有全者，故其常借酒佯狂，忽忘形骸以避禍，時人多謂之癡。事見《晉書》卷四九本傳。

⑤ 知非句：蘧，指春秋時衛國大夫蘧伯玉。《淮南子·原道》：「蘧伯玉年五十，而知四十九年非。」

⑥ 聞流句：流，流言。歎吒，驚歎。

⑦ 裁剪：意謂妥善處理應付。

⑧ 二千石：漢代郡守之年俸爲二千石，後以二千石代指郡守、刺史。時杜牧任黄州刺史，故稱。

題桐葉①

去年桐落故溪上〔一〕，把葉因題《歸燕》詩〔二〕。江樓今日送歸燕，正是去年題葉時〔三〕。葉落燕歸真可惜〔四〕，東流玄髮且無期。笑筵歌席反惆悵，朗月清風見別離〔五〕。莊叟彭殤同在夢②，陶潛身世兩相遺③。一丸五色成虚語〔六〕④，石爛松薪更莫疑〔七〕⑤。哆尺也反侈不勞文似錦〔八〕⑥，進趨何必利如錐⑦。錢神任爾知無敵⑧，酒聖於吾亦庶幾〔九〕⑨。江畔秋光蟾閣鏡⑩，檻前山翠茂陵眉⑪。樽香輕泛數枝菊〔一〇〕⑫，簷影斜侵半局棋。休指宦遊論巧拙〔一一〕，秖將愚直禱神祇。三吳煙水平生念⑬，寧向閑人道所之〔一二〕。

【校勘記】

〔一〕「桐落」，《文苑英華》卷三二七作「桐葉」。

〔二〕「把葉」，《文苑英華》卷三二七、《全唐詩》卷五二一作「把筆」。「因」，《文苑英華》卷三二七作「偶」，下校：「集作把葉因。」《全唐詩》卷五二一在「筆偶」下校：「一作葉因。」馮注本校：「一作偶。」

〔三〕「題葉時」，夾注本作「桐落時」。

〔四〕「真」，《文苑英華》卷三二七、馮注本作「今」，《文苑英華》下校：「集作真。」

〔五〕「朗」，《全唐詩》卷五二一作「明」，下校：「一作朗。」馮注本校：「一作明。」「見」，《文苑英華》卷三二七作「愴」，下校：「集作見。」馮注本校：「一作愴。」

〔六〕「成」，夾注本作「誠」。「語」，《文苑英華》卷三二七作「席」，下校：「集作語。」馮注本校：「一作席。」

〔七〕「莫」，《才調集》卷四作「不」，《全唐詩》卷五二一、馮注本校：「一作不。」

〔八〕「哆」，《才調集》卷四作「奢」。

〔九〕「酒聖」，原作「酒重」，據《才調集》卷四、《文苑英華》卷三二七、夾注本、《全唐詩》卷五二一、馮注本改。文津閣本作「酒量」。

〔一〇〕「香」，《文苑英華》卷三二七作「芳」，下校：「集作香。」馮注本校：「一作芳。」

〔一一〕「宦遊」，《文苑英華》卷三二七作「官道」。

〔一二〕「閑人」，文津閣本作「人間」。

【注　釋】

①《杜牧年譜》謂「詩云：『去年桐落故溪上』，又云『三吴煙水平生念，寧向閑人道所之？』蓋大中四年守湖州時所作。大中三年杜牧在長安，故曰『去年桐落故溪上』。」據郭文鎬《杜牧詩文繫年小札》（《人文雜誌》一九八九年第五期）所考，「詩云『江樓今日送歸燕』、『江畔秋光蟾閣鏡』，湖州境僅有霅溪、餘溪，不得有『江樓』、『江畔』之謂。牧守黄池睦三郡，皆臨江，嘗言『長使江樓伴使君』（《歸燕》），本詩又多失意激憤語，作於三守僻左時明矣。詩又云：『去年桐落故溪上，把葉因題歸燕詩。』牧會昌二年出領外郡，七换星霜，未曾一至長安，『去年』唯指會昌元年，故詩作於二年黄州任上。」今即據此訂本詩於會昌二年（八四二）秋。

②莊叟句：莊叟，指莊子。彭，指彭祖，傳説活到八百歲。殤，短命夭折者。莊子以爲：「莫壽乎殤子，而彭祖爲夭。」

③陶潛句：陶潛，晉朝詩人。其《歸去來兮辭》云：「歸去來兮，請息交以絶遊，世與我而相違，復駕

言兮焉求！」

④一丸句：一丸，謂仙藥。曹丕《折楊柳行》：「上有兩仙僮，不飲亦不食。與我一丸藥，光耀有五色。服藥四五日，身體生羽翼。輕舉乘浮雲，倏忽行萬億。」

⑤石爛松薪：石頭被煮爛，松柏被砍伐爲燒柴。指世事滄桑，萬物均會泯滅。夾注：「《三齊略記》：甯戚候桓公出，扣牛角歌曰：南山燦兮，白石爛。」馮注：「庾信《東宮玉帳山銘》：煮石初爛，燒丹欲成。鄭氏允端詩：石爛與海枯，行人歸故鄉。《古詩》：古墓犁爲田，松柏摧爲薪。」

⑥哆侈句：哆侈，張口貌。《詩・小雅・巷伯》：「哆兮侈兮，成是南箕。」馮注：《詩・巷伯・傳》：貝錦，錦文也；哆，大貌，侈之言是必有因也。」句謂讒言入人以罪。

⑦進趨句：進趨，指奔走鑽營，以求富貴。《晉書・祖逖傳附祖納傳》：「時梅陶及鍾雅數説餘事，納輒困之，因曰：『君汝潁之士，利如錐；我幽冀之士，鈍如槌。持我鈍槌，捶君利錐，皆當摧矣。』陶、雅並稱『有神錐，不可得槌』。納曰：『假有神錐，必有神槌。』雅無以對。」

⑧錢神：晉魯褒曾作《錢神論》以刺世。此指金錢。

⑨酒聖：魏晉時稱酒之清者爲聖人，濁者爲賢人。《三國志・魏書・徐邈傳》：「鮮于輔進曰：『平日醉客謂酒清者爲聖人，濁者爲賢人。』」

⑩江畔秋光句：蟾閣鏡，《洞冥記》卷一載：「望蟾閣十二丈，上有金鍾廣四尺。元封中有祇國獻此

鏡，照見魑魅不獲隱形。」此處用以比喻秋江之澄澈。

⑪ 茂陵眉：茂陵，漢武帝陵，司馬相如病時居此。茂陵眉，指司馬相如之妻卓文君之眉。《西京雜記》卷二謂司馬相如之妻卓文君「姣好，眉色如望遠山」。

⑫ 數枝菊：此指菊花酒。《西京雜記》卷三：「九月九日，佩茱萸，食蓬餌，飲菊華酒，令人長壽。菊華舒時，并采莖葉，雜黍米釀之，至來年九月九日始熟，就飲焉，故謂之菊華酒。」

⑬ 三吳：見《郡齋獨酌》注⑯。

【集　評】

妙處直逼高岑。（鄭郟評本詩）

沈下賢①

斯人清唱何人和？草徑苔蕪不可尋。一夕小敷山下夢②，水如環珮月如襟。

【注　釋】

① 沈下賢：即沈亞之，字下賢。吳興人。登進士第，曾爲秘書省校書郎、福建都團練副使、殿中侍御史。後貶爲南康尉。事跡見兩《唐書·柏耆傳》、《唐詩紀事》卷五一、《唐才子傳》卷六、《兩浙名賢録》等。此詩《杜牧年譜》謂「沈下賢乃吳興人，詩中所云小敷山，乃沈故居，在吳興西南二十里，故知此詩爲守湖州時作。」并謂撰於大中五年（八五一），時杜牧爲湖州刺史。

② 小敷山：馮注：「《吳興掌故集》：敷山，烏程西南二十里，在福山東；福山俗名小敷山，唐人沈下賢居此。」

【集　評】

【萼山】杜牧之弔沈下賢詩云：「一夜小萼山下夢，水如環佩月如襟。」坊刻訛作「小孤」，與本題無涉。按《吳興掌故》，萼山，在烏程縣西南二十里。《易》曰：「震爲萼。」萼，花蒂也，《説卦》，山之東曰萼。此山在福山東，故名，福山又名小萼山，與萼山相連接。唐詩人沈亞之下賢居此。予鄉華不注，不作跗解，亦與萼同義。（王士禎《池北偶談》卷十七「談藝」七）

李和鼎①

鵩鳥飛來庚子直②，謫去日蝕辛卯年③。由來枉死賢才事，消長相持勢自然④。

【注釋】

① 李和鼎：即李甘，字和鼎。傳見《舊唐書》卷一七一、《新唐書》卷一一八。生平參見《李甘詩》注①。

② 鵩鳥句：鵩鳥，即鴞，俗以爲不祥之鳥。賈誼謫居長沙，有鵩鳥飛入其舍，遂自傷悼，以爲壽不得長，賦《鵩鳥賦》，中有「單閼之歲兮，四月孟夏，庚子日斜兮，服（鵩）集余舍」句。事見《漢書》卷四八《賈誼傳》。

③ 謫去句：太歲在卯曰單閼，賈誼作賦在漢文帝六年丁卯，李甘之貶在大和九年乙卯，同在卯年。馮注：「《詩話總龜》：牧之作李和鼎詩云云，蓋言鄭注事也。和鼎論注不可爲相，旋致貶謫，故牧之作詩痛之如此。議者謂辛卯年在憲宗之時，而文宗時無辛卯，豈牧之誤乎？余謂牧之所云，非謂實庚子、辛卯也，鵩集于舍，班固書庚子之日，日有食之。詩人有辛卯之詠，借是以明李甘之

冤爾。」

④消長相持：馮注：「《後漢書·黨錮傳贊》：蘭蕕無並，消長相傾。《周書·樂遜傳》：譬猶棋劫相持，爭行先後。」

【集　評】

杜牧之作《李和鼎》詩云：「鵩鳥飛來庚子直，謫去日蝕辛卯年。由來枉死賢才士，消長相持勢自然。」蓋言鄭注事也。方是時，和鼎論注不可爲相，旋致貶責，故牧之作詩痛之如此。議者謂辛卯年在憲宗之時，而憲宗未嘗謫李甘。李甘仕文宗之時，而文宗時無辛卯也。豈牧之誤乎？余謂牧之所云，非謂實庚子、辛卯也。鵩集於舍，班固書庚子之日；日有蝕之，詩人有辛卯之詠。借是事以明李甘之冤爾。（葛立方《韻語陽秋》卷九）

贈沈學士張歌人①

拖袖事當年〔一〕，郎教唱客前②。斷時輕裂玉③，收處遠繰煙④。孤直緪雲定⑤，光明滴水圓。泥情遲急管⑥，流恨咽長絃。吳苑春風起⑦，河橋酒旆懸。憑君更一醉，家在杜陵邊⑧。

【校勘記】

〔一〕「事」，夾注本作「恃」。

【注釋】

①沈學士：即沈傳師之弟沈述師。詳見《張好好詩》注④。張歌人，即張好好，歌妓名。詳見本書《張好好詩》。此詩《杜牧年譜》於大和六年謂「沈學士指沈述師，張歌人蓋即張好好。本集卷一《張好好詩序》謂張好好本江西歌妓，沈傳師移鎮宣城，復置好好於宣城籍中，『後二歲，爲沈著作述師以雙鬟納之。』沈傳師移鎮宣城在大和四年，後二歲，則應在本年。」時杜牧在沈傳師宣歙幕。據此訂本詩於大和六年（八三二）。詩有「吳苑春風起」句，乃作於春日。

②郎：馮注：「《通鑑·晉紀·注》：今世俗多呼其主爲郎。」

③裂玉：比喻歌聲之清脆。

④繅煙：比喻歌聲餘音嫋嫋不絕。繅，抽理蠶絲。

⑤緪雲定：謂歌聲響遏行雲。緪，通貫。

⑥泥：軟求、軟纏。馮注：「《楊升菴集》：俗謂柔言索物曰泥，乃計切，諺所謂軟纏也。」元稹《遣悲懷》之一：「顧我無衣搜盡篋，泥他沽酒拔金釵。」

⑦吳苑：蘇州爲春秋吳地，有宫闕苑囿之盛。後因以吳苑爲蘇州之代稱。此指蘇州一帶之林苑。夾注「《十道志·江南道》：常州有長洲苑。《注》：苑有姑蘇台，吳王所立。」

⑧杜陵：地名。在今陝西西安市東南。本名杜原，漢宣帝在此築陵，故改名杜陵。馮注：「《元和郡縣志》：京兆府萬年縣杜陵，在縣東南二十里。」

憶遊朱坡四韻①

秋草樊川路②，斜陽覆盎門③。獵逢韓嫣騎④，樹識館陶園⑤。帶雨經荷沼，盤煙下竹村。

如今歸不得，自戴望天盆⑥。

【注　釋】

①朱坡：見《朱坡》詩注①。《杜牧年譜》謂此詩乃「與《朱坡絶句》殆同時作」，亦即作於會昌六年至大中二年（八四六—八四八）間。

②樊川：小河名，在唐長安城南三十多里處。其所流經處亦稱樊川。

③覆盎門：即漢代長安城南出東頭第一門，又稱杜門。

④獵逢句：韓嫣，漢武帝寵臣。江都王入朝，武帝讓其隨從於上林苑打獵。韓嫣乘武帝副車，率領數百騎前去視獸，江都王以爲是武帝，遂伏謁道旁。事見《漢書》卷九三《韓嫣傳》。

⑤館陶園：指漢武帝姑母館陶公主之長門園。園在長安城東南。

⑥自戴句：漢司馬遷《報任安書》：「僕以爲戴盆何以望天。」意爲戴盆則不見天。

朱坡絶句三首

其一

故國池塘倚御渠，江城三詔换魚書①。賈生辭賦恨流落，秖向長沙住歲餘②。文帝歲餘思賈生。

【注　釋】

①三詔句：三詔，三次任命之詔書。魚書，即魚符，唐代任命刺史之信物。杜牧曾爲黄州、池州、睦

州三州刺史，三州州治均在江邊。《杜牧年譜》於大中二年謂「詩中有『故國池塘倚御渠，江城三詔換魚書』句，杜牧自黄遷池，自池遷睦，三州皆臨江，故云『江城』，故知此詩爲守睦州時作，惟作於何年則不可考，姑附於此」。此詩作於睦州刺史任（會昌六年九月至大中二年八月），而詩有「滿池春雨鸊鵜飛」句，知作於春日。則此三詩乃作於會昌六年至大中二年（八四六—八四八）春間。

② 賈生辭賦二句：賈生辭賦，指賈誼貶長沙王太傅後所作之《弔屈原賦》、《鵩鳥賦》。《史記·賈生列傳》叙賈誼作《鵩鳥賦》，其時已爲長沙王太傅三年，「後歲餘，賈生徵見」。此謂自己流落較賈誼爲久。

其二

煙深苔巷唱樵兒，花落寒輕倦客歸。藤岸竹洲相掩映，滿池春雨鸊鵜飛〔一〕①。

【校勘記】

〔一〕「滿池」，文津閣本作「滿城」。

【注　釋】

①鸊鷉：鳥名。野鳧。《後漢書·馬融傳·廣成頌》：「鶩雁鸊鷉。」《注》：「揚雄《方言》曰：野鳧也，甚小，好没水中，膏可以瑩刀劍寢宿也。」

其三

乳肥春洞生鵝管①，沼避迴巖勢犬牙②。自笑卷懷頭角縮，歸盤煙磴恰如蝸③。

【注　釋】

①乳肥春洞句：乳，石鐘乳。鵝管，指中通而輕薄如鵝翎管之石鐘乳。馮注：「《本草經》：石鐘乳上品。《名醫别録》：石鐘乳第一出始興，而江陵及東境名山石洞亦皆有。惟通中輕薄如鵝翎管者爲善。」

②犬牙：如狗牙似參差不齊。

③自笑二句：盤，盤行。磴，石階。蝸牛爬行時頭出，受驚時頭尾均縮入殼中。馮注：「《蜀本草》：蝸牛生池澤草樹間，似小螺，頭有黑角，行則頭出，驚則首尾俱縮在殼中。」

出宫人二首

其一

閑吹玉殿昭華管①，醉折梨園縹蔕花②。十年一夢歸人世，絳縷猶封繫臂紗③。

【注　釋】

① 昭華管：笛名。《西京雜記》卷三：咸陽宫有玉管，「玉管長二尺三寸，二十六孔，吹之則見車馬山林，隱轔相次，吹息亦不復見，銘曰『昭華之琯』」。

② 醉折梨園句：梨園，在唐長安禁苑南，光化門北。唐玄宗曾選宫女數百人於梨園教授樂曲。《西京雜記》卷一載初修漢上林苑，群臣遠方各獻名果異樹，其中有縹葉梨。

③ 絳縷猶封句：《晉書·胡貴嬪傳》記，晉泰始九年，「帝多簡良家子女以充内職，自擇其美者以絳紗繫臂」。

【集評】

杜牧之《宫人》詩云：「絳蠣猶封繫臂紗。」後學不解。嘗見《服飾變古録》云：「始於晉。武帝選士庶女子有姿色者，以緋綵繫其臂。大將軍胡奮女，泣叫不伏繫臂，左右揜其口。今定親之家，亦有繫臂者，續故事也。」（趙令畤《侯鯖録》卷二）

苕溪漁隱曰：予閲王建《宫詞》，選其佳者，亦自少得，只世所膾炙者數詞而已，其間雜以他人之詞，如「閑吹玉殿昭華管，醉折梨園縹蒂花。十年一夢歸人世，絳縷猶封繫臂紗」。又如「銀燭秋光冷畫屏，輕羅小扇撲流螢。天街夜色涼如水，卧看牽牛織女星」。此並杜牧之作也。「淚滿羅巾夢不成，夜深前殿按歌聲。紅顔未老恩先斷，斜倚薰籠坐到明。」此白樂天詩也。「寶仗平明金殿開，暫將紈扇共徘徊。玉顔不及寒鴉色，猶帶昭陽日影來。」此王昌齡詩也。建詞凡百有四篇，及逸詞九篇，或云，元微之亦有詞雜於其間。予以《元氏長慶集》檢尋，却無之，或者之言誤也。（胡仔《苕溪漁隱叢話後集》卷十四「王建」）

王建以宫詞著名，然好事者多以他人之詩雜之，今所傳百篇，不皆建作也。余觀詩不多，所知者如：「新鷹初放兔初肥，白日君王在内稀。薄暮千門臨欲鎖，紅妝飛騎向前歸。」「黄金捍撥紫檀槽，弦索初張調更高。盡理昨來新上曲，内官簾外送櫻桃。」張籍《宫詞》二首也。「淚盡羅巾夢不成，夜深前殿按歌聲。紅顔未老恩先斷，斜倚熏籠坐到明。」白樂天《後宫詞》也。「閑吹玉殿昭華管，醉折梨園縹蒂花。十年一夢歸人世，絳縷猶封繫臂紗。」杜牧之《出宫人》詩也。「紅燭秋光冷畫屏，輕羅小扇撲流螢。瑶階夜月涼如水，坐看牽牛織女星。」杜牧之《秋夕》詩也。「寶杖平明秋殿開，且將團扇暫徘徊。玉顔不及寒鴉色，猶帶昭陽日影來。」王昌齡《長信秋詞》也。「日晚長秋簾外報，望陵歌舞在明朝。添爐欲爇薰衣麝，憶得分時不忍燒。」「日映西陵松柏枝，下臺相顧一相悲。朝來樂府歌新曲，唱著君王自作詞。」劉夢得《魏宫詞》二首也。或全録，或改一二字而已。（趙與旹《賓退録》卷一）

【王建宫詞】王建宫詞一百首，至宋南渡後失去七首，好事者妄取唐人絶句補入之。「淚盡羅巾夢不成」，白樂天詩也。「鴦鴦瓦上忽然聲」，花蕊夫人詩也。「寶帳平明金殿開」，王少伯詩也。「日晚長秋簾外報」，又「日映西陵松柏枝」二首，乃樂府《銅雀臺》詩也。「銀燭秋光冷畫屏」及「閑吹玉殿昭華管」二首，杜牧之詩也。余在滇南見一古本，七首特全。（楊慎《升菴詩話》卷二）

【王建宫詞】予閲王建《宫詞》，輒雜以他人詩句，如：「奉帚平明金殿開，暫將紈扇共徘徊。玉顔不及寒鴉色，猶帶昭陽日影來。」此王少伯《長信秋詞》之一也。「日晚長秋簾外報，望陵歌舞在明朝。添爐欲爇熏衣麝，憶得分明不忍燒。」「日映西陵松柏枝，下臺相顧一相悲。朝來樂府歌新曲，唱著君王自作詞。」此皆劉夢得《魏宫詞》也。「淚盡羅衣夢不成，夜深前殿按歌聲。紅顔未老恩先斷，斜倚熏籠坐到明。」此白樂天《後宫詞》之一也。「新鷹初放兔初肥，白日君王在内稀。薄暮午門臨欲鎖，紅妝飛騎向前歸。」「黄金捍撥紫檀槽，弦索初張調更高。盡理昨來新上曲，内官簾外送櫻桃。」此皆張文昌《宫詞》也。「銀燭秋光冷畫屏，輕羅小扇撲流螢。天街夜色涼如水，卧看牽牛織女星。」此又杜牧之《秋夕》作也。「閑吹玉殿昭華琯，醉打梨園縹蔕花。十年一夢歸人世，絳縷猶封繫臂紗。」此又杜牧之《出宫人》之一也。意宋南渡後，逸其真作，好事者摭拾以補之。余歷參古本，百篇具在，他作一一删去。（毛晉《汲古閣書跋》）

其二

平陽拊背穿馳道①，銅雀分香下璧門②。幾向綴珠深殿裏，妬抛羞態卧黄昏。

【注釋】

①平陽：即漢武帝時平陽公主。馳道，君主馳走車馬之道，即御道。漢武帝過平陽公主家，喜愛其歌女衛子夫，平陽公主遂奏送入宫。「子夫上車，平陽主拊其背曰：『行矣，彊飯，勉之！即貴，無相忘。』」後子夫爲皇后。事見《史記》卷四九《外戚世家》。

②銅雀分香句：銅雀分香，見《杜秋娘詩》注㉕。馮注：「《史記·孝武紀》：作建章宫，其南有玉堂、璧門、大鳥之屬。」

長安秋望

樓倚霜樹外，鏡天無一毫①。南山與秋色②，氣勢兩相高。

【注　釋】

① 一毫：指一絲雲彩。

② 南山：指終南山，在長安南。《元和郡縣圖志》卷一《關内道·京兆府》：「萬年縣，終南山，在縣南五十里。按經傳所説，終南山一名太乙，亦名中南。」

【集　評】

世稱杜牧「南山與秋色，氣勢兩相高」爲警絶。而子美才用一句，語益工，曰「千崖秋氣高」也。（陳師道《後山詩話》）

【詩寫氣象】予初喜杜紫微「南山與秋色，氣勢兩相高」語，已乃知出於老杜「千崖秋氣高」，蓋一語領略盡秋色也。然二家言嵒崖門秋氣耳，猶未及江天水國氣象宏闊處。一日雨後過太湖，泊舟洞庭山下，乃得句云「木落洞庭秋」，或云此蹈襲「楓落吴江冷」語，第變冷爲秋則氣象自不同。彼記時耳，是安知秋色之高盡在洞庭裏許乎？此淵源自《楚騷》中來。《九歌》云「洞庭波兮木葉下」，其陶寫物象，宏放如此，詩可以易言哉！（陳知柔《休齋詩話》）

「南山與秋色，氣勢兩相高」，不如「千崖秋氣高」，「野火燒不盡，春風吹又生」，不如「春入燒痕青」，謂其簡而盡也。（李東陽《麓堂詩話》）

杜牧「南山與秋色，氣勢兩相高」，宋人極稱。然五言古詩著此語，猶可參伍儲、韋，今乃作絶聲調，乖舛甚矣。（胡應麟《詩藪》内編卷六近體下絶句）

詩不但因時，抑且因地。如杜牧之云：「南山與秋色，氣勢兩相高」，此必是陝西之終南山。若以詠江西之廬山、廣東之羅浮，便不是矣。（翁方綱《石洲詩話》卷二）

文章各有境界，宜繁而繁，宜簡而簡，乃各得之。推簡者爲工，則減字法成不刊典，而文章之妙晦而不出矣。王右丞「黄雲斷春色」，郎士元「春色臨關盡，黄雲出塞多」，一語化作兩語，何害爲佳！必謂王係盛唐，能以簡勝，此矮人之觀也。然李西涯猶謂「南山與秋色，氣勢兩相高」，不如「千崖秋氣高」，「野火燒不盡，春風吹又生」，不如「春入燒痕青」，則爲簡字訣所誤者亦多矣。（潘德輿《養一齋詩話》卷二）

唐喻鳧以詩謁杜牧之不遇，曰：「我詩無綺羅鉛粉，安得售？」然牧之非徒以「綺羅鉛粉」擅長者，史稱其剛直有大節，余觀其詩，亦伉爽有逸氣，實出李義山、温飛卿、許丁卯諸公上。如：「樓倚霜樹外，鏡天無一毫。南山與秋色，氣勢兩相高。」「長空碧杳杳，萬古一飛鳥。生前酒伴閑，愁醉閑多少？煙深隋家寺，殷葉暗相照。獨佩一壺遊，秋毫泰山小。」「寒空動高吹，月色滿清砧。殘夢夜魂斷，美人邊思深。孤鴻秋出塞，一葉暗辭林。又寄征衣去，迢迢天外心。」「長空澹澹孤鳥没，萬古銷沉向此中。看取漢家何事業，五陵無樹起秋風。」皆竟體超拔，俯視一切。（潘德輿《養一齋詩話》卷十）

獨酌

窗外正風雪〔一〕，擁爐開酒缸。何如釣船雨，篷底睡秋江。

【校勘記】

〔一〕「雪」，《全唐詩》卷五二一、馮注本校：「一作霜。」

醉眠

秋醪雨中熟，寒齋落葉中。幽人本多睡，更酌一樽空。

不飲贈酒

細算人生事，彭、殤共一籌①。與愁爭底事？要爾作戈矛②。

【注釋】

① 彭殤句：彭，彭祖，據説活到八百歲。殤，短命夭折者。莊子認爲：「莫壽乎殤子，而彭祖爲夭。」籌，數碼。

② 要爾句：爾，你，指酒。戈矛，兵器。此句意謂既已齊彭殤壽夭，則不必借酒驅愁。

昔事文皇帝三十二韻①

昔事文皇帝，叨官在諫垣②。奏章爲得地，齚齒負明恩③。金虎知難動④，毛釐亦恥言⑤。撩頭雖欲吐〔一〕⑥，到口却成吞。照膽常懸鏡⑦，窺天自戴盆⑧。周鐘既窕㮂胡化切⑨，黥陣亦瘢痕⑩。鳳闕觚稜影⑪，仙盤曉日暾⑫。雨晴文石滑〔二〕，風暖戟衣翻⑬。每慮號無告，長憂駭不存。隨行户郎反。按，原作「户部反」，此據馮注本改。唯跼蹐⑭，出語但寒暄。宮省咽喉任⑮，戈矛羽衛屯。光塵皆影附⑯，車馬定西奔〔三〕⑰。億萬持衡價⑱，錙銖挾契論⑲。堆時過北斗⑳，積處滿西園㉑。接棹隋河溢㉒，連蹄蜀棧刓㉓。漉空滄海水，搜盡卓王孫㉔。鬬巧猴雕刺㉕，誇趫索掛跟㉖。狐威假白額㉗，梟嘯得黄昏㉘。馥馥芝蘭圃，森森枳棘藩。吠聲嗾國猘㉙，公議怯膺門㉚。竄逐諸丞相，蒼茫遠帝閽㉛。一名爲吉士㉜，誰免弔湘魂㉝。間世英明主㉞，中興道德尊。崑崗憐積火㉟，河漢注清源㊱。川口堤防決㊲，陰車鬼怪掀。重雲開朗照，九地雪幽冤。我實剛腸者，形甘短褐髡〔四〕㊳。曾經觸蠆尾㊴，猶得憑熊軒㊵。杜若芳洲翠，嚴光釣瀨喧㊶。溪山侵越角，封壤盡吴根㊷。客恨縈春細，鄉愁壓思繁。祝堯千萬壽㊸，再拜揖餘樽。

【校勘記】

〔一〕「撩」，《全唐詩》卷五二一作「掩」，馮注本校：「一作掩。」

〔二〕「晴」，《全唐詩》卷五二一、馮注本校：「一作餘。」

〔三〕「定西奔」，夾注本校：「一作尽雲奔。」

〔四〕「短」，《全唐詩》卷五二一、馮注本校：「一作裋。」

【注　釋】

① 文皇帝：指唐文宗。此詩夾注本於詩題下注：「自池州移守睦州時作。」馮集梧《樊川詩集注》認爲此詩「在睦州時作，蓋爲李中敏等發也」。《杜牧年譜》同馮集梧。杜牧會昌六年底至大中二年（八四六—八四八）秋在睦州刺史任，則此詩乃作於此期間。詩有「客恨縈春細，鄉愁壓思繁」句，乃作於春日，則詩當作於大中元年或二年春。

② 諫垣：諫官官署。此指杜牧於文宗開成四、五年間任諫官左補闕。

③ 齚齒：咬牙。此處意猶如齚舌，謂雖心懷痛恨而忍氣吞聲不敢言。

④ 金虎：此指邪惡小人。《文選》卷二張衡《東京賦》：「周姬之末，不能厥政，政用多僻。始於宮鄰，卒於金虎。」李善注：「應劭《漢官儀》曰：『不制之臣，相與比周，比周者，宮鄰金虎。』宮鄰金

虎，言小人在位，比周相進，與君爲鄰，貪求之德堅若金，讒謗之言惡如虎也。」

⑤ 毛氂：極微小之過失。《漢書·文三王傳》：「毛氂過失，亡不暴陳。」

⑥ 撩頭句：撩頭，即抬頭。欲吐，此指欲仗義執言。

⑦ 照膽句：傳説秦宮有方鏡，可照見腸胃五臟；人有邪心，照之見膽張心動。事見《西京雜記》卷三。

⑧ 戴盆：見《憶遊朱坡四韻》注⑥。

⑨ 周鐘句：窕，纖細。槬，寬，橫大。周景王將鑄無射鐘，泠州鳩勸曰：「天子省風以作樂，器以鐘之，輿以行之，小者不窕，大者不槬，則和於物。……窕則不咸，槬則不容。心是以感，感實生內疚。今鐘槬矣，王心弗堪，其能久乎？」事見《左傳·昭公二十一年》。此句意謂禮樂失度，朝廷隱伏危機。

⑩ 黥陣句：黥陣，漢代黥布，善於行軍佈陣。見《史記》卷九一《黥布傳》。瘢痕，疤痕，喻過失。馮注：「《後漢書·趙壹傳》：所好則鑽皮出其毛羽，所惡則洗垢出其瘢痕。」

⑪ 鳳闕句：鳳闕，原爲漢代宮闕名，後泛指宮殿、朝廷。《史記·孝武紀》：「於是作建章宮……其東則鳳闕，高二十餘丈。」《索隱》：「《三輔故事》云：北有圜闕，高二十丈，上有銅鳳皇，故曰鳳闕也。」觚稜，宮闕上轉角處之瓦脊。

⑫ 仙盤句：仙盤，即金銅仙人承露盤。《三輔黄圖·建章宫》：「神明臺，《漢書》曰：『建章有神明臺。』《廟記》曰：『神明臺，武帝造，祭仙人處，上有承露盤，有銅仙人，舒掌捧銅盤玉杯，以承雲表之露，以露和玉屑服之，以求仙道。』」暾，日初升貌。

⑬ 戟衣：棨戟之衣套。馮注：「《漢書·匈奴傳》：棨戟十。《注》：棨戟，有衣之戟也。」

⑭ 跼蹐：彎腰小步行走，小心戒懼貌。

⑮ 宫省句：宫省，設在皇宫内之官署，如中書、門下省等。咽喉任，爲皇帝喉舌之職。

⑯ 光塵句：光塵，即和光同塵。此處指宦官仇士良等權勢熏天，朝臣與世沉浮，同流合污，爭相趨附。《老子》：「和其光，同其塵。」王弼注：「無所特顯，則物無所偏爭也。無所特賤，則物無所偏恥也。」

⑰ 車馬句：此句亦狀當時官吏趨附宦官仇士良之情形。《舊唐書·李訓傳》：「訓愈承恩顧，每别殿奏對，他宰相莫不順成其言，黄門禁軍迎拜戢斂。訓本以纖達，門庭趨附之士，率皆狂怪陰異之流。」

⑱ 持衡：衡，秤桿。持衡，指用秤衡量物體重量。

⑲ 錙銖句：錙銖，古代重量單位，六銖爲錙。契，簿書、案卷等。以上二句描寫當時賣官鬻爵情形。

⑳ 堆時句：指堆積之金子高過北斗星。夾注：「李白詩：黄金高北斗，不借賈陽春。白樂天《勸

酒》詩：身後堆錢柱北斗，不如生前一樽酒。」

㉑積處句：東漢宦官張讓以修南宫爲藉口，使靈帝下詔徵税。所徵財物，「皆先至西園諧價，……又造萬金堂於西園，引司農金錢繒帛，仞積其中。」事見《後漢書》卷七八本傳。

㉒隋河：隋煬帝時所開通濟渠。馮注：「《文獻通考》：開封府有通濟渠，隋煬帝開，引黄河水以通江淮漕運。」

㉓連蹄句：蹄，馬蹄，代指車馬。刓，磨損。

㉔卓王孫：漢代臨邛富商，卓文君之父。

㉕鬬巧句：《韓非子·外儲説》：「衛人曰：『能以棘刺之端爲母猴。』」

㉖誇趫句：趫，動作便捷。索掛跟，將脚跟勾掛於繩索上，指繩伎。

㉗狐威句：白額，指老虎。此用狐假虎威事。《戰國策·楚一》：「虎求百獸而食之，得狐。狐曰：『子無敢食我也。天帝使我長百獸，今子食我，是逆天帝命也。子以我爲不信，吾爲子先行，子隨我後，觀百獸之見我而敢不走乎？』虎以爲然，故遂與之行，獸見之皆走，虎不知獸畏己而走也，以爲畏狐也。」

㉘梟嘯句：此句指鄭注等人干竊朝權事。《舊唐書·鄭注傳》：「及守澄入知樞密，當長慶、寶曆之際，國政多專於守澄。注晝伏夜動，交通賂遺，初則讒邪姦巧之徒附之以圖進取；數年之後，達僚

權臣，爭湊其門。……太和七年，罷邠寧行軍司馬，入京師。御史李款閤内彈之曰：『鄭注内通敕使，外結朝官，兩地往來，卜射財貨，晝伏夜動，干竊化權。人不敢言，道路以目。』」

㉙吠聲句：嗾，用口作聲指揮狗。猘，瘋狗。此處指迫害正直官吏之惡人。

㉚膺門：李膺之門。李膺，東漢人，因敢於獨持風裁、指斥弊政而馳名。傳見《後漢書》卷六七。

㉛帝閽：指朝廷。閽，宫門。

㉜吉士：指忠良之士。馮注：「《新序》：事君日益，官職日益，此所謂吉士也。」

㉝弔湘魂：謂遭貶謫。賈誼謫爲長沙王太傅，過湘水，爲文以弔屈原。事見《漢書》卷四八本傳。

㉞間世句：間世，隔世，不世出。英明主，指唐武宗。

㉟崑崗：即崑崙山。《書·胤征》：「火炎崑崗，玉石俱焚。」

㊱河漢句：李康《運命論》：「黄河清而聖人生。」

㊲堤防：喻禁止百姓發表意見之禁令。《國語·周語上》：「防民之口，甚於防川。」

㊳形甘句：短褐，短窄之粗陋衣服，勞役者所服。髡，剃髮之刑。

㊴蠆：蠍子一類毒蟲，尾有毒鉤。

㊵猶得句：熊軒，猶熊軾。漢代公、列侯所乘車，前有伏熊形横軾。憑熊軒，此謂已任刺史。《後漢書·輿服志》：「公、列侯安車，朱班輪，倚鹿較，伏熊軾，皁繒蓋，黑轓，右騑。」

㊶嚴光：東漢人，隱居耕釣於富春江七里瀨。事見《後漢書》卷八三本傳。夾注：「《後漢書》：嚴光，字子陵，耕於富春山，後人名釣處爲嚴陵瀨。《十道志》：睦州有嚴子陵釣臺。」

㊷溪山二句：越角，春秋時越國之邊地。吴根，春秋時吴國之邊地。越角、吴根均指睦州。夾注：「《通典》：新定郡睦州，春秋時屬吴，後屬越，領縣桐廬。」

㊸祝堯句：《莊子·天地》：「堯觀乎華，華封人曰：『嘻，聖人！請祝聖人，使聖人壽。』」此用以祝頌唐武宗。

【集評】

杜牧之云：「杜若芳州翠，嚴光釣瀨喧。」此以杜與嚴爲人姓相對也。又有「當時物議朱雲小，後代聲名白日懸」，此乃以「朱雲」對「白日」，皆爲假對，雖以人姓名偶物，不爲偏枯，反爲工也。如涪翁「世上豈無千里馬，人中難待九方臯」，尤爲工緻。（吴聿《觀林詩話》）

老杜《省宿》詩云：「明朝有封事，數問夜如何。」蓋憂君諫政之心切，則通夕爲之不寐。想其犯顔逆耳，必不爲身謀也。杜牧之詩云：「昔事文皇帝，叨官在諫垣。奏章爲得地，齰齒負明恩。金虎知難動，毛釐亦恥言。撩頭雖欲吐，到口却成吞。」至與人論諫尤可怪，謂「諫殺人者殺人愈多，諫畋獵者畋獵愈甚」。是欲箝天下忠義之口。有臣如牧，國家奚望哉！然唐史乃謂牧之剛直有奇節，敢

論列大事，指陳利病尤切，何邪？（葛立方《韻語陽秋》卷十一）

《圖經》載：嚴陵山水清麗奇絶，號錦峰繡嶺，乃子陵隱居之所，後以名山。然嚴陵山水稱號，率有經據。如杜若汀洲，見於杜紫微詩，云：「杜若芳洲翠，嚴光釣瀨喧。」如丁谿越嶂，亦見於杜紫微詩，云：「翠巖千尺倚溪斜，曾見嚴光作釣家。越嶂遠分丁字水，江梅遲見二年花。」……又如吴根越角，亦見杜紫微詩《昔事文皇帝》篇中，云：「溪山侵越角，封壤盡吴根。」獨未知錦峰繡嶺，《圖經》何所據也。（商輅《蔗山筆塵》）

杜少陵於感事詩獨有諷刺之妙，樊川亦復不減。（鄭郲評本詩）

道一大尹存之學士庭美學士簡于聖明自致霄漢皆與舍弟昔年還往牧支離窮悴竊於一麾書美歌詩兼自言志因成長句四韻呈上三君子〔一〕①

九金神鼎重丘山②，五玉諸侯雜珮環③。星座通霄狼鬣暗〔二〕④，戍樓吹笛虎牙閑〔三〕⑤。
斗間紫氣龍埋獄⑥，天上洪爐帝鑄顔⑦。若念西河舊交友〔四〕⑧，魚符應許出函關⑨。

【校勘記】

〔一〕「存之學士庭美學士」，《全唐詩》卷五二一作「存之庭美二學士」。「聖明」，夾注本作「聖朝」。

〔二〕「狼鬣」，原作「狼獵」，據夾注本、《全唐詩》卷五二一、馮注本改。

〔三〕「笛」，《全唐詩》卷五二一、馮注本校：「一作角。」

〔四〕「河」，《全唐詩》卷五二一、馮注本校：「一作湖。」

【注　釋】

①道一：鄭涓字，時爲京兆尹。《新唐書·宰相世系表五上》七房鄭氏：「涓字道一，太原節度使。」又《全唐文》蔣伸《授鄭涓徐州節度使制》：「平盧軍節度使、檢校左散騎常侍鄭涓，……洎尹正神京，益彰材用。」據此知鄭涓尚有京兆尹與平盧軍節度使、徐州節度使之任。存之，畢諴字，時爲翰林學士。傳見《舊唐書》卷一七七、《新唐書》卷一八三。庭美，鄭處誨字，時亦爲翰林學士。傳見《舊唐書》卷一五八、《新唐書》卷一六五。舍弟，指杜顗。一麾，一揮手。後人用爲旌麾之麾，指出任州刺史。顔延之《五君詠·阮始平》「屢薦不入官，一麾乃出守。」此詩《杜牧年譜》繫於大中四年，謂「畢諴自學士出鎮，《新唐書·畢諴傳》未言在何年，據《通鑑》，則在大中六年六月。《通鑑》又謂：『上欲重其資履，六月壬申，先以諴爲刑部侍郎，癸酉，乃除邠寧節度使。』是畢諴於

大中六年出鎮時始拜刑部侍郎，以前則爲學士，《舊唐書·宣宗紀》中所記大中二年八月畢諴爲刑部侍郎，蓋有疏誤。大中四年杜牧出守湖州時，畢諴正爲學士也」。按，據《翰苑群書》上《重修承旨學士壁記》，「畢諴大中四年二月十三日自職方郎中兼侍御史知雜事充。六年正月七日，三殿召對賜紫，其年七月七日授權知刑部侍郎出院」。又據同書，鄭處誨任翰林學士在大中三年五月至四年八月。此詩乃杜牧爲求外任而上諸人，其大中四年初秋已授湖州任，則詩乃作於大中四年（八五〇）二月後，初秋之前。

② 九金神鼎：指大禹收九牧之金所鑄九鼎。

③ 五玉：古代五等諸侯所執之五種玉石。夾注：「《書》：輯五瑞，既月，乃日覲四岳群牧，班瑞于群后。《注》：五瑞，公侯伯子男所執以爲瑞信也。又曰五禮五玉。《注》：五玉，即五瑞也。《遁齋閑覽》：古者五等諸侯皆執玉侯服，亦皆佩玉。」馮注：「《書》：修五禮五玉。《傳》：五等諸侯執其玉。」

④ 狼鬣暗：狼鬣，指天狼星光芒。天狼星暗則無戰事。《晉書·天文志》：「狼一星，在東井東南。狼爲野將，主侵掠。色有常，不欲動也。……弧九星在狼東南，天弓也，主備盜賊，常向於狼。弧矢動移不如常者，多盜賊，胡兵大起。狼弧張，害及胡，天下乖亂。」

⑤ 虎牙：指將士。東漢勇敢善戰之蓋延封爲虎牙將軍。事見《後漢書》卷一八本傳。

⑥斗間句：斗，斗宿。晉張華見斗牛星間常有紫氣，因與雷煥共觀天象，雷煥以爲乃寶劍之精上徹於天而成。華遂命雷煥爲豐城令，至縣，掘獄屋基，得寶劍龍泉、太阿。事見《晉書》卷三六《張華傳》。

⑦鑄顏：謂培育人才。揚雄《法言·學行》：「或曰：『人可鑄與？』曰：『孔子鑄顏淵矣。』」此用顏回媲美鄭涓等。

⑧西河句：西河，戰國魏地。在今陝西東部黄河西岸地區。孔子弟子子夏「居西河教授，爲魏文侯師。其子死，哭之失明」。事見《史記》卷六七《仲尼弟子列傳》。此「西河舊交友」喻指其弟杜顗，顗時患目疾，失明。

⑨若念句：魚符，隋唐時朝廷頒發之一種符信，雕木或鑄銅爲魚形，亦稱魚契。官吏持此以爲憑信。唐時刺史即持銅魚符。函關，即函谷關，舊址在今河南省靈寶縣。

【集評】

《道一大尹存之廷美二學士簡于聖明自致霄漢牧支離窮悴竊於一麾書美歌詩兼自言志呈上三君子》：通首氣局宏大。其大意謂天下太平，正士人及時行道之會；明良在上，正國家薦賢圖治之時也。（朱三錫《東嵒草堂評訂唐詩鼓吹》卷六）

《道一大尹存之庭美二學士簡于聖明自致霄漢皆與舍弟昔年往還牧支離窮悴竊於一麾書美歌詩兼自言志呈上三君子》：首言三君子鼎足而立，如丘山之重，使諸侯知所尊天子，而執玉朝宗，無跋扈不臣之事。故賊星晦暗，戎將都閑，此皆贊成致治功效也。惟我困於塵埃，如劍埋獄，君等處身天上，帝鑄成材，若念舊情，當出符徵召，加我異數耳。禹收九州之金鑄鼎，以知神姦鬼魅。晉《中興書》：神鼎仁器也，能輕能重，能息能行，不炊而沸，不汲而盈，亂則藏於深山，文明應運而至，故禹鑄鼎以擬之。沈約《宋書》曰：質，文之精也，知吉知凶，五味自全。五玉，桓信躬穀蒲五等。天文有帝座星，今用星座，尤言星舍，而座字有出。大狼星爲野將，主剽掠，弧九星，備盜賊，常向之。鬣，芒也。《晉書》：司馬懿征公孫淵，煥見斗牛間紫氣，命煥於豐城獄掘得寶劍二，各佩其一。華誅，後煥子佩劍至延平津，劍躍水面，見二龍合飛去。《莊子》：天地爲爐。《楊子》：孔子鑄顏回。漢《楊綰傳》：舊制，刺史被代若別遣，皆降魚書。隋頒木魚符於總管刺史，雌一雄三，又頒於京官五品以上。函谷舊關，在河南靈寶縣。老子西度，田文東出，皆此函谷新關，在新安縣。（胡以梅《唐詩貫珠箋》卷四）

杏園①

夜來微雨洗芳塵，公子驊騮步貼勻〔一〕②。莫怪杏園憔悴去，滿城多少插花人。

【校勘記】

〔一〕「步貼匀」，「貼」字原作「貽」，據《全唐詩》卷五二一、馮注本改。夾注本作「步始均」。

【注釋】

① 杏園：園名。故址在今陝西西安市郊大雁塔南。秦時爲宜春下苑地。唐時與慈恩寺南北相直，在曲江池西南，爲唐時新及第進士宴集之處。

② 公子句：驊騮，赤色駿馬。步貼匀，脚步安穩有節奏。

【集評】

苕溪漁隱曰：《和東坡金山詩》云：「雲峰一隔變炎涼，猶喜重來飯積香。」《維摩經》云：「維摩詰在上方，有國號香積，以衆香鉢盛滿香飯，悉飽衆會。」故今僧舍厨名香積，二字不可顛倒也。太虚乃遷就押韻，殊不成語。小詞云：「落紅鋪徑水平池，弄晴小雨霏霏，杏園憔悴杜鵑啼，無奈春歸。」用小杜詩「莫怪杏園憔悴去，滿城多少插花人。」（胡仔《苕溪漁隱叢話後集》卷三十三「秦太虚」）

春晚題韋家亭子①

擁鼻侵襟花草香，高臺春去恨茫茫。蔫紅半落平池晚②，曲渚飄成錦一張。

【注　釋】

① 韋家：馮注：「《雍録》：《吕圖》：韋曲，在明德門外，韋后家在此，蓋皇子陂之西也。所謂：城南韋杜，去天尺五者也。」

② 蔫紅：萎縮將謝之花朵。

過田家宅

安邑南門外①，誰家板築高②？奉誠園裏地③，牆缺見蓬蒿。

【注　釋】

①安邑：即安邑坊，在唐長安朱雀街東第四街東市之南。

②板築：築牆用具。板，牆板；築，杵。築牆時以兩板夾土，用杵夯，使之結實。此處指牆。

③奉誠園：在唐長安安邑坊，本司徒兼侍中馬燧宅，燧死，其子馬暢獻進，廢爲奉誠園，屋木皆拆入內。《唐國史補》卷中：「馬司徒之子暢，以第中大杏饋竇文場。文場以進。德宗未嘗見，頗怪之，令使就第封杏樹。暢懼，進宅，廢爲奉誠園，屋木盡拆入內也。」

見宋拾遺題名處感而成詩①

竄逐窮荒與死期②，餓唯蒿藿病無醫。憐君更抱重泉恨③，不見崇山謫去時④。

【注　釋】

①拾遺：官名，分左、右，掌供奉諷諫。宋拾遺，據陶敏《樊川詩人名箋補》（《徐州師範學院學報》一九八七年第二期）所考乃宋邧。陶文又謂此詩「當作於李（德裕）死後。李德裕大中元年十二月自太子少保分司貶潮州司馬，二年九月再貶崖州司户，三年十一月卒貶所，杜牧此詩約作於大中

四年」（八五〇）。宋邧，字次都。大和四年狀元及第。開成三年官左拾遺。事跡見《新唐書》卷一八一《陳夷行傳》。

② 竄逐窮荒句：窮荒，僻遠之地。《劇談録》卷上載：宋邧爲補闕於中書候見宰相，與同列談笑，「頃之，丞相遽出，宋以手板障面，笑猶未已。朱崖目之，回謂左右曰：『宋補闕笑某何事？』聞之者莫不寒心股栗。未旬日，出爲河清縣令；歲餘，遂終所任」。

③ 重泉：猶黄泉、九泉。

④ 崇山：山名。在今湖南張家界市西南，與天門山相連。相傳舜流放驩兜於此。此影指李德裕被貶死崖州。《大戴禮記·五帝德》：舜「放驩兜於崇山，以變南蠻」。《通典》卷一八三澧陽縣：「有崇山，即放驩兜之所。」

雪晴訪趙嘏街西所居三韻①

命代風騷將〔一〕②，誰登李、杜壇③。少陵鯨海動④，翰苑鶴天寒〔二〕⑤。今日訪君還有意，三條冰雪獨來看〔三〕。

【校勘記】

〔一〕「命」，馮注本校：「一作今。」

〔二〕「翰」，馮注本校：「一作秦。」

〔三〕「三條」，馮注本作「二條」。「獨來」，馮注本校：「一云借今。」

【注釋】

①趙嘏：字承祐，行二十二，楚州山陽人。會昌四年登進士第。大中中，任渭南尉，世稱趙渭南。事跡見《唐摭言》卷一五、《新唐書·藝文志四》、《唐詩紀事》卷五六、《唐才子傳》卷七。街西，唐代長安以朱雀門大街爲界，街東屬萬年縣，街西屬長安縣，有五十四坊。《全唐詩》卷五四九趙嘏有《今年新先輩以遏密之際每有讌集必資清談書此奉賀》詩。《唐摭言》卷三記此詩云：「開成五年，樂和李公榜，於時上在諒闇，率常雅飲。詩人趙嘏寄贈曰……」又趙嘏有《送裴延翰下第歸滁州》（《全唐詩》卷五四九），詩亦開成五年春作（詳見吳在慶《唐五代文史叢考·裴延翰下第歸覲滁州之時間》所考）。則開成四、五年間趙嘏在長安。杜牧開成四年冬至五年初春均在長安，則杜牧此詩蓋作於此期間，今姑繫於開成五年（八四〇）初春。

②命代句：即名世，著名於當世。風騷將，指詩人。

③李杜：指李白與杜甫。

④少陵句：少陵，此處指杜甫，杜甫自稱少陵野老。其《戲爲六絶句》之四：「或看翡翠蘭苕上，未掣鯨魚碧海中。」鯨海動，喻指杜甫渾涵汪茫之詩歌。

⑤翰苑句：翰苑，翰林苑。李白曾爲翰林供奉，故此處用以指李白。鶴天寒，比喻李白飄逸曠遠之詩風。裴敬《翰林學士李公墓碑》稱李白詩云：「雲行鶴駕，想見飄然之狀。」

【集　評】

杜紫微覽趙渭南卷《早秋》云：「殘星幾點雁横塞，長笛一聲人倚樓。」吟味不已，因目嘏爲「趙倚樓」。復有贈嘏詩曰：「命代風騷將，誰登李杜壇？灞陵鯨海動，翰苑鶴天寒。今日訪君還有意，三條冰雪借予看。」紫微更寄張祜，略曰：「睫在眼前長不見，道非身外更何求？誰人得似張公子，千首詩輕萬户侯！」（王定保《唐摭言》卷七「知己」）

將赴吴興登樂遊原一絶①

清時有味是無能②，閑愛孤雲静愛僧。欲把一麾江海去③，樂遊原上望昭陵④。

【注　釋】

①吳興：郡名，即湖州（今屬浙江）。樂遊原，在唐長安東南，地勢高曠，爲登臨遊覽勝地。西漢宣帝時，在此建樂遊廟，故名。杜牧大中四年秋出爲湖州刺史，故《杜牧年譜》繫此詩於大中四年（八五〇）秋，時杜牧將赴湖州刺史任。

②清時：清平之時。

③一麾：一揮手。後人用爲旌麾之麾，指出任州刺史。顏延之《五君詠·阮始平》：「屢薦不入官，一麾乃出守。」

④昭陵：唐太宗李世民陵墓，在今陝西醴泉縣東北九嵕山。

【集　評】

今人守郡謂之「建麾」，蓋用顏延年詩「一麾乃出守」，此誤也。延年謂「一麾」者，乃指麾之麾，如武王「右秉白旄以麾」之麾，非「旌麾」之麾也。延年《阮始平》詩云「屢薦不入官，一麾乃出守」者，謂山濤薦咸爲吏部郎，三上，武帝不用，後爲荀勖一擠，遂出始平，故有此句。延年被擯，以此自託耳。自杜牧爲《登樂遊原》詩云：「擬把一麾江海去，樂遊原上望昭陵」，始謬用「一麾」，自此遂爲故事。（沈括《夢溪筆談》卷四「辯證」二）

吾友頓隆師嘗言，顏延年《五君詠》，至《阮始平》曰：「屢薦不入官，一麾乃出守。」麾，去也，咸爲山濤麾出。杜牧之「欲把一麾江上去」，即旄也，蓋誤矣。余以爲，麾即旄也。子美亦有「持旌麾」之句，杜牧不合用「一麾」耳。（王得臣《麈史》卷中「詩話」）

【一麾】顏延年《阮始平》詩云：「屢薦不入官，一麾乃出守」，蓋謂山濤三薦咸爲吏部郎，武帝不能用，荀勖一麾之，即左遷始平太守也。杜牧「清時有味是無能，閑愛孤雲靜愛僧。乞得一麾江海去，樂遊原上望昭陵」。山谷云：「愛閑愛靜，求得一麾而去也。」別本作「欲把一麾」，非是。「麾」之訓，即漢嚴助、汲黯招之不來，麾之不去。（潘淳《潘子真詩話》）

【一麾】《筆談》云：「今人守郡謂之建麾，蓋用顏延年詩『一麾乃出守』，此誤也。延年謂一麾者，乃指麾之麾，如武王右秉白旄以麾之，麾非旌麾也。延年爲《阮始平》詩云『屢薦不入官，一麾乃出守』者，謂山濤薦咸爲吏部郎，三上，武帝不用，後爲荀勖一擠，遂出始平，故有此句。延年被擯，以此自托耳。自杜牧爲《登樂遊原》詩云：『擬把一麾江海去，樂遊原上望昭陵』，始謬用一麾，自此遂爲故事。」凡此以上皆存中之語。以余意測之，杜樊川之意則善矣，而謂之擬把，則尤謬也。蓋自作太守，而謂之一麾，於理無礙，但不可以此言贈人作太守耳。宋景文詩云「使麾得請印垂要」，又云「一封通奏領州麾」，又云「乞得一麾行」，又云「竟獲一麾行」，是真得延年之意，未嘗謬用也。（黄朝英《緗素雜記》卷七）

予嘗從東湖舟中，見誦杜牧之「爲問寒沙新到雁，來時曾下杜陵無」之句，及誦「欲把一麾江海去，樂遊原上望昭陵」，誦詠久之。（曾季貍《艇齋詩話》）

杜牧詩：「清時有味是無能，閑愛孤雲靜愛僧。擬把一麾江海去，樂遊原上望昭陵。」此蓋不滿於當時，故末有「望昭陵」之句。汪輔之在場屋，能作賦，略與鄭毅夫、滕達道齊名，以義氣自負。既登第，久不得志，常鬱鬱不樂，語多譏刺。元豐初，始爲河北轉運使，未幾，坐累謫官累年，遇赦幸復知處州，謝表有云：「清時有味，白首無能。」蔡持正爲侍御史，引杜牧詩爲證，以爲怨望，遂復罷。（葉夢得《石林詩話》卷中）

「清時有味是無能，閑愛孤雲靜愛僧。欲把一麾江海去，樂遊原上望昭陵。」右杜牧之自尚書郎出爲郡守之作，其意深矣。蓋樂遊原者，漢宣帝之寢廟在焉；昭陵即唐太宗之陵也。牧之之意，蓋自傷不遇宣帝、太宗之時，而遠爲郡守也。藉使意不出此，以景趣爲意，亦自不凡，況感寓之深乎？其所以不可及也。（馬永卿《懶真子》卷四）

杜甫云「軒墀曾寵鶴」，杜牧云「欲把一麾江海去」，皆用事之誤。蓋衛懿公好鶴，鶴有乘軒者，則軒車之軒耳，非軒墀也。顔延年詩云：「屢薦不入官，一麾乃出守。」則麾，麾去耳，非麾旄也。然子美讀萬卷書，不應如是，殆傳寫之繆也。若云軒車，則善矣。牧之豪放一時，引用之誤，或有之邪？（張表臣《珊瑚鉤詩話》卷一）

顔延年《詠阮始平》云：「屢薦不入官，一麾乃出守。」五臣注云：山濤薦咸爲吏部郎，三上武帝，帝不能用。苟勖性自矜，因事左遷爲始平太守。麾指麾也。按「麾」字古亦用爲揮斥之字。而杜牧之《將赴吳興登樂遊原》絶句云：「欲把一麾江海去，樂遊原上望昭陵。」後人因此遂專作旌麾，以對五馬，爲太守故事。而牧之《黄州即事》云：「莫笑一麾東下計，滿江秋浪碧參差。」乃在吳興之前，時無「把」字，不知訓麾爲何義也。（莊綽《雞肋編》卷下）

【州麾】自《五君詠》言顏延之「一麾出守」，而杜牧用其語曰：「擬把一麾江海去」，人遂以建麾爲太守事。張師正辨《五君詠》曰：「麾猶秉白旄以麾也。一麾猶言人之所擠排也。屢薦不嘗得官，一遭擠排遽出爲守，所以歎也。」此説是也。或謂《周禮》「州長建麾」，則州麾自可遵用，此又非也。周之州絶小，不得與漢州爲比。周制累州成縣，而漢也累縣爲郡，累郡乃始爲州也。若夫崔豹《古今注》則又異矣，其説曰：「麾所以指也，乘輿以黄，諸公以朱，刺史二千石以纁。」則漢以來，自人主至二千石，莫不有麾也。則謂太守爲把麾，亦自可通也。（程大昌《演繁露》卷八）

【思古刺今】寧戚《飯牛歌》曰：「生不逢堯與舜禪。」則太斥言矣。杜牧曰：「清時有味是無能，閑愛孤雲瀞愛僧。擬把一麾江海去，樂遊原上望昭陵。」一麾而出，獨望昭陵，此意婉矣。（程大昌《演繁露續集》卷四）

【一麾出守】顏延年詩：「屢薦不入官，一麾乃出守」，後人誤用「一麾出守」事，以爲起於杜牧之自云「獨把一麾江海去」，實用「旌麾」之「麾」，未必本之顏詩，後人因此二字，誤用顏詩耳。（周必大《二老堂詩話》）

【唐人用一麾事】《筆談》曰：今人守郡謂之「建麾」，蓋用顔延年詩「一麾乃出守」事，此誤也。延年謂「一麾」者，乃「指麾」之「麾」也，非「旌麾」之「麾」也。自杜牧之有「擬把一麾江海去」，始謬用「一麾」，自此遂爲故事。此沈存中所言也。僕因考唐人詩，如杜子美、柳子厚、許用晦、獨孤及、劉夢得、陸龜蒙等，皆用「一麾」事，獨牧之謂「把一麾」爲露圭角，似失延年之意。若如張説詩「湘濱擁出麾」，如此而言，初亦何害？《緗素雜記》謂：牧之意則善矣，言「擬把」則謬也，自謂「一麾」，於理無礙，但不可以此言贈人。宋景文公詩曰：「使麾請得印垂腰。」又曰：「一封通奏領州麾。」是真得延年之意，未嘗謬用也。僕謂黄朝英妄爲之説耳，牧之之誤，正坐以「指麾」之「麾」爲「旌麾」之「麾」，景文之誤亦然。朝英乃取宋斥杜，謂牧之不當言「擬把」，而景文自用爲宜。然則牧之「擬把一麾江海去」，豈不自用？景文「使麾請得印垂腰」，獨非旌麾邪？朝英又謂「一麾」事但不可以贈人，僕謂以景文詩「使麾」、「州麾」字語贈人，又何不可？所謂貶辭者，「麾去」云爾，既是「旌麾」，何貶之有？朝英又謂景文用「一麾」事，真得延年之意，則是延年以「一麾」爲「旌麾」之「麾」，初非「指麾」之「麾」也。其言翻覆，無一合理，甚可笑也。《筆談》謂今人守郡爲「建麾」，謂用顔詩事自牧之始，僕謂此説亦未爲是。觀《三國志》「擁麾守郡」，《文選》「建麾作牧」，此語在牧之前久矣。謂「把一麾」之誤自牧之始則可，謂「建麾」之誤則不可。（王楙《野客叢書》卷二十三）

作文者好摘兩字語，但取飾其説而已，遞相承襲，背其本義，而不暇問也。……如郡守用「一麾」

字，意謂旌麾之麾也，而不思顔延年詩「一麾乃出守」，是麾去之麾，非旌麾也。周益公《詩話》云：「後人誤用一麾出守，以爲起於杜牧之。然牧之自云『獨把一麾江海去』，實用旌麾之麾，未必本之顔詩，後人因此二字，自誤用顔詩耳。」（陳叔方《潁川語小》卷下）

《將赴吳興登樂遊原》：「欲把一麾江海去」，顔延年詩「屢薦不入官，一麾乃出守。」麾，斥也。自此詩誤以爲旌麾之麾，至今襲其誤。「樂遊原上望昭陵」，舊史云：牧自負才略，兄悰隆盛於時，而牧居下位，心常不樂。望昭陵者，不得志於時，而思明君之世，蓋怨也。首言「清時」，反辭也。（釋圓至《唐三體詩》卷二）

【一麾】《筆談》謂今人守郡用顔延年「一麾出守」，誤自杜牧始。此説亦未爲是。觀《三國志》：「擁麾守郡。」《文選》：「建麾作牧。」此語在牧之前久矣。漢制，太守車兩幡，所謂「麾」也。唐人如杜子美、柳子厚、劉夢得皆用之。謂之誤不可。（胡震亨《唐音癸籤》卷十七「詁箋」二）

《將赴吳興登樂遊原》：此豈得意人語耶？（黃周星《唐詩快》卷十六）

張表臣駁老杜「軒墀曾寵鶴」、小杜「欲把一麾江海去」，以爲誤用懿公好鶴與顔延年詩意。殊不知二公非死煞用事者，其好處正是此種。（薛雪《一瓢詩話》第二九條）